Johannes Fankhauser

Alpenpracht und Niedertracht

Des Wanderhändlers 1. Fall

Alpenkrimi

1. Auflage

Herstellung und Druck:
Siehe Eindruck auf der letzten Seite

Covergestaltung: Johannes Fankhauser

ISBN: 1539549895
ISBN-13: 978-1539549895

Vorspann

Man schrieb das Jahr 1850 nach Christi. Der Februar brachte damals einige sehr angenehm warme und sonnige Tage. Das Tauwetter ließ Schneemassen zu Tale donnern und immer wieder riss uns Tuxer das Getöse der Lawinen aus unserem wohlverdienten Schlaf. Ich aber spürte ein Kribbeln in meinem Bauch, welches mich zum Aufbruch drängte.
Und tatsächlich blieb das Tuxerjoch dank des milden Wetters für rund zwei Wochen sehr gut und ohne größere Gefahr passierbar. Daher packte ich all die Öle und Handelswaren, die ich über Winter gesammelt und bei den Bauern der Umgebung erworben hatte, in meine Kraxen, die am Ende dieser Prozedur wohl doch um die 100 Kilogramm wog. Und auch wenn ich als Wanderhändler an das Gewicht gewöhnt war, so blieb die erste Schulterung der Last wie immer eine schmerzvolle Erfahrung. Davon aber ließ ich mich nicht abhalten und befand

mich an einem Dienstagnachmittag mit meiner Kraxen am Rücken auf dem Weg nach Hintertux.
Bei Jakob Platzer, meinem alten Freund, blieb ich über Nacht. Kaum jedoch graute der Morgen, da war ich schon wieder auf den Beinen. Ich nahm den Saumpfad über das Tuxerjoch. Er stellte die beste und im Winter auch die einzig wirklich begehbare Verbindung zwischen uns Tuxern und der Außenwelt dar und führte ins Wipptal, von wo aus Innsbruck beinahe mühelos erreicht werden konnte. Da ich kräftig ausschritt, langte ich nach gut drei Stunden Gehzeit auf dem Sattel an. Dort wandte ich mich um, stemmte den Kraxenstecken in die Erde und entlastete so meine Schultern. Dann genoss ich noch einmal den Blick auf meine Heimat.

Und wie so häufig an dieser Stelle verspürte ich in jenem Moment eine tiefe Wehmut in mir. Mein Dasein als wandernder Händler brachte es natürlich mit sich, dass ich mich immer wieder für längere Zeit von meinem geliebten Tuxertal zu trennen hatte. Und so lustig und abwechslungsreich die Tage der Wanderschaft dann auch waren und so sehr ich die Begegnungen mit den zahlreichen, ganz verschiedenen Menschen und Regionen genoss, so stark verzehrte mich meist doch innerhalb kürzester Zeit schon die Sehnsucht nach dem abgelegenen, einsamen Tal, in das mich mein Herz so lauthals zurückrief.

An jenem Tag meiner Abreise, als ich tief durchatmend hinunter ins in unschuldiges Weiß gehüllte Tal blickte, da spürte ich schon, wie sehr ich meine Heimat zu vermissen begann, ehe ich sie noch richtig verlassen hatte. Mit Gewalt schließlich musste ich mich von meinem Aussichtspunkt losreißen. Ich warf eine letzte Kusshand zurück, ehe ich in eine spannende und lehrreiche Zeit hineinwanderte. Bei mir aber tat ich an jenem Tag meiner Abreise den Schwur, dass mein Aufenthalt in der Ferne von nicht allzu langer Dauer sein würde.

Kapitel 1

Die Heimkehr

Der Monat Mai neigte sich zu Ende. Es war ein schöner und prachtvoller Freitag. Vier Monate waren seit dem beschriebenen Tag vergangen, an dem ich aufgebrochen war, vier lange, entbehrungsreiche und doch wunderschöne Monate. Und nun befand ich mich auf dem Heimweg!

Ich saß am Pferdegespann eines Bauern aus Schmirn, den ich zufällig kannte und in Innsbruck getroffen hatte. Er hatte mir angeboten, mich in seinen Heimatort mitzunehmen. Schmirn nun, Zentrum des Wipptals, lag nur etwa fünf Gehstunden von Hintertux entfernt. Hätte ich denn eine solche Gelegenheit auslassen sollen? Ich hatte nur kurz gezögert und dann rasch entschieden! Immerhin hatte ich in den Monaten meiner Reise den gesamten Bestand meiner wundersamen Öle und all meiner anderen Handelswaren um gutes, hartes Geld verkauft. Insgesamt war dadurch ein ganz nettes

Sümmchen zusammengekommen. Meinen Beutel prüfend in der Hand wiegend und mit einem angesichts seiner Prallheit zufriedenen Lächeln hatte ich dem Bauern dann zugesagt. Danach war ich zur Bank geeilt, um den Großteil meines Geldes zu hinterlegen.

Und nun saß ich also in heimatlicher Vorfreude neben dem schweigsamen Mann. In Schmirn angekommen bedankte ich mich bei ihm mit einem Bierchen, ehe ich im billigsten Gasthof des Ortes abstieg. Dort erkundigte ich mich sogleich nach der Beschaffenheit des Weges über das Tuxerjoch. Da er mir als schneefrei und gut begehbar geschildert wurde, stand einer Heimkehr nichts mehr im Wege. Endlich konnte ich also das Händlersein für eine gewisse Zeit lang wieder Händlersein lassen. Immerhin wartete in Lanersbach mein winziges Stückchen Land darauf, bebaut zu werden, neue Öle waren zusammenzubrauen und der Warenvorrat bei den verschiedenen Bauern der Umgebung aufzufrischen.

Ich schlief trotz der schäbigen Absteige gut und machte mich am Samstag in aller Herrgottsfrüh schon auf den Weg. Schmirn ließ ich energisch ausschreitend und angesichts der Leichtheit meiner leeren Kraxen auch ohne größere Anstrengungen hinter mir, wobei ich mich in Richtung des Tuxerjochs wandte.

Gute zwei Stunden später befand ich mich endlich knapp unter dem höchsten Punkt des Sattels. Und auch wenn bis Lanersbach, meinem Heimatort, noch etwa drei Stunden Gehzeit vor mir lagen - ich fühlte mich beinahe schon wie zu Hause. Ich tat die letzten Schritte bergauf und hielt dann ein wenig außer Atem inne. Ich stemmte meinen „Kraxentragerstecken" in die Erde, um die Last meiner Kraxen für einige Augenblicke von meinen Schultern auf den Stecken zu verlagern. Voller Zufriedenheit blickte ich mich um. Die Heimat - sie hatte mich wieder!

Ich genoss das schöne Wetter und die wunderbare Bergwelt in vollen Zügen und dankte Gott für meine gute Reise und Heimkehr. Da ich Zeit und Muße hatte und die Ruhe und Ungestörtheit der Alpen zu einer kurzen Rast luden, stellte ich meine Kraxen ab und legte mich lang ausgestreckt ins Gras. Die Feuchtigkeit des Bodens spendete eine angenehme Kühle an diesem doch schon sehr warmen Frühsommertag. Die Gletscher der „G'frorenen Wand" und des „Olperers" leuchteten in strahlendem Weiß zu mir herunter. Dabei stand das Weiß des Schnees in merkwürdigem, prächtigem Gegensatz zum teilweise auch hier auf 1800 Metern Seehöhe schon frischen Gras des späten Frühlings, in dem ich ruhte - und auch zur Wärme, die die Sonne in noch erträglichem Maße spendete. Eine Biene summte um mich herum und genüsslich kaute ich an einem Grashalm, während ich in mein Tuxertal hineinblickte.

Dieser so vertraute Anblick meiner Heimat führte mich zurück in einen Abschnitt meines Lebens, als

meine Eltern noch lebten. Fröhlich lächelnd gedachte ich der unbeschwerten Zeit meiner Kindheit. Es waren rosige Jahre gewesen, auch wenn Mutter und Vater es sich nicht leisten konnten, mit mir in Saus und Braus zu leben.
Mein Vater brachte nämlich als Knecht beim Tannenbauern, dem größten Besitzer im Ort, keine Reichtümer heim und auch unser kleines Stückchen Land ernährte uns mehr schlecht als recht. Doch unser idyllisches Familienleben und die Liebe untereinander machten alle materiellen Sorgen wett. Die Frömmigkeit und Fröhlichkeit meiner Eltern ließen gar nicht zu, dass ich auch nur eine Minute unglücklich gewesen wäre. Die Bergwelt der Zillertaler Alpen tat ein Übriges, um mein junges Leben aufregend und spannend zu machen.
Der Schulbesuch zählte in Tälern wie dem unseren nicht gerade viel und bald schon begann ich dann auch, dem Tannenbauern mit kleinen Diensten zu helfen. Für solche von mir zu seiner Zufriedenheit ausgeführten Arbeiten bekam ich vom Bauern Lob, ein kleines Geschenk oder ein deftiges Essen. Stets kehrte ich dann mit stolz geschwellter Brust und im Bewusstsein meiner Wichtigkeit nach Hause zurück. Trotz allem blieb immer noch viel Zeit für andere Dinge.
Besonders in Erinnerung hatte ich die wilden Abenteuer meiner Kindheit mit den Buben meines Alters. Im Sommer tollten wir beim Tuxbach herum, bauten die größten Staudämme in ganz Tirol und

fingen mit unseren flinken Fingern die eleganten Forellen. Wir genossen herrliche, erfrischende Bäder in den eiskalten Gebirgsbächen unserer Heimat und durchkämmten gemeinsam die unendliche Weite der Tuxer Berge.

Im Winter dagegen war das Leben in unserem Tal rau und hart. Gar manche Nacht verbrachte ich fröstelnd zwischen meinen Eltern, die mir zumindest ein bisschen Wärme spendeten. Die Berge aber, die Berge waren in jener Jahreszeit noch lieblicher anzusehen als im Sommer. Sie ließen - gekleidet in wunderbares, makelloses Weiß, in welchem sich das Licht der Sonne tausendfach reflektiert brach - eine funkelnde und glitzernde Märchenwelt aus Milliarden von Schneekristallen entstehen. Mit einem angesichts all dieser Schönheit offenen Mund stand ich an solchen Prachttagen oft vor unserer Hütte. In solchen Momenten tat ich nichts, als zu staunen und zu frieren!

Mein Vater half zwar auch im Winter im riesigen Waldstück des Tannenbauernguts mit, hatte aber viel mehr Zeit für mich als im Sommer. Ich liebte die rasenden Schlittenfahrten mit dem kleinen Holzding, das er mir dafür gebaut hatte. Oh ja, es war eine wunderbare Zeit, die nur allzu rasch verging. Immer mehr wurde ich in die Arbeit am Tannenbauernhof eingebunden und stellte meinen Mann. So lebte ich und genoss mein Leben trotz aller Härten und Strapazen. Als ich aber eines Tages nun - ich war gerade 15 geworden - von der Arbeit am

Tannenbauernhof heimkam, da fand ich meine Mutter in Tränen aufgelöst und völlig kraftlos am Küchentisch sitzend vor. Nur mühsam erfuhr ich von ihr, dass mein Vater bei Waldarbeiten tödlich verunglückt war. Mein Leben sollte sich mit diesem Tag drastisch verändern.

Ich war es nun, der für meine Mutter und mich selbst zu sorgen hatte und Verantwortung trug. Wenig später dann ließ sie mich ganz alleine zurück in dieser großen, weiten Welt - ihr Lebensmut war mit dem Tode von Vater ganz von ihr gegangen.

Die Biene neben mir verstummte kurz und ich blickte traurig hinab auf den von hier heroben winzig wirkenden Tuxbach, dessen Rauschen trotzdem bis zu mir herauf zu hören war. Ich wusste, dass meine Eltern es nun gut hatten - und doch vermisste ich sie so sehr. Ich wischte mir eine Träne aus dem linken Auge, als die Biene wieder zu summen begann. Auch meine Gedanken wanderten weiter. Es war eine harte Zeit, damals. In jenen Tagen hatte ich nichts und niemanden außer einer winzigen, kleinen Hütte im hinteren Teil von Lanersbach, starke Füße und Hände sowie einen Kopf, der eigentlich ganz gut zu gebrauchen war, wie ich bald bemerken sollte.

Ich wuchs in einer Zeit auf, in der viele kräftige Männer des Tales ihr Geld als Wanderhändler verdienten. Schon als kleiner Bub hatte ich mit roten Wangen und gespanntem Gesichtsausdruck den Erzählungen der Älteren über ihre Abenteuer auf den Wanderungen durch Tirol, Niederbayern, Norditalien,

ja teilweise durch ganz Europa zugehört. Und was für Geschichten hatte man mir da nicht erzählt – kein Wort davon hatte ich geglaubt!
Und dennoch! Wer es geschickt anstellte, konnte mit der umgeschnallten Kraxen wirklich einen gewissen Wohlstand in dieser kargen Zeit erwerben. Es gab sogar Berichte von Zillertaler Wanderhändlern, die irgendwo in Europa Fuß gefasst und es zu Reichtum und Ansehen gebracht hatten. Doch mein Ziel war ein anderes gewesen. Ich wollte ein einfaches und glückliches Leben in meinen Bergen führen können.
Ich stand damals vor einer großen Entscheidung! Sollte ich in die Fußstapfen meines Vaters treten, um ein ärmliches Einkommen als Knecht oder Arbeiter im Tuxertal zu verdienen, mit dem ich mehr schlecht als recht über die Runden kommen würde? Oder sollte ich es wagen, als wandernder Händler die Welt kennenzulernen und für mich zu erforschen? Abenteuerlustig und aufgeschlossen, jung und wild wie ich damals war, entschloss ich mich für zweiteres und hatte dies nie zu bereuen gehabt.
Bald schon war ich im Tuxertal und der näheren Umgebung als Händler und geschickter Erzähler sowie als zuverlässiger Überbringer von Neuigkeiten geschätzt und gesucht. Ich handelte auf den Märkten des Inn- und Wipptals und in Südtirol mit den Waren der Bauern. Vor allem vertrieb ich Schmalz, Käse, Speck, Branntwein sowie diverse andere Erzeugnisse der Viehzucht. Ich lebte von meinem kleinen Handel sehr gut und sah außerdem Orte und

Gegenden, die die meisten Tuxer nicht einmal vom Hörensagen kannten. Als ich mir auf diese Art und Weise ein kleines Sümmchen verdient hatte, erwarb ich mir die Konzession als Schmalz- und Kälberträger und wanderte durch ganz Tirol und die südlichen Gefilde Bayerns. Dabei kaufte, tauschte und verkaufte ich alle möglichen Handelsgegenstände. Die Konkurrenz mit den Einheimischen der anderen Talschaften aber brachte es mit sich, dass ich mich stets neu auszurichten hatte. Wie viele andere meiner Zunft auch suchte ich ständig nach wenig verbreiteten und einfach zu vertreibenden Absatzwaren. Und dabei stieß ich auf das überall als „Mithridat" bekannte Öl, welchem alle möglichen wundersamen Heilkräfte nachgesagt wurden. Die meisten meiner Kollegen arbeiteten für Ölverleger, die damit viel Geld machten und dem Händler stets nur eine kleine Provision ließen. Mir war von Anfang an klar gewesen, dass mich diese Art der Geschäftsbeziehung nicht zufriedenstellen würde.

Da ich auf meinen Reisen die Erfahrung gemacht hatte, dass auch die strenggeheimen und gutgehüteten Rezepturen all dieser Öl- und Destilliermeister nicht viel mehr als ein buntes Gemisch aus Kräutern, Pflanzen und Tierteilen waren, fragte ich mich, warum ich eigentlich nicht selbst in der Lage sein sollte, solch ein Heilmittel zusammenzubrauen! Also entschloss ich mich dazu, Wacholder und Honig, Nelken, Melisse, Rosmarin, Tannenzapfen und Kamille zusammenzumischen, zu pressen und mit

Alkohol zu extrahieren. Als ich den Geschmack als angenehm, aber nicht zu wohlschmeckend empfand - es sollte ja doch noch immer eine Arznei bleiben - begann ich mit dem Verkauf. Ich nannte meine Tinktur Tuxer Allheilmittel und hätte auf meinen Wanderungen stets mehr verkaufen können, als ich überhaupt von meinem Wunderöl zu erzeugen vermochte. Ich erkannte, dass der wohltuende Geruch meiner Öle und meine lustige Art die Hauptgründe dafür waren, dass die Menschen bei mir kauften und sich nach der Anwendung meiner Gebräue besser fühlten. Da ich das Öl auch bei mir selbst erprobt hatte, muss ich nämlich gestehen, dass es gegen wirkliche Beschwerden nur bedingt half. Dies aber - so kann ich ohne schlechtes Gewissen behaupten - war die größte Gemeinsamkeit all dieser Mithridats und Theriaks. Bei Krankheit, Brüchen und Verspannungen galt es eben doch, die alten Bauernrezepte anzuwenden, in die mich meine Mutter schon als kleines Kind eingewiesen hatte.

Als ich mit dem Brauen eigener Rezepte begann, waren die ganz rosigen Wanderhändlerzeiten in Folge der Kriege und Wirren der Jahre 1848/49 vorbei. Viele Ziller- und Tuxertaler sahen keine Zukunft mehr im fahrenden Handel und ließen es bleiben. Ich jedoch erfreute mich bei jeder meiner Wanderungen an meinem nicht unerheblichen Verdienst und lebte gut von meiner Kraxen und den Handelswaren darin. Zudem blieb ich mein eigener Herr und Meister. Und

diese Unabhängigkeit war es, die ich in vollen Zügen genoss.
Das leise Knurren meines Magens weckte mich aus meinen Gedanken und brachte mich in die Gegenwart zurück. Auf Hintertux und das Gasthaus des Jakob Platzer freute ich mich schließlich schon seit dem Frühstück im heruntergekommenen Gasthof in Schmirn. Also beendete ich meine Rast, nahm meine Kraxen wieder auf und schritt wohlgemut in Richtung Tal. Lustig klimperte der Geldbeutel an meinem Gürtel und ein klein wenig Stolz mischte sich unter meine große Heimkehrfreude. Immerhin hatte ich mir als junger Bursche schon so gar manches Sümmchen zusammengespart und mehr von der Welt gesehen als andere in 100 Jahren. Ich war Gott auch dankbar dafür, dass er mir die Möglichkeit gegeben hatte, meinen Beruf erfolgreich ausüben zu können. Die Voraussetzungen für den Wanderhändler brachte ich als Bergbub und Zillertaler nämlich mit: gesunde, starke Beine, markige und lustige Sprüche, immer gute Laune, keine Furcht vor Regen, Nässe und Kälte sowie den richtigen Riecher für ein gutes Geschäft und den Mut zu einem Schlückchen Alkohol im passenden Moment. Gerade unter dem Einfluss des Letzteren nämlich zeigten sich viele Menschen als besonders freigiebig und geschäftsuntüchtig.
Langsam stieg ich also vom Tuxerjoch ins Tal. Je weiter ich in die Schieferbergwelt eindrang und je mehr ich mich der Talsohle näherte, umso grüner und frischer wurden die herrlichen Almen um mich

herum, auf denen die Kühe fröhlich bimmelnd ihrem schweren Tagewerk nachgingen, welches aus Wiederkäuen, Schlafen und Dösen bestand. Zu meiner Rechten brauste das Wasser des Tuxbachs zu Tal, dessen Rauschen mich ja schon seit geraumer Zeit begleitet hatte. Gerade im Frühjahr schien dieser Bach vor Freude überzuquellen - und von dieser Freude wurde auch ich angesteckt. Leichten und lustigen Mutes überwand ich fröhlich trällernd die letzten Hänge in den Hintertuxer Kessel.
Hintertux selbst war ein kleines Gebirgsdorf mit dem typischen Charme, der so einen Ort auszuzeichen pflegte. Einige Holzhäuser und zwei größere Bauerngüter zeugten von ehrlichen und anständigen Gebirglern, die hier ihr friedliches, aber anstrengendes Leben lebten. Die Häuser drängten sich malerisch schön im letzten Winkel des Tuxertals zusammen, der sich zu einem großen, flachen Talboden weitete. Auf der Südwestseite dieser Ausbuchtung lagen die gewaltigen Gletscher der Gefrorenen Wand und des Olperers, die auf fast 3500 Meter Seehöhe anstiegen und wie gewaltige, unbezwingbare Wächter auf die Hintertuxer herabblickten. Im Süden und Norden hingegen ragten die hohen Berge der Tuxer Schieferbergwelt empor. Im Osten wiederum öffnete sich das Tal in Richtung des Zillertals und gewährte einen wunderbaren Blick auf die unbeschreiblich schöne Landschaft, die es begrenzte.
Hintertux präsentierte sich lieblich und überschaubar, während die eiskalten Wasser des Tuxbachs ihren

Weg vom Gletscher weg über die zahlreichen Felsstufen voller Groll und grimmig tosend zu suchen schienen. Dabei belegten sie den Ort mit einem herrlich wilden Rauschen, um sich danach ganz gesittet durch das Tuxertal hindurchzuschlängeln. Das Wasser galt mir als kostbarstes Gut - immerhin hatte ich die Knappheit desselben auf meinen Wanderungen oft schon als äußerst unangenehm zu spüren bekommen. Hier in Hintertux aber drohte kein Mangel - aus allen Richtungen strömten Gebirgsbäche zusammen und sammelten sich im immer größer werdenden Tuxbach, der sich schließlich in die Ziller ergoss.
Ein ganz besonderes Wasser aber erhob Hintertux über all die anderen Bergdörfer. Eine kleine und warme Quelle, gespeist von der Gletscherwelt hoch über dem Orte, spendete seit dem Jahre 1847 allen Besuchern des Badehauses von Hintertux Entspannung und Heilung. Jakob Platzer, ursprünglich Bäckermeister aus Zell am Ziller und inzwischen ein Urgestein unseres Ortes, hatte die Idee zu diesem Erholungsort geboren und damit begonnen, dieses warme Wunder in einem kleinen Becken zu sammeln. Kein noch so strenger Winter vermochte das Wasser zu Eis zu verwandeln. Wir alle waren stolz auf die Quelle und erhofften uns von ihr, zum landesweit bekannten Kurort aufzusteigen. Dass es damals, im Jahre 1850, dazu noch nicht reichte, lag vor allem an der Abgeschiedenheit meiner Heimat. Der Weg zu uns zeigte sich nämlich von allen Seiten

schon für gesunde Menschen als ein weiter und durchaus nicht ungefährlicher. Für Kranke nun schien ein Transport beinahe unmöglich. Der fast schon als lebensgefährlich zu bezeichnende Weg von der Finkenberger Seite fiel für viele von ihren Leiden Heilung Suchenden flach. Das Hauptproblem bestand dort aus einem Schlammgletscher, der am Taleingang bei Finkenberg den Durchgang erschwerte und beinahe verhinderte. Wir Einheimischen hatten für dieses Problem zwar eine sehr einfache Lösung gefunden - sie erwies sich leider aber auch als dementsprechend schlecht. Der „Weg" bestand an jener Stelle aus Felsbrocken, die einfach in den Schlamm hineingeworfen worden waren. Besonders nach heftigeren Regenfällen blieb die Strecke Finkenberg - Lanersbach dann aber oft wochenlang unpassierbar. Die anderen wichtigen Verbindungen ins Tuxertal, die steilen Saumpfade ins Wipp- und ins Ahrntal, schreckten Kranke und Linderungsuchende ebenfalls ab. So kam es also, dass zunächst vor allem die Senner und Almhirten im warmen Wasser der Quelle Entspannung fanden.

Trotz der Abgeschiedenheit des Ortes verkehrten bei Jakob Platzer viele Menschen. Für das gemütliche Wirtshaus und die heimelige Atmosphäre dort nahmen die Gäste schon einmal ein oder zwei Stunden Fußmarsch in Kauf. Und so kam es, dass Jakob eben über das gesamte Tal und alle Bewohner Bescheid wusste. Er konnte Vorgänge und Charaktere besser einschätzen als jeder andere Bewohner bei uns

herinnen. Diese Eigenschaft, so viel sei schon jetzt verraten, wird in meiner Erzählung noch von großer Wichtigkeit sein.
Im Ort Hintertux angelangt lenkte ich meine Schritte also auf eines der größeren und schöneren Häuser, das durch ein Schild als das eben beschriebene „Bade- und Gasthaus Jakob Platzer“ ausgewiesen wurde. Und ich kann dem Leser versichern, dass ich mich schon riesig auf ein Bierchen und ein deftiges Mahl bei meinem alten Freund Jakob freute. Ich weiß nicht ganz genau, wie er zu dieser Wirtschaft gekommen war - auf jeden Fall aber hat er die duftenden Fladenbrote und Semmeln aus seiner Lehrzeit in Zell hinter sich gelassen und in Hintertux ein neues Leben als Gastwirt begonnen. Außer dem Zillertal aber und eben seinem geliebten Tux hatte er nichts von der Welt zu sehen bekommen. Deshalb war er ganz wild auf Mitbringsel aus anderen Ländern und Städten, die er mir stets zu guten Preisen abkaufte und die ich ihm von jeder meiner Reisen mitzubringen hatte. Auch diesmal beinhaltete meine Kraxen einige dieser Gegenstände und ich sah das gutmütige Gesicht meines Freundes in Gedanken bereits vor Glück glänzen.
Die Terrasse des Gasthauses war trotz der recht frühen Stunde schon gut besetzt. Ich grüßte all die mir bekannten Gebirgler und nahm an einem der freien Tische Platz. Kaum hatte ich mich niedergelassen, da ertönte hinter mir aus der Tür des Gasthauses auch schon die tiefe Stimme Jakobs. Sie

stimmte einen auf seltsame Weise falsch klingenden, jubelnden Jauchzer an. Dann brummte ein furchtbarer Bass folgende Textzeilen, die noch dazu ganz ohne Rhythmus waren:

„Magda, bring den ganzen Braten raus
der Sepp ist wieder bei uns z'haus!
Einige Bier musst auch dazu stellen,
bei so einem durstigen Gesellen!“

Ich wandte mich um und erblickte meinen musikalischen Freund, der mit vor Freude geröteten Wangen auf mich zulief und mich umarmte. Ich kannte meinen Jakob. Deshalb genoss ich diese herzliche Begrüßung, die aus dem tiefsten Inneren kam und wirklich ehrlich gemeint war. Jakob hatte mich von meinem Sitz emporgezogen und stellte mich nach der Umarmung kerzengerade vor sich hin.
„Ja, ein kräftiger Kerl ist er blieben, der Sepp!“, brummte der Wirt sodann in seinen dichten, dunklen Schnurrbart. Er erschien mir in diesem Moment wie ein alter Feldwebel, der seinen besten Rekruten begutachtete. „Trotzdem hör ich am Knurren seines Magens, dass es ihn wie immer nach einem Braten und saftigen Knödeln verlangt. Auch ein Bier kann er gut vertragen!“
Ich musste lachen und musterte nun selbst mein Gegenüber. Nichts hatte sich an Jakob verändert. Er war ein Original, zu jedem Spaß bereit und weder im Essen noch im Trinken unter den Tisch zu

bekommen. Dementsprechend füllig war der Bäckermeister auch gebaut. Seine braungebrannte Haut passte ebenso in die Landschaft vor seiner Haustüre wie die fröhlich durch die Gegend eilenden blauen Augen. Die vielen Falten gaben dem Gesicht einen gutmütigen und schelmischen Ausdruck, der niemandem besser stand als Jakob. Er trug seine alte und fettige Schürze. Sein am Scheitel bereits lichtes, graues Haar fiel links und rechts wohl bis auf die Schultern herab und wirkte fast fehl am Platz angesichts des gewaltigen, noch dunkelschwarzen Schnurrbartes. Dieser Bart war der Stolz meines Freundes und kein Mensch hätte eine Schere in die Nähe des Ungetüms bringen können, ohne eine kräftige „Watschen“ für dieses schändliche und frevelhafte Tun einzufangen.

Jakobs Frau war leider schon vor vielen Jahren verstorben. Seine Kinder hatten das Tuxertal verlassen und ihr Glück in der Ferne gesucht und so kam es, dass er den Gasthof samt Badehaus damals mit seiner Magd Magda und zwei Gehilfen betrieb.

„Grüß dich Gott, Jakob!“, meinte ich schließlich, um seine Musterung zu unterbrechen. „Hast dich die letzten Monat über auch net verändert, wie ich seh! Geht alles gut im Tal?“

„Jetzt, wo du wieder da bist, ist alles in Ordnung!“, zwinkerte mir Jakob zu. „Aber viele Junge haben uns wieder verlassen die letzten Monat über. Es wird halt immer härter da herinnen! Von meinen Buben hör ich ja regelmäßig und denen geht’s in der Welt viel besser als da im einsamen Hintertux. Doch ich selbst möcht’s unter keinen Umständen verlassen. Du aber bist so ein junger Spund, der immer herumzieht und Dummheiten macht. Wirst wohl auch nimmer lang bei uns bleiben, he?“

„Aber Jakob!“, erwiderte ich entrüstet. „Weißt es ja eh, dass ich’s net lang aushalt in der Fern, zu sehr sehn ich mich immer nach daheim! Aber wir reden da und dabei knurrt mein Magen seit einer guten Stund und der Durst lässt sich fast gar net stillen, befürcht ich.“

„Der Sepp“, lachte Jakob, „wird sich halt net so bald ändern, das stimmt schon. Bist ein Erzgauner! Aber ein Bier und einen Braten hab ich dir schon versprochen und das sollst auch bekommen! Ich beeil mich, gell!“

Jakob verschwand im Haus und ich nahm wieder auf meiner Bank Platz. Dabei genoss ich die herrliche Lage von Hintertux. Auch wenn die Orte hier im Tal alle zur Gemeinde Schmirn gehörten, so waren wir Tuxer doch als eigenwilliges und eigenständiges Volk bekannt. Daher mischten sich nur selten Auswärtige in unsere Angelegenheiten. Und genau diese Abgeschiedenheit und Freiheit liebte ich so an meinem Tal und natürlich den saftigen, deftigen Braten, den Magda gerade eben vor mir abstellte und der mir das Wasser im Munde zusammenlaufen ließ. Ich langte kräftig zu und als sich mit Jakob auch noch ein großer Krug Bier zu meinem Essen gesellte, da war ich im siebten Himmel. Jakob sah mir

schmunzelnd beim genüsslichen Kauen zu und schüttelte immer wieder den Kopf.
„Einen Hunger hat der Kleine, als hätt er drei Wochen lang keinen Bissen abbekommen!“, murmelte er schließlich.
Mit meinem vollen Mund blieb ich die Antwort besser schuldig und strich mir endlich, als auch kein noch so kleines Stückchen Fleisch mehr auf dem Teller zu finden war, voller Behagen meinen Bauch.
„Dein Braten ist der Beste, Jakob“, lobte ich den Wirt. „Und weilst mich immer so gut bekochst, hab ich dir wieder ein paar Kostbarkeiten aus der Fremde mit’bracht. Schau’s dir einmal an und sag mir, was du dann davon behalten willst!“
Während der Wirt die Sachen - einen Stich von einem Südtiroler Ort, ein winziges Holzmodell des Innsbrucker Doms und einige andere Kleinigkeiten - begutachtete, lehnte ich mich in meinen Sessel zurück und genoss die herrliche Luft und die Sonnenstrahlen, die mir gerade ins Gesicht fielen.
„Du, Sepp, ich nehm gleich alles!“, unterbrach Jakob schließlich mein Sonnenbad. „Was willst denn haben dafür?“
„Gib, was du meinst“, entgegnete ich.
„Ah, du bist ein Schuft! Weißt ja, dass du immer mehr von mir bekommst, als der Krempel wert ist!“, schmunzelte Jakob und legte eine angesichts der Gegenstände ganz beträchtliche Summe auf den Tisch. „Auf’s Essen und Trinken bist auch eing’laden, aber zum letzten Mal.“

Ich grinste und versenkte die Münzen in meinem Beutel.
„Ich bin Händler, Jakob, das darfst bei aller Freundschaft net vergessen!“
„Ein Gauner bist, ein Erzschlingel. Aber jetzt solltest dich auf den Heimweg machen. Es ist zwar erst kurz nach zwei, aber bei so einer Hitz kann’s sogar im Frühsommer einmal krachen.“
Ich nickte und erhob mich.
„Recht hast, ich werd aufbrechen!“, stimmte ich meinem Freund zu. „Ein bisserl muss ich ja schon noch gehen und ein Wetterl ist unter Umständen wohl wirklich zu erwarten.“
„Der alte Jakob hat g’sagt, dass ein G’witter kommt, also ist es nicht unter Umständen, wie du dich so schön aus’zdrücken vermagst, zu erwarten, sondern bestimmt. Ich kenn mein Tal und die ganzen Wetter da herinnen, das kannst mir glauben!“
„Jaja, alter Freund, nur net so hitzig“, schmunzelte ich. „Ich dank dir recht herzlich für Speis, Trank und G’schäft. Ich werd auch sicher wieder vorbeischauen, wenn ich einen Hunger und einen Durscht hab! Pfiat di Gott bis dahin!“
„Behüt dich Gott, Sepp, und komm net so bald wieder. Frisst mir ja immer meine Speis leer!“, verabschiedete sich auch Jakob.
Wir drückten uns fest die Hand und nach einem allgemeinen Abschiedsgruß an die anderen Gäste nahm ich meine Kraxen wieder auf und wandte mich dem Ausgang des Hintertuxer Kessels zu. In einer

guten Stunde würde ich mich in Lanersbach und damit auch wieder zu Hause befinden.

Kapitel 2

Z'haus angekommen

Da ich Jakobs Warnung bezüglich des Wetters ernst nahm, schritt ich schneller und energischer aus als unter gewöhnlichen Umständen und erreichte Lanersbach nach knappen 45 Minuten. Von der Tuxerseite kommend lag meine kleine Hütte gleich am Beginn des Ortes. Endlich also war ich wieder zu Hause!

Freudig öffnete ich meine nur mit einem Holzriegel und einem Metallschloss gesicherte Tür und betrat mein Heim. Es bestand aus einem winzigen Zimmer, in dem ich schlief, und einem größeren Raum, in dem ein Ofen für Gemütlichkeit und Wärme sorgte und auf dem ich auch kochte. Daneben standen mein Esstisch und ein abschließbarer Kasten, in dem ich meine notwendigsten Habseligkeiten aufzubewahren pflegte - zwei Hemden, eine abgewetzte Lederhose, Unterwäsche, einige Gartengeräte und ein paar seltsame und geheimnisvolle Dosen und Gefäße für die Erzeugung der Öle. Da ich für längere Zeit zu Hause bleiben wollte, gesellte sich die Kraxen zu den anderen Reichtümern. Den Großteil meines verdienten Geldes hatte ich, wie schon erwähnt, in Innsbruck auf die Bank gebracht. Mein restliches Barvermögen trug ich in einem Beutel, den ich nie ablegte, stets bei mir.

Gleich nach meiner Ankunft begab ich mich zum Waschen an den direkt bei meinem Haus vorbeirauschenden, eiskalten Tuxbach. Nachdem ich mich dort erfrischt und gereinigt hatte, bemerkte ich, dass der Ausbruch des Unwetters wohl erst in einer guten halben Stunde zu erwarten war. Also spazierte ich fröhlich pfeifend Richtung Lanersbach. Der Ort selbst lag zwar ziemlich zentral im Tuxertal, präsentierte sich aber trotzdem als verschlafenes, kleines Nest. Neben einigen winzigen Söllhäusern und eher ärmlichen Hütten, die der meinen glichen, gab es drei, vier größere Bauerngüter und als wichtigstes Gebäude und ganz wesentlichen Wirtschaftsfaktor den Tannenhof. Der Tannenhof war ein typischer tirolerischer Zwiehof und gleichzeitig der größte seiner Art im Ort. Die schön geschnitzten Balkone und Fensterläden, die kunstvoll verzierten Söller, an denen schon mein Vater mitgearbeitet hatte, das Ziergiebelbundwerk und die gemütliche Laube samt Esstisch vor dem stattlichen Anwesen, das von zwei mächtigen Tannen beherrscht wurde, die dem Hof wohl den Namen gaben, ließen im Betrachter eine

Ahnung vom relativen Reichtum des Besitzers aufsteigen.
Ich konnte aber auf diesen großen Besitz und den damit verbundenen Neid der Gebirgler verzichten und genoss, begleitet vom Gesang der Vögel, die helle, klare Luft und den Anblick der gewaltigen, alles überragenden Berge. Ich grüßte die bekannten Gesichter und Menschen und tratschte hie und da ein wenig mit ihnen. Vor allem am Tannenhof kannte ich die meisten Bewohner, da ich ja selbst jahrelang am Hof gearbeitet hatte und nicht viel jünger als der jetzige Herr war. Und so hielt ich schon voller Vorfreude Ausschau nach bekannten Gesichtern, als ich den Weidezaun, der den Garten des Bauern als Schutz vor Tieren begrenzte, entlangschritt.
So sah ich, wie ein für die Tiroler Bergwelt sehr groß gewachsener, dunkelhaariger, braun gebrannter und etwa 30 Jahre alter Mann aus der Haustüre trat. Seine energische Kinnlade, sein stechender Blick und die kräftige Gestalt in der Lederhose ließen auf Zähigkeit, Kraft, Zielstrebigkeit und Ausdauer schließen. Das war der junge Tannenbauer, der nach dem Tod seines Vaters den größten Hof des Tuxertals übernommen hatte. Wir verstanden uns seit unserer Jugend gut und kannten uns schon viele Jahre. Bei meinem Anblick stutzte der Bauer, dann schritt er lächelnd auf mich zu und reichte mir mit festem Druck die Hand.
„Grüß dich Gott, Sepp! Bist auch wieder im Lande, oder?“

„Grüß Gott auch, Franz! Irgendwann, das weißt ja, treibt's mich zurück in unser schönes Tal. Bei euch alles in Ordnung z'haus?"
„Aber natürlich, Sepp", tönte da die helle, unverkennbare Stimme der Bäuerin, der Resl, die ebenfalls gerade aus dem Haus kam.
Sie war eine sehr attraktive, etwa 25-jährige Frau. Ihre langen, dunkelblonden Haare waren zum tirolerischen Kranz zusammengeflochten und die hellen, blauen Augen stellten einen aufregenden Kontrast zum von der Arbeit im Freien gebräunten Gesicht dar. Die volle, kräftige und doch schlanke Figur wurde durch das Tiroler Dirndl vorteilhaft betont.
„Grüß dich Gott auch, Bäurin! Bist ja fast noch schöner, als ich dich in Erinnerung hab!", schmeichelte ich.
„Geh, Sepp! Bist jetzt auch schon so einer, der den verheirateten Frauen nachsteigt!", knurrte der Bauer.
„Ja, aber sicher, Franz, und vor allem den feschen", scherzte ich weiter. „Und deine g'fallt mir fast am besten von allen im ganzen schönen Tirol."
Der Bauer lächelte kurz.
„Schmeichler! Aber ich muss wieder zur Arbeit. Wir sehen uns sicher! Pfiat di, Sepp!"
Mit diesen Worten verschwand er Richtung Weide.
„Kurz an'bunden war er, der Franz!", meinte ich. „Habt's derzeit wohl viel zu tun am Hof?"
„So wie jedes Jahr halt um diese Zeit. Aber es geht, alle tun brav mit und die Arbeit geht leicht von der

Hand, weil was rausschaut. Ich muss auch weiter, Sepp! Besuch uns doch einmal!"

„Ja, ich meld mich schon! Also, pfiat Gott, Resl!", verabschiedete ich mich und schritt weiter.

Ich folgte dem Weidezaun, der den Tannenhof umgrenzte. Bald schon bog er im rechten Winkel vom Weg durch Lanersbach ab und näherte sich wieder dem Tuxbach. Kurz vor diesem gab es dann ein zweites Eck. Auf dem schmalen Wiesenstreifen zwischen Zaun und Bach wollte ich nun doch möglichst rasch zurück zu meiner Hütte eilen, da ich die Nähe des Unwetters bereits spüren konnte.

Es soll ja Menschen geben, die sich in einem Gebirgstal beengt fühlen. Ich hingegen liebte immer schon die berauschende und beglückende Natur des Gebirges mit all der Freiheit, die sie den Lebewesen trotz vieler Einschränkungen bietet. Und damals, auf dem Weg nach Hause, da schossen mir Gedanken durch den Kopf, die ich bis heute immer wieder habe. Ich dachte an den Adler, der im Flug über die höchsten Gipfel scheinbar alle Grenzen überwinden kann - gibt es eine größere Freiheit als diese? Oder die Gämse, die bei ihrer wilden Jagd über beinah ungangbares Gelände Eleganz und Perfektion zur Schau stellt und gleichzeitig Wege geht, die unmöglich zu erklimmen scheinen - kann man freier sein? Und die Forelle, die sich auf auf ihrem Weg durch die wilden Fluten unglaublich frei fühlen muss, während sie beinahe mühelos die wildesten Wasserwalzen und die gefährlichsten Strudel überwindet - kann es da

noch eine Steigerung geben? Und während ich so meinen Gedanken nachhing, fühlte ich mich rundherum so glücklich und entspannt wie schon lange nicht mehr. Und daher beschloss ich, meine Heimat für ein paar Wochen intensiv zu inhalieren, ehe ich wieder auf Reisen gehen wollte.
Rasch und ohne auf meine Umgebung zu achten näherte ich mich dabei der Stelle, an der die Leute vom Tannengut ihre Wäsche zu waschen pflegten. Direkt daneben befand sich die Wäscheleine, auf der gerade einige Röcke und Hosen im Wind schaukelten. Lisl, eine junge, lustige und stets zu Albereien aufgelegte Magd, stand eben im Begriff, diese Sachen von der Leine zu nehmen und ins Haus zu bringen. Sie riss mich neckisch und ein bisschen aufs Korn nehmend, wie es eben zu ihr passte, aus meinen Träumen.
„Grüß dich Sepp! Rasch, rasch, mach dass'd nach Haus kommst! Weißt, bei uns heroben geht das mit'm G'witter äußerst flott, net so langsam und träge wie in den Städten unten, wo'st dich immer herumtreibst. Bald wird's ein richtiges Unwetter geben! Siehst die kleine schwarze Wolke da oben? Gleich wird's ganz dunkel sein und dann gute Nacht!"
Lachend blieb ich zu dieser Belehrung stehen.
„Die Lisl! Grüß dich! Bist wohl noch immer das rotzfreche Ding, das den Schnabel aufreißt, obwohl es keiner g'fragt hat, he? Wie geht's denn so?"
„Ich dank dir sehr, Sepp. Ich bin glücklich und zufrieden mit meiner Arbeit und mei'm Bauern! Warst

ja sehr lang weg! Fast bist mir schon ein bissl abg'angen mit deiner Sturheit und deinen oberg'scheiten Sprüchen!"

Die Lisl und ich, wir hatten uns wirklich immer schon sehr gut verstanden und ich liebte ihren Witz und Spott. Die Lisl war ein fesches Dirndl, nicht allzu groß, aber schlank und kräftig gebaut, mit blonden und immer wirren Locken, die sich kaum bändigen ließen und ihr Gesicht umrahmten. Meist erhellte ein lustiges Lächeln ihre sympathischen Züge. Und auch damals strahlten mich ihre ganz hellblauen Augen förmlich an, die mit den Wassern des Tuxbachs um die Wette zu glitzern schienen. Und in diesem Moment gestand ich mir ein, dass die Lisl der Mensch war, auf den ich mich vor meiner Rückkehr am allermeisten gefreut hatte.

„Weißt, Lisl, dass du mir auch schon abg'angen bist?", lachte ich. „Aber mir hat halt deine G'scheitheit g'fehlt. In der ganzen Welt nämlich hab ich noch nie einen so g'scheiten Menschen troffen wie dich!"

„Das kann ich mir vorstellen!", war Lisl um keine Antwort verlegen. „Aber ich muss jetzt das G'wandlzeugs ins Haus bringen, sonst schimpft die Bäu'rin. Und du verschwindst nur schnell nach Haus, bevor es losgeht. Sonst machst am gatschigen Weg noch deine Hosen schmutzig und bettelst so lang, bis ich's dir wieder wasch! Vielleicht find ich morgen einmal Zeit, dass ich bei dir vorbeikomm!"

„Das würd mir gut passen! Da werd ich dir viel erzählen müssen, Lisl! Bis morgen dann! Servus!"

„Pfiat di!", rief mir die Lisl noch zu, ehe ihr Kopf hinter all den Hosen und Röcken und Blusen und Hemden, die sie sich aufgeladen hatte, verschwunden war.

Kapitel 3

Das Unwetter

Ich eilte nun schneller nach Hause, da das Unwetter wirklich kurz vor dem Ausbruch stand. Irgendwie freute ich mich schon auf den bevorstehenden Wetterumschwung und wollte dabei allein und im Trockenen sein. Als Händler, der auch einmal im Freien übernachten musste, hatte ich natürlich weniger Freude mit so einem Wolkenbruch. Hier aber, im Schutze des festen und wasserdichten Hauses, konnte ich ein richtiges Gewitter genießen. Schon als kleiner Bub hatte ich das Prasseln des Regens, die Helligkeit der Blitze und das dunkle Rollen des Donners geliebt. Die Naturgewalten, die sich den Menschen in solchen Stunden offenbarten, hatten mich immer schon gleichermaßen fasziniert und geängstigt.

Kaum zehn Minuten, nachdem ich meine Hütte betreten und ein Feuerchen im Kamin angeheizt hatte, öffnete der nun schon tiefschwarze Himmel seine Schleusen. Zunächst fielen vereinzelte große, schwere Regentropfen. Dann - wie auf ein Kommando von Petrus - stürzten richtige Wassermassen aus dem Himmel auf die arme, kleine Erde hernieder. Ich rückte meinen Stuhl ans Fenster und genoss das unglaubliche Spektakel. Blitze zuckten am Himmel und erleuchteten die Dunkelheit taghell, Wasser prasselte unaufhörlich hernieder und der Donner gab etwa alle zehn Sekunden seinen Senf zu dieser sicherlich wichtigen Diskussion zwischen Regen und Blitz! Es rumpelte und krachte im ganzen Tal und nicht selten schlug ein Blitz ganz in der Nähe ein, worauf mich ein fürchterlicher Knall zusammenzucken ließ. So rumorte es wohl mindestens eine Stunde lang ohne Pause. Die ganze Zeit über saß ich am Fenster und staunte hinaus. Das Gewitter brachte eine gruselige und zugleich heimelige Stimmung in meine kleine Hütte.

Als das Unwetter etwas nachließ, öffnete ich das Fenster, da die Luft nach einem klärenden Wetter am besten war. Es hatte ziemlich abgekühlt. Tief atmete ich die Frische der verregneten Berge ein und blickte angestrengt in die dunkle Nacht hinaus. Dabei schien es mir, als ob im Lichte eines Blitzes eine dunkle Gestalt mit einer weißen Haube oder extrem weißem Haar über die Weiden des Tannenbauern huschen würde. So angestrengt ich aber auch weiterhin in diese Richtung blickte, in der ich die Bewegung wahrgenommen zu haben glaubte - ich konnte nichts mehr sehen und tat meine Beobachtung schon als Einbildung ab, als ich fürchterlich zusammenzuckte. Ein letzter gewaltiger Blitz erhellte das Tal kurz taghell. Und genau in jenem Moment sah ich sie wieder, die Gestalt! Sie hatte die Arme gegen den Himmel gehoben und schüttelte die Fäuste voller Zorn. Es war ein wahrhaft schrecklicher und furchterregender Anblick. Der direkt darauffolgende Donner ließ mich abermals zusammenfahren. Hastig und mit ein wenig zittrigen Händen schloss ich mein Fenster.

Und heute kann ich gestehen: Auch wenn ich gegen Aber- und Gespensterglauben immun bin, war mir in jener nächtlich einsamen Situation sehr wohl die Gänsehaut über den Rücken Richtung Kopf gekrochen. Ich kann mich noch gut entsinnen, wie mein Herz einen kurzen Sprung zu machen schien, um gleich darauf mit enormer Geschwindigkeit weiterzurasen.

Konzentriert und aufmerksam begutachtete ich daraufhin noch ein Weilchen die Dunkelheit, die inzwischen wieder die kurze Helligkeit des Blitzes ersetzte. Da ich aber nichts weiter Interessantes entdecken konnte, legte ich mich schließlich kopfschüttelnd und über das Gesehene nachdenkend zu meiner wohlverdienten Ruhe nieder. Zuvor aber kontrollierte ich noch, ob der schwache Holzriegel meines Hauses auch wirklich fest geschlossen war! Erst danach fühlte ich mich in meinen frischen, noch herrlichen kühlen Decken sicher und genoss zum ersten Mal seit langem die Vorzüge des eigenen Betts.

Kapitel 4

Der Tod und die Schönheit der Berge

Nach einer erquickenden und kräftigenden Nacht begleitete mich am nächsten Morgen strahlender Sonnenschein auf meinem Weg zur Kirche.
Auch wenn Tux keine eigene Pfarrei hatte, so lebte doch seit längerem schon ein älterer und würdiger Priester in unserem Ort, den wir im Allgemeinen auch als unseren Herrn Pfarrer bezeichneten. Regelmäßig las er in den Tuxer- und Lanersbacher Kirchlein heilige Messen und pflegte auch sonst für „seine Schäfchen", wie er uns nannte, da zu sein.
Ich erinnere mich noch ganz genau, dass ich an jenem so schicksalhaften Sonntag in den hinteren Reihen der Kirche Platz genommen hatte. Die Messe verlief bis zum Evangelium alles andere als ungewöhnlich. Der Priester sprach immer wieder davon, wie sehr sich die ganze Liebe Gottes doch gerade in der eben zum Leben erwachenden, wunderschönen, ja paradiesischen Frühsommernatur und der

Freundlichkeit und Zufriedenheit der hier lebenden Menschen offenbarte. Und mein Herz ging bei seinen Worten förmlich auf, fühlte ich doch genauso.
Vom Evangelium selbst allerdings bekam ich nur die Worte: „In diebus illi..." zu hören, als das Kirchentor aufgerissen wurde. Lisl trat ein und stürzte zu den ersten Reihen. Dort begann sie leise auf den Tannenbauern einzureden. Erschrocken verstummte der Priester im Altarraum und alle Augen wandten sich der üblicherweise so fröhlichen Magd zu. Diese war bleich und sah geschockt aus, obwohl sie sich sichtlich darum bemühte, so zu wirken wie immer. Die zunächst finster zusammengezogenen Brauen von Franz schnellten bei den hastig geflüsterten Worten der Magd wie in großem Schrecken nach oben. Dann stürmte er ohne ein Wort der Erklärung aus der Kirche. Die Peinlichkeit des Vorfalls erhöhte sich noch durch Lisl, die unentschlossen im Mittelgang der Kirche stehen geblieben war, sich schließlich zu einem lauten „T'schuldigung" aufraffte und sogar ein kleines Lächeln zustandebrachte, ehe sie die Kirche ebenfalls im Laufschritt verließ. So etwas war selbst uns manchmal doch recht eigenwilligen Gebirglern noch nicht passiert und es hob ein Tuscheln an, dem erst der Pfarrer ein Ende bereitete, indem er aus dem Evangelium weiterrezitierte. Ich selbst verspürte allerdings den dringenden Wunsch nach Aufklärung über das eben Geschehene. Also trat ich dicht gefolgt von der

Tannenbäuerin leise aus der Kirche. Der verschreckte Blick der schönen Frau machte mir Angst.

„Hast was gehört, Bäu'rin?“, fragte ich sie.

„Nein, gar nix! Aber so eine Furcht, wie ich im Blick vom Franzl und von der Lisl g'sehen hab. Möge der Herrgott geben, dass nicht was gar allzu Schlimmes is'!“

Leider sollte sich die Hoffnung der Bäuerin nicht erfüllen. Als wir die eilig davonlaufende Lisl eingeholt hatten, sprach die Sorge in ihren Augen mehr als tausend Worte.

„Sag, Lisl, was ist passiert?“, fuhr sie die Bäuerin schroff und unwirsch an.

„Bäurin“, schnaufte die Magd atemlos, und warf dem schon am Aufstieg zur Kleinhüttenalm befindlichen Bauern einen raschen, wirren Blick hinterher. „Der Kuhstall oben auf der Alm, ja und die Aste daneben, die sind abbrannt. Ein Blitz muss die Katastrophe ausg'löst haben. Die Küh, die leben eh! Und der Joseph...“

Lisl schluchzte auf, wurde aber von der Bäuerin harsch unterbrochen: „Na, jetzt red schon!“

Sofort fing sich Lisl wieder. Sie berichtete: „Der Joseph hat ja gestern noch einmal raufgschaut und wir haben uns dacht, das G'witter hat ihn dran g'hindert, wieder heimz'kommen. Vorher grad kommt aber der Hans zu mir, ganz atemlos! Und dann schnauft er, dass es den Joseph erwischt hätt oben auf der Alm - und seinen Sennhund dazu. Niemand hat den Mut g'habt, dem Bauern das während der Mess' zu sagen, also bin ich halt rein und hab ihm alles erzählt. Der Joseph ist tot, Bäurin, verstehst, ganz tot. Herr im Himmel, was ist da g'schehn!"

Lisl merkte man den Schrecken und das Unverständnis über das Vorgefallene an. Trotzdem aber blieb sie die Lisl - tapfer, mutig und Herrin der Lage. Ganz anders hingegen reagierte die Bäuerin. Sie war leichenblass geworden und ihre Augen traten beinahe aus den Höhlen. In ihnen spiegelte sich pures, blankes Entsetzen und sie schrie in einem unnatürlichen und unmenschlichen Ton auf. Dann sank sie auf die Knie. Ich packte sie fest am Oberarm, zog sie auf und sah ihr fest in die Augen.

„Sei stark, Bäu'rin, und komm mit! Noch wissen wir gar nix", forderte ich die Resl dann auf. „Wir müssen auf die Alm. Dort werden wir alles sehn!"

Lisl nickte neben mir und ergriff die Hand der willenlosen Frau. So zog sie die Tannenbäuerin den Berg hinauf. Ich war ihr da aber schon um ein paar Schritte voraus, so sehr hatte mich die Ungeduld überfallen. Kaum konnten die Frauen mir folgen, da ich den schmalen Pfad zur Kleinhüttenalm doch mit der ganzen Kraft meiner geübten Beine emporeilte. Und doch gelang es mir nicht, den Bauern einzuholen, der wohl ebenso rasch wie ich gelaufen sein musste.

Ebenso wie ich selbst rasten auch meine Gedanken! Natürlich hatte ich Joseph gekannt, der mit mir am Tannenhof groß geworden und für jeden Unfug und Schabernack zu haben gewesen war! Was hatten wir nicht gelacht, als wir als Buben dem Lehrer die Kreide versteckt oder einige Jahre später gemeinsam die wildesten Zechtouren unternommen hatten. In den letzten Jahren hatte sich mein Kontakt zu Joseph allerdings auf gelegentliche kurze Gespräche im Wirtshaus vom Jakob und auch auf geschäftliche Dinge beschränkt, die ich mit ihm als wichtigsten Knecht am Tannenhof abzumachen hatte. So hatte ich die nötigen Samen für mein kleines Stückchen Land seit jeher beim Tannenbauern gekauft und stets war es Joseph gewesen, der mir die beste Ware herausgesucht hatte. Mir wurde bei dieser Hetzjagd hin zum Schauplatz des Todes aber auch klar, dass ich Joseph in den letzten Jahren aus den Augen verloren hatte.

Zusätzlich stimmte mich die gesamte Gewittergeschichte der letzten Nacht sehr nachdenklich. Immer schon hatte es natürlich Menschen gegeben, die sich der gewaltigen Energie eines Blitzes aufgrund mangelndes Unterschlupfs, mangelnder Vernunft oder aus Leichtsinn ausliefern mussten oder wollten und so den Tod im Gewitter fanden. Bei uns in den Bergen aber fürchteten die Bauern die Macht des Blitzes und bauten ihre Hütten, Asten, Ställe, Heulager und Höfe an Stellen auf, an denen keine Gefahr drohte. Und speziell jetzt die Kleinhüttenalm - die kannte ich ausgesprochen gut! Gerade dort drängten sich die Hütten in eine Art Senke und standen geschickt in der steilen Almwiese verbaut. Die Möglichkeit eines Blitzschlages war nach

menschlichem Ermessen eigentlich auszuschließen. Irgendetwas, so belehrte mich mein Instinkt, stimmte hier nicht. Und so verspürte ich immer mehr eine innere Unruhe und Aufregung, die mich das Tempo noch einmal erhöhen ließen. Daher blieben die Frauen weit hinter mir. Als ich dann nach etwa halbstündigem Lauf die Alm erreicht hatte, musste ich zunächst verarbeiten, wie ironisch das Schicksal oft zu handeln wusste.
Auf den ersten Blick nämlich eröffnete sich vor mir ein Bild unglaublichster, wundervollster Bergpracht. Zwischen friedlich weidenden Kühe und herrlichsten, von einigen „Vergissmeinnicht“ blau durchsetzten Almwiesen plätscherte ein liebliches Bächlein seine ewig schöne Musik, die nur von klarem Bergwasser gespielt werden kann. Zugleich aber drängten sich Tod und Zerstörung ins Blickfeld des Betrachters. Eine kleine Aste und ein Kuhstall, nun verkohlt und schwarz, zeigten in Verbindung mit der paradiesischen Umgebung, wie schmal der Grat zwischen Himmel und Hölle doch sein musste.
Zielstrebig eilte ich auf die heruntergebrannten Ruinen zu und bemerkte im Näherkommen noch, dass die festen Wandbalken der Gebäude und ebenso die tragenden Dachstreben kaum Schaden genommen hatten. Das Feuer war also nicht sonderlich ausgiebig gewesen und ich stellte mir die Frage, ob der strömende Regen und das Ausbleiben eines Sturms die völlige Vernichtung der Almhütten verhindert hatten. Bei den Trümmern traf ich schließlich auch

auf den Tannenbauer, der, immer noch ein wenig außer Atem vom raschen Lauf, traurig und betreten auf sein zerstörtes Eigentum blickte. Er wirkte trotz des eben erst eingesteckten Schicksalsschlags erstaunlich ruhig und gefasst. Ich trat zu ihm und fing zunächst einen vorwurfsvollen Blick auf.

„Was tust denn da?“, knurrte er mich an. Offensichtlich war er nicht gerade erbaut, mich zu sehen.

„Die Lisl hat mir und der Bäurin vom Geschehenen erzählt. Und da wollt ich halt schauen, ob ich helfen kann. Es tut mir leid, Bauer, was hier passiert ist. Aber gegen Wetter und Naturgewalten sind wir Menschen machtlos“, entgegnete ich leise und klopfte ihm ermutigend auf die Schulter. „Im Leben gibt es Dinge, die wir nicht beeinflussen können und Joseph musste gehen, weil’s das Schicksal und der Herr im Himmel so wollen haben. Wir können nix mehr tun, außer für ihn beten. Und als Christen glauben wir schließlich auch dran, dass es ihm jetzt bessergeht. Aus diesem Vertrauen heraus sollten wir die Stärke nehmen, so ein Unglück zu verarbeiten.“

Ich sah, wie dem Bauern Tränen in die Augen traten und wie er leicht nickte. Schnell aber hatte er sich wieder gefasst.

„Wirst schon recht haben, Sepp!“, murmelte er dann. „Aber es ist halt net so einfach. Ich kann noch immer net verstehn, wie der Blitz hier einschlagen hat können - hier, in der g’schützten Mulden da!“

Ich nickte und wir standen ein Weilchen schweigend nebeneinander. Dann schlug ich ihm nochmals freundschaftlich auf die Schulter und ging einmal um die Ruinen herum. Das trockene, schwache Holz des Innenraums hatte der Kraft des Feuers nicht widerstehen können und war vollständig verbrannt. Überraschend fest wirkten hingegen, wie ich bereits beim Ankommen bemerkt hatte, die tragenden Balken und der Dachstuhl. Auch das Dach selbst, obwohl aus Holzschindeln und nur beschwert mit größeren Steinen, war abgesehen von einigen Brandlöchern in noch gutem Zustand. Die gesamte Ruine wirkte auf mich, als wäre das Feuer von innen nach außen gebrannt und dort dann aufgrund zu hoher Nässe oder fehlender Nahrung ausgegangen.

Etwas irritiert ob dieser Erkenntnis betrat ich den ehemaligen „Wohnraum" der Aste. In der Mitte des Zimmers lag die Leiche Josephs. Offenbar hatte sich noch niemand um den armen Kerl gekümmert. Ich neigte mich zu ihm herab, um ihm die Augen zu schließen, als ich bemerkte, wie seltsam es doch war, dass ausgerechnet ein im Feuer halb verbrannter Mensch seine Kopfbedeckung keck am Kopf sitzen hatte. Seltsam skurril wirkte auch der vollständig verbrannte Sennhund neben ihm. Ein Schaudern unterdrückend zog ich Josephs Lider über die an die Decke starrenden Augen. Unweigerlich betrachtete ich dabei die sterblichen Überreste des Knechts genauer. Er lag am Rücken, wobei seine Gestalt irgendwie verrenkt wirkte. Fast schien es, als ob es ihm in der Stunde des Todes nicht vergönnt gewesen wäre, sich gemütlich am Boden auszustrecken. Der Rücken wölbte sich aus irgendeinem Grund und berührte sichtlich nicht überall die Diele. Um die Ursache für diese eigenartige Lage der Leiche zu finden, drehte ich Joseph auf den Bauch.

Und mit einem Mal begann mein Puls zu rasen. Für einen Moment schien die Zeit stillzustehen. Gleich darauf aber fühlte ich das Blut rasend schnell durch meine Adern sausen. Ich bemerkte, wie sich ein leichter Schwindel über mich legte und ich beide Hände benötigte, um mich abzustützen. Ich schloß meine Augen und öffnete sie wieder - so, als könnte dies die Wirklichkeit vor mir ungeschehen machen. Aber natürlich nützte das nichts. Das Messer, das aus dem halb verkohlten Rücken des Toten ragte, verschwand nicht.

Ich atmete ein paar Mal tief ein und richtete mich dann, als meine leichte Benommenheit wieder völlig von mir gewichen war, langsam auf. Ich warf einen kurzen Blick durch die verkohlte Türöffnung ins Freie hinaus. Schemenhaft sah ich dabei Lisl und die Bäuerin sowie drei Knechte vom Tannenhof, die offenbar auf dem Weg zur Kleinhüttenalm zu den Frauen gestoßen waren. Die fünf begannen mit dem Bauern zu reden. Ich starrte auf diese Szene, während tausend Gedanken durch mein Hirn schossen. Und auch wenn ich heute nicht mehr ganz exakt schildern kann, was damals in meinem Kopf vorgegangen ist, so ist mir doch bewusst, dass dieser kurze Moment

für den weiteren Verlauf der Geschichte hauptverantwortlich ist. Eigentlich hätte ich wohl einfach ins Freie treten sollen, um den anderen von meinem Fund zu erzählen. Und doch handelte ich anders.
Gründe dafür, die mir an jenem Vormittag sicherlich nicht bewusst waren, gibt es einige. Und aus heutiger Sicht glaube ich, dass es einerseits viel damit zu tun hatte, dass die Polizei einen solchen Mordfall nicht wirklich untersucht, sondern sich mit einem einfachen Bericht über die Unmöglichkeit der Ermittlungen vor genau diesen gedrückt hätte. Der Fall wäre nie aufgeklärt worden. Andererseits aber war bestimmt auch die Verpflichtung in mir, einem Mann, den ich gut gekannt und in meiner Jugend auch als Freund bezeichnet habe, zu seinem Recht - auch wenn erst im Tod - zu verhelfen. Und drittens wollte und konnte ich unter keinerlei Umständen dulden, dass im Tuxertal ein Mordfall ungesühnt blieb.
Ich entschied mich also, den Täter selbst aufzuspüren und aus diesem Grund die Tatsache mit dem Messer mein Geheimnis bleiben zu lassen. Nur den Bauersleuten und der Lisl wollte ich davon erzählen. Voraussetzung für meinen Geheimhalteplan war aber, dass Hans, der die Leiche ja als erster entdeckt hatte, nichts vom Messer wusste. Vorsichtig zog ich also die vermutliche Mordwaffe aus dem Rücken des Toten, wischte sie mit der Asche des Brandes rein und steckte sie mir in die Tasche meiner Hose. Danach untersuchte ich den Toten genauer.

Wie durch ein Wunder waren die sterblichen Überreste des Knechts bis auf den Unterleib und kleine Teile des Oberkörpers vom Feuer beinahe unversehrt geblieben. Der kaum einen halben Meter weiter in der Hütte liegende Hund dagegen war völlig verbrannt. Verwundert schüttelte ich den Kopf. Der völlig unversehrte Hut des Toten irritierte mich ebenfalls und ich nahm ihn vorsichtig ab. Ich stieß einen leisen Schrei aus. Was ich nun nämlich zu sehen bekam, verursachte in mir Schrecken und Übelkeit und trieb gleichzeitig meine Verwirrung zur Spitze. Am Schädel Josephs klaffte eine wohl zwei Zentimeter breite, fünfzehn Zentimeter lange und sehr tiefe Wunde, die den Kopf in zwei Hälften teilte. Ich richtete mich leicht auf. Dann bedachte ich die seltsame Lage.

Was war in dieser Nacht von Samstag auf Sonntag wirklich passiert? Warum gab es keine Blutlache am Boden? Wie sollte ich die zeitliche Abfolge der Geschehnisse reihen? War der bereits erstochene Knecht von einem der herabfallenden Balken oder Steinen getroffen worden? Wenn ja, wo war dann der Gegenstand, der die Kopfwunde verursacht hatte, hingekommen? Oder hatte der Mörder den Knecht erschlagen, danach auch noch erstochen und schließlich, um ganz sicher zu gehen, verbrannt? War es nicht doch möglich, dass ein Blitz den Brand verursacht hatte? Außerdem fragte ich mich, warum der Mörder sein Messer im Rücken des Opfers stecken ließ? Es musste ihm ja zum Verräter werden.

Und was zum Teufel machte überhaupt einen armen Knecht zur Zielscheibe eines Mordes? Hatten wir es hier mit einem Verrückten zu tun oder gab es andere Motive? Und vor allem: Wer tötet einen Menschen zwei- oder gar dreimal? Hatte der Mörder das Messer im Rücken stecken gelassen, um einen anderen Mann zu belasten?
Fragen über Fragen schossen also durch meinen Kopf und sehr verwirrt starrte ich noch einen Augenblick auf den Toten. Dann trat ich wieder auf die Alm hinaus. Ich zeigte mich selbst verblüfft über die Ruhe und Klarheit, mit der ich handelte und dachte. Ich näherte mich der inzwischen sechsköpfigen Gruppe um den Bauern und bemerkte im Näherkommen unter den drei Knechten auch Hans.
„Warum warst denn so lang in der Hütt'n?", fragte mich der Tannenbauer argwöhnisch.
„Hans", ignorierte ich die Frage, „hast irgendwas Außerg'wöhnliches bemerkt da auf der Alm, als'd den Joseph g'funden hast?"
„Na", schüttelte Hans den Kopf. „Ich bin eigentlich nur zufällig vorbei, weil ich zum Winkelbauern wollt. Die Lena von dort ist ja meine Liebste. Da ich den Weg über die Kleinhütten halt so schön find, bin ich ihn auch g'angen. Also hab ich die Brandstell g'sehen. In der Hütten drin ist der Joseph gleich beim Eingang g'legen. Ich hab nur seinen Puls tastet und weil ich nix mehr g'spürt hab, bin ich sofort nach Haus g'rannt,

um das weiter zu erzählen. Ich hab ja net g'wusst, was ich tun soll!“

Ich blickte dem Hans, dem eine dicke Träne im linken Auge hing, forschend ins Gesicht. Aber ich bemerkte keine Unehrlichkeit oder Verschmitztheit darin und nickte daher. Der Bauer räusperte sich und hustete.

„Bist wohl ein Detektiv, weilst solche Fragen stellst?“, wollt die Bäuerin von mir wissen.

„Aber geh! Ich bin nur neugierig - und ein bisserl seltsam ist das schon alles!“, antwortete ich unbefangen und wandte mich an den Bauern. „Solltet’s net die Leich wegbringen?“

„Recht hast, Sepp. Ich bin noch ganz durcheinander! Baut's eine Trage, damit wir den Joseph ins Tal bringen können!“, forderte der Bauer dann die drei Knechte auf.

Während die Angesprochenen sich an die Arbeit machten, nutzte ich die Gelegenheit, die Besitzer vom Tannenhof sowie die Lisl vom Fund des Messers in Kenntnis zu setzen.

„Hört zu“, begann ich also schnell zu sprechen. „Der Joseph ist nicht durch einen Blitz g’storben.“

Noch einmal blickte ich mich um, ob ein Lauscher in der Nähe war. Da die Knechte aber in einiger Entfernung an der Bahre bastelten, fuhr ich rasch fort: „Er ist umbracht worden!“

Ein Ausruf des Schreckens schlüpfte über Lisls Lippen.

Ich deutete ihr, leise zu sein und ergänzte: „Ich hab keine Ahnung, warum und wer des g’wesen sein könnt. Aber es ist ein Messer in seinem Rücken g'steckt, das ich gleich mitg'nommen hab. Vielleicht kennt es ja wer von euch!"

Ich zog die Tatwaffe aus der Tasche. Blässe überzog die Gesichter der beiden Frauen. Die Bäuerin fing an zu weinen. Franz blieb verhältnismäßig gefasst. Bei seinen nächsten Worten merkte ich aber am Zittern seiner Stimme, dass diese Stärke gespielt war.

„Sei jetzt leise, Resl, und kein Wort zu den Knechten, ihr drei. Wir müssen das allein schaffen und stark sein. Ich kann mir net leisten, dass die Leut wissen, dass es ein Verbrechen im Z'sammenhang mit meinem Hof geben hat", zischte der Bauer. „Hast übrigens g'schickt g'macht, dass du das Messer gleich mitg'nommen hast, Sepp. So können wir das Ganze vielleicht wirklich verheimlichen. Jetzt versteh ich deine Fragen! Zeig's mir einmal!"

Ich reichte dem Bauern die Waffe und er betrachtete sie genau.

„Das ist ein ganz normales Messer, wie's jeder Bauer und Knecht hier heroben hat, nix Besonderes!", meinte er dann.

Lisl, die neben ihren Bauern getreten war, stieß plötzlich einen kleinen Schrei aus.

„Schaut's einmal!", rief sie daraufhin. „Da unten am Schaft, da ist was eingraviert. Das sieht man, obwohl das Holz ein bisserl angekohlt ist. Ich denk, ich weiß, wem das g'hört. Es ist dem Winkelbauern sei Zeichen! Siehst, da unten!"

Ihr Finger zeigte wirklich auf ein ganz kleines, am Ende des Schafts angebrachtes Schnitzwerk, welches ein Haus mit einem Winkelzeichen darüber darstellte. Stumm blickte ich in die Augen des Ehepaars und der Magd.

„Das sollten wir am besten auch für uns behalten!“, meinte ich ernst.

Der Bauer gab mir die Waffe zurück und ich steckte das Messer wieder in meine Tasche. Das geschah keinen Moment zu früh, kamen nun doch die Knechte mit einer Bahre auf uns zu, die sie aus zwei größeren Ästen und zwei Decken aus der Aste, die trotz des Feuers in noch gutem Zustand waren, gebaut hatten. Unter Mithilfe des Bauern luden sie die Leiche auf und transportierten sie auf der Trage zu Tal. Der Bauer und seine Frau begleiteten ihr Gesinde.

Sehr nachdenklich blickten Lisl und ich dem traurigen Zug nach. Das ewige Spiel von Leben und Sterben hatte hier auf der Alm eine schreckliche Verlängerung gefunden. Aber derjenige, der diesen Spielzug des Todes getan hatte, der sollte seine gerechte Strafe finden! Das schwor ich mir.

„Es ist so schön hier und - trotzdem so fürchterlich!“, unterbrach Lisl meine Gedanken.

Diese ihre Worte trafen die Stimmung sehr genau. Mein Blick fiel auf den ungeheuren Hintertuxer Gletscher, dessen Weiß das frische Grün der Almen rings um mich noch betonte. Es war wirklich wunderschön hier - und doch gab es einen Toten zu beklagen, der aus Gründen, die ich noch nicht kannte, ermordet worden war! Und plötzlich konnte ich den Zorn Gottes nachvollziehen, als er merkte, dass Adam und Eva nicht einmal im Garten Eden zufrieden und glücklich waren. Auch ich fühlte mich hier in meinem Tuxertal bei all den Härten des Alltags wie im Paradies, so herrlich erstreckten sich die Almen rings um mich mit ihrem Duft und dem kräftigen Rauschen der Bäche, so zuhause fühlte ich mich. Und gerade hier in meinem kleinen, schönen Tal war ein grausames Verbrechen an einem Menschen verübt worden! Einige Tränen stiegen mir in die Augen und ich wusste, dass ihr Ursprung sowohl in der Trauer um Joseph als auch in der Wut über den Täter lag.

„Was zum Teufel ist denn da passiert?“, brach es aus mir heraus.

Lisl zuckte unschlüssig mit den Achseln. Sie hatte an diesem späten Vormittag nichts Neckisches und Fröhliches mehr an sich. Vielmehr blickten ihre schönen Augen traurig und bestürzt in die Welt. Und doch sprach jede Faser ihres Körpers von ihrer Liebe zu diesem Tal und ich spürte, dass auch sie nicht dulden würde, dass der Mord ungestraft blieb – nicht im Tuxertal. Das hatten wir gemeinsam.

„Lisl“, beendete ich die Stille. „Hast in den letzten Wochen seltsame Dinge bemerkt? Es muss dem Joseph irgendwas passiert sein. Es muss einen Auslöser für diese Schandtat geben!“

Die Magd dachte kurz nach.

„Na, eigentlich hab ich nix bemerkt!“, meinte sie dann.
Und nach kurzem Zögern fügte sie hinzu: „Außer einer Kleinigkeit vielleicht: Er hat mir g’sagt, dass er heuer halt viel öfter auf den Almen ist als sonst immer.“
„Das ist eigentlich net so was B’sonderes. Es wird halt jedes Jahr ein bisserl anders sein. Sonst hat’s gar nix geben?“
Lisl blickte überlegend zu Boden. Schließlich hob sie schnell den Kopf.
„Es hat schon was geben, doch! Aber andererseits glaub ich net, dass das was Wichtiges ist. Es klingt eher wie eine Dummheit!“
„Erzähl's trotzdem!“, forderte ich sie gespannt auf.
„Wennst unbedingt befiehlst!“, lächelte sie und der Schalk schien kurz aus ihrem Gesicht zu lachen.
Doch sofort wurde Lisl wieder ernst.
„Der Joseph hat ja immer viel mit mir g’redet und da hab ich natürlich schon einiges von ihm und seinem Leben erfahren. Es gibt Dinge, die er mir zug’flüstert hat, die hätt ich mir eigentlich gar net denkt von ihm. Kaum aber hat er’s mir erzählt, hat’s dann doch wieder genau zu ihm passt. Er war halt immer schon ein Wilder und einer, der alles bis zum Letzten erleben hat wollen. Und da hat er mir letztens lachend erzählt, der Pfister Hans, der Höllenmüller, der hätt droht, ihn umzubringen.“
Lisl hielt kurz inne und schaute mir fragend in die Augen.

„Und jetzt ist er wirklich tot! Ob das ein Zufall ist?"
„Seltsam ist es schon, da geb ich dir Recht!", meinte ich dann nachdenklich. „Obwohl so eine Drohung natürlich schnell aus einem rausrutschen kann. Weißt denn, warum der Müller dem Joseph mit'm Mord droht hat?"
„Ach, Sepp, weißt, es ist so eine dumme G'schicht, dass ich mir noch immer denk, dass sie gar keine Bedeutung hat. Du kennst die Lebensg'schicht vom Pfister wahrscheinlich eh, aber ich erzähls noch einmal - so, wie's mir der Joseph halt g'sagt hat. Der Pfister Hans war früher einmal ein fescher und reicher Kerl, hat Familie, Frau und Kinder g'habt und einen gut gehenden Hof zusätzlich noch zu seiner Mühle."
„Frau und Kinder hat der g'habt?", unterbrach ich Lisl an dieser Stelle.
„Jaja, aber wichtiger ist ihm immer schon das Geld g'wesen. Er hat seit jeher schon gern damit angegeben. Das ist den Leuten im Ort auf'gstoßen und er war deshalb net unbedingt beliebt. Immer wieder ist er am Abend beim Platzer Jakob auf eine Gruppe Bauern g'stoßen, die Karten dippelt haben. Der Hans hat nie mitg'spielt! Dazu war er zu stolz und die anderen waren ihm zu arm. Schließlich ist er der Besitzer von einem großen Hof und der Mühle g'wesen - was also hätt er sich mit den anderen abgeben sollen?"
Ich grinste.

„Recht hat er g'habt, der Hans! Die armen Schlucker sind ja wirklich nix für ihn.“
„Eben! Und jetzt lass mich fertigerzählen!“, erwiderte Lisl gespielt verstimmt. „Also: Auch wenn es die Bauern im Tal herinnen nicht so zugeben haben - der Ärger bei ihnen wegen dem Verhalten vom Hans is groß g'wesen. Immer wieder haben's ihm zug’rufen: ‚Wennst so reich bist, wies'd immer redest, Müller, dann setz dich doch her und spiel mit!’ Und Hans hat immer abgelehnt. Eines Abends aber - er soll schon recht betrunken g'wesen sein - da hat er sich dann wirklich zum Spieltisch g'stellt und zug'schaut! Schließlich hat er Platz g'nommen und zu spielen begonnen. Und wenn auch nur die Hälfte der G'schichten über ihn stimmen, dann hat er seither auch nie mehr aufg’hört. Zuerst war er noch vorsichtig, dann ist er immer verwegener worden. Er hat viel Geld durchbracht und hat zu trinken begonnen. Er hat Weiden und Vieh verkaufen müssen und das hat seiner Frau das Leben kostet - der Gram und der Kummer, weißt?“
„So hab ich die G’schicht noch nie g’hört, Lisl. Mit der Familie im Hintergrund ist das ja wirklich schrecklich!“, antwortete ich.
„Jaja, er muss ein ganz Rücksichtsloser g'wesen sein! Auf jeden Fall geht er seit dem Tod seiner Frau nimmer in die Kirch'n und seine Kinder sind erwachsen worden und haben ihn verlassen. Die sind alle weg'zogen. Er selbst hingegen lässt sich kaum mehr blicken. Immer aber trägt er einen dunklen

Anzug, einen Hut und Schuhe mit silbernen Schnallen. Zudem hinkt er ein bisschen. Und weil er im hintersten Eck von Juns wohnt und das Gerücht umgeht, dort werde viel getrunken und noch mehr Geld verspielt - deshalb sprechen die Leut von ihm nur als vom Höllenmüller! Daraufhin hat er sich als Scherz auch noch eine lange Feder an den Hut g'steckt." Lisl schmunzelte. „Ja, er ist ein eigener Kerl."

„Wennst dazu sein dunkles Wesen und seinen spitzen Witz kennst, dann weißt noch viel eher, warum ihn die Leut als den Höllenmüller rufen!", murmelte ich.

Ein Weilchen blieb es still, ehe ich ergänzte: „Und doch kann ich nix Schlechtes über den Hans erzählen. Ich bin immer gut mit ihm auskommen."

Ich räusperte mich.

„Außerdem versteh ich nicht, warumst mir lang und breit die ganze G'schicht erzählst, aber die Morddrohung net einbaust, wegen der wir überhaupt auf den Hans kommen sind!", rügte ich Lisl dann.

„Sei net so ungeduldig!", lachte sie leise. „Das mit'm Mord war folgendermaßen: Der Joseph hat ja selbst manchmal g'spielt, aber um wenig Geld - obwohl er kein ganz Armer war! Ich hab ihm immer g'sagt, er soll's lassen, aber er hat net auf mich g'hört. Letzte Woche also hat er dem Höllenmüller einiges abg'wonnen. Daraufhin hat der ihm droht, ihn umzubringen, weil er net recht g'spielt hätt. Er müsse ihm sei Geld wiedergeben und so weiter! Alle haben's

g'hört beim Jakob hinten! Allerdings hätt der Höllenmüller dabei g'lacht! Sein dämonisches Lachen, das kennst eh, oder?"
„Ja, Lisl, das kenn ich. Der Höllenmüller ist trotz allem irgendwie ein witziger Kerl und dumm ist er sicher net! Ich glaub, er hat einen Spaß machen wollen!"
Ich nickte bei mir.
„Ja, er wird den Joseph ein bisschen ängstigen haben wollen, mehr net! Aber dass der Joseph Geld g'habt hat, wies'd andeutet hast, das hab ich net g'wusst, das hat er mir nie erzählt!"
„Das haben nur wenige g'wusst, Sepp! Ich hab ihm versprechen müssen, es niemandem zu sagen. Jetzt aber, wo er tot ist, kann ich mein Versprechen brechen, oder?"
„Ich denk schon!", entgegnete ich. „Immerhin könnt uns das helfen, den Mörder zu finden!"
„So denk ich auch, Sepp!"
Lisl überlegte kurz und erzählte dann: „Also, der Joseph hat ganz im Geheimen vom alten Tannenbauern was geerbt! Er ist nämlich net das leibliche Kind vom alten Bauern g'wesen, wie's oft heißt, sondern die G'schicht ist folgende: die Frau vom alten Bauern ist ja bei der Geburt des erstens Kindes, also bei der Geburt vom Franz, g'storben, wie's halt oft so ist. Der Bauer, der alte, der war darüber sehr traurig und hat sich ja fast net erfangen. Er war nämlich net so ein Hallodrio, wie alle immer erzählen, sondern ein lieber und herzensguter Mann.

So hat's mir halt der Joseph erzählt! Der Tannenbauer also hat einen Freund in Innsbruck g'habt, der Adoptivkinder vergeben hat. Eines Tages hat er dem Bauern dann bei einem Besuch im Tuxertal g'sagt, dass er an Buben hat, der dem Franz sehr ähnlich schaut. Der Bauer hat ihn g'sehn und dann sofort zu sich g'nommen - den Joseph eben."
Ich schüttelte irritiert den Kopf.
„Das ist aber seltsam, Lisl. Die zwei haben sich doch gar nie ähnlich g'schaut, oder? Der Franz hat dunkle Haare und der Joseph helle. Zudem hat Franz dunkle Augen und Joseph wiederum blaue. Außerdem ist der Joseph viel kleiner g'wesen als der Franz!"
„Kannst schon recht haben, Sepp! Aber mir ist die G'schicht halt so erzählt worden und vielleicht haben sie sich als Kinder ja noch ähnlicher g'schaut. Auf jeden Fall hat der alte Tannenbauer den Joseph nur als Knecht zu sich aufg'nommen, damit sich die zwei Buben net streiten und der Franz sich net übergangen fühlt. Trotzdem hat Joseph immer schon zur Familie g'hört. Joseph und Franz haben sich wirklich gut verstanden, immer, obwohl sie doch verschieden war'n. Joseph hat dann beim Tod vom alten Bauern eben auch ein bissl was geerbt, wie ich schon g'sagt hab. Das hat sich der Franz ausdrücklich so g'wünscht."
„Das ist interessant! Vielleicht war's dann doch das Geld, wegen dem der Joseph sterben hat müssen!"
Ich hielt einen Moment inne und betrachtete Lisl aufmerksam.

Dann ergänzte ich leise und nervös: „Weißt, was ich mir vorher ausdenkt hab, Lisl?“

„Du hast dir was ausdacht?“, begann mich Lisl nun doch zu necken. „Viel G’scheits kann's ja net g’wesen sein, oder?“

„Ich mein das jetzt ernst! Ich hab mir ausdenkt, dass wir zwei uns auf die Fährte vom Mörder setzen. Du bist ein kluges Madl und ich ein dummer Bursch. Wir könnten schon was schaffen, oder meinst net?“

Lisl blickte mich an und ihre Augen begannen zu strahlen: „Doch, Sepp, grad das mein ich. Die Polizei wird sich net kümmern um uns dumme Bergler. Daher hab ich mir schon Ähnliches dacht. Gib mir die Hand drauf!“

Wir gaben uns die Hand und festigten so unseren Pakt. Für uns beide blieb der Winkelbauer der Hauptverdächtige. Leider kannten wir diesen Mann nicht gut, da er sich grundsätzlich vom ohnehin nicht unbedingt regen Treiben im Ort fernhielt. Auch hatten mir Freunde geraten, den Winkelhof zu meiden, da der Bauer Wanderhändler angeblich eigenhändig von seinem Hof zu entfernen pflegte. Daher hatte ich mit ihm auch noch kein Geschäft abgeschlossen.

Als zweiten Verdächtigen mussten Lisl und ich uns den Höllenmüller vorknöpfen. So gut ich auch immer mit ihm ausgekommen war, so genau wusste ich doch, wie eiskalt und berechnend der Pfister Hans handeln konnte. Und dann gab es da noch einen Gedanken, der mir immer wieder durch den Kopf spukte. Er betraf diese seltsame Gestalt, die gestern im strömenden Regen dem Himmel gedroht hatte. Es gab da eine eigenartige Vermutung in mir, der ich noch nachgehen wollte. Dies behielt ich vorerst aber noch für mich.

Nachdem wir also unsere Gedanken ein wenig geordnet hatten, machten Lisl und ich uns daran, die nähere Umgebung der Hütte nach Hinweisen abzusuchen. Durch die Regenfälle der letzten Nacht war der Boden schlammig und tief. Zahlreiche Hufabdrücke der vom Feuer verschreckten Rinder verdeckten in nächster Umgebung zur Hütte alle anderen Spuren. Daher untersuchten wir den Bereich um die Aste nicht genau und ließen auch den Weg zum Dorf außer Acht, da auf ihm allein am Vormittag bereits zehn bis fünfzehn Leute gelaufen waren und alle möglichen Hinweise vernichtet haben mussten. Lisl und ich richteten unser Augenmerk auf den Pfad, der von der Kleinhüttenalm ins Torbachtal führte, da dort der Hof des Winkelbauern lag.

Der genannte Steig war gut ausgetreten und trotz der heftigen nächtlichen Regenfälle erstaunlich fest und stabil. Lisl und ich folgten dem Weg ein paar Krümmungen weit. Bald aber mussten wir einsehen, dass unsere Nachforschungen hier ins Leere gingen. Seit Beginn der Regenfälle hatte niemand diesen Weg beschritten. Wir wandten uns daher wieder zurück zur Kleinhüttenalm und untersuchten den Boden Richtung Hochalm, von wo man auf die Eggalm steigen konnte. Von der Eggalm wiederum gelangte man weiter ins Torbachtal.

Zwischen Kleinhüttenalm und Eggalm gab es keinen wirklich ausgetretenen Pfad oder Ähnliches. Vielmehr handelte es sich um eine gut begehbare Wiese, auf der Hirten und Senner so schritten, wie es ihnen am sinnvollsten und mühelosesten erschien. Daher trennte ich mich von Lisl und wir untersuchten jeder für sich einen Teil der großen Wiese. Ich betrachtete jede Pfütze, jede Rutschspur und jeden Ast der Erlengebüsche, an dem Blätter fehlten. Ich wurde aber wieder nicht fündig, bis ich einen kleinen Schrei aus Lisls Mund vernahm. Ich blickte auf und sah sie winken. Ich eilte zu ihr und erkannte sofort, warum sie mich zu sich gerufen hatte.

Meistens sieht ein Almboden nur aus der Entfernung eben und homogen aus. In Wahrheit aber besteht er aus vielen „Schollen", also Erdansammlungen, die mit Gras bewachsen sind und unterbrochen werden durch in Form und Größe unregelmäßige „Schlammtäler" von etwa fünf bis zehn Zentimetern Tiefe. Schreiten schwere Rinder über diesen Boden, so erweitern sich die „Täler" und werden größer und breiter. Lisl stand auf einer dieser beschriebenen Grasschollen. Vor ihr befand sich eine Schlammpfütze. Und in dieser war deutlich der Abdruck eines Bergschuhs zu sehen. Der Abdruck war ganz neu und zeigte Richtung Kleinhüttenalm. Lisl blickte mir tief in die Augen und nickte. Wir hatten eine erste wichtige Entdeckung gemacht!

Langsam schritten wir den Hang bergauf und trafen immer wieder auf neue Spuren, die uns in unserer Vermutung bestärkten. Jemand musste von der kleinen Hochalm zur Kleinhüttenalm abgestiegen sein. Die langen Rutschstrecken deuteten darauf hin, dass es der Bursche eilig gehabt hatte. Auf der Hochalm nun hatte der Höllenmüller ein paar Ziegen stehen, die er jedoch mit Einverständnis des Tannenbauern bei den Kleinhütten einzustellen pflegte. Von der Hochalm führte dann ein schmaler Pfad weiter ins Torbachtal. Sollte wirklich der Winkelbauer hinter allem stecken? Lisl und ich konnten diese Vermutung zumindest an jenem Sonntag nicht bestätigen. Auf der Hochalm angelangt hörten die Spuren nämlich auf.

„Was meinst, Sepp?“, fragte mich Lisl dort.

Ich zuckte mit den Achseln.

„Naja, Lisl! Viele Aufschlüsse haben wir aus den Fußabdrücken da net g'wonnen. Wenn's wirklich der Winkelbauer g'wesen ist, dann muss er g'flogen sein, um auf die Hochalm kommen zu sein.“

„Es scheint so, ja! Aber der Höllenmüller, der hat ja auch einige Viecher da heroben und könnt schon vorm Regen auf der Alm g'wesen sein und dann im G'witter erst wieder abg'stiegen sein.“

„Das klingt net schlecht. Aber Beweis haben wir keinen dafür und außerdem find ich, dass der Müller net wirklich verdächtig ist. So ein Sager ist grad bei ihm nix B'sonderes!“

Lisl nickte ein bisschen enttäuscht - und ich konnte ihre Gefühle nachvollziehen. Viele Fragen bauten sich vor Lisl und mir auf und relativ ernüchtert von unserem ersten Nachmittag als Detektive stiegen wir schweigend ins Tal ab. Wir trennten uns kurz vor dem Ort Lanersbach. Es war wohl besser, wenn uns niemand zusammen sah.
Gegen halb fünf Uhr erreichte ich erschöpft meine Hütte. Stumm und nachdenklich setzte ich mich dann an den Tuxbach und blickte in die Fluten. Ich dachte an meinen verstorbenen Freund und mir wurde bewusst, wie wenig ich eigentlich über Joseph wusste. Wer war dieser Mann wirklich gewesen? Hatte er echte Freunde, vielleicht gar eine Liebschaft gehabt? Warum hatte er als einfacher Mann Feinde, die ihm den Tod gewünscht und gebracht hatten? Ich dachte auch daran, wie schrecklich es in jener Nacht auf der Kleinhüttenalm gewesen sein musste - für Mörder und Opfer. Gab es Zeugen?
Ich erkannte in dieser knappen Stunde am Tuxbach, dass viel Arbeit auf Lisl und mich wartete. Schließlich erhob ich mich seufzend und ging in meine Hütte zurück. Ich fand etwas Brot und Speck und nach dem einfachen Mahl umfing mich schon bald die Dunkelheit der Nacht. Ich blickte aus dem Fenster meiner Schlafkammer und begann, einen Plan für den nächsten Tag zurechtzulegen.
Dann richtete ich einen Rucksack, den ich mit den Restbeständen meiner Öle füllte. Danach legte ich mich zu Bett. Lange aber konnte ich nicht

einschlafen. Erst als der nächste Tag zu grauen begann, fiel ich in einen unruhigen, traumreichen Schlaf, in dem mich neben dem Höllenmüller auch weiße Giftzwerge und helle Blitze quälten. Und immer wieder tanzten das zerschundene Gesicht von Joseph und die tiefe Hiebwunde an seinem Schädel vor meinen Augen vorüber.

Kapitel 5

Erste Ermittlungen

Am nächsten Morgen fühlte ich mich wie gerädert. Die Nacht war schrecklich gewesen. Ich ging zum Bach, um mich mit kaltem Wasser munter zu machen und erblickte im ruhigen Wasser in Ufernähe mein Spiegelbild. Ich sah erschöpft aus und hatte dunkle Ringe unter den Augen. Ich spülte die Müdigkeit mit der Eiseskälte des Tuxbachs aus meinem Gesicht. Dann trank ich einen Schluck und hängte mir den bereitstehenden Rucksack um. Schließlich nahm ich ein Stückchen hartes, dunkelschwarzes Brot mit auf den Weg zum Winkelbauern. So ausgerüstet brach ich auf. Schon die ersten Schritte bliesen die Reste der Schlaftrunkenheit fort. Ich schritt rasch und energisch zur Wasserkreuzung, wo der Niklasbach in den Tuxbach mündete. Dabei mied ich den Ort Lanersbach.

Der Hof des Winkelbauern lag, wie ja schon der Name sagt, im allerletzten Winkel von Lanersbach

und tief drinnen im Torbachtal. Um ins Torbachtal zu gelangen, musste man zunächst dem Lauf des Niklasbachs flussaufwärts folgen, ehe er sich in zwei kleine Nebenbäche aufspaltete. Richtung Norden schlängelte sich der Geiselbach über die Almen, Richtung Westen eben der Torbach. Seine kristallklaren Wasser führten durch ein wunderbares, herrliches Gebirgstal. Von Nordosten grüßte bei schönem Wetter der 2762 Meter hohe Rastkogel mit seiner imposanten Form und Größe, von Westen blickte der ebenfalls beinahe 2700 Meter hohe Torspitz auf das Tal herab. Im Südwesten dagegen lag die Grübelspitze, unter der ja, wie bereits beschrieben, die Hochalm sowie die Kleinhüttenalm lagen - allerdings nicht sichtbar, weil auf der dem Torbachtal abgewandten Seite, also südlich des Bergkamms.
An jenem Montagmorgen aber sah ich gar nichts von der Bergpracht des kleinen Tals. Schwere Regenwolken hingen schon wieder am Himmel und ein leichter, beständiger und unangenehmer Nieselschauer begleitete meinen Weg zum Winkelbauernhof. Dabei begegnete mir keine Menschenseele.
Ich selbst kannte die Leute vom Winkelbauernhof kaum. Der Bauer sah es nicht gern, wenn seine Leute ins Dorf gingen und sich vergnügten. Nur hin und wieder erlaubte er dem gesamten Gesinde, einen Ausflug zum Jakob Platzer zu unternehmen. Dort gab es dann ein die ganze Nacht andauerndes Gezeche und Besäufnis und selten kamen die Knechte und

Mägde vor dem Morgengrauen heim - wenn überhaupt! Zudem gab es natürlich immer wieder Botengänge des Gesindes ins Dorf und so kannte man sich zumindest vom Sehen. Doch der Weg war weit und die Menschen vom Winkelbauernhof nicht sehr gesprächig. Deshalb beschränkte sich der Kontakt meist auf einen kurzen, freundlichen Gruß.

Auf meinem Marsch zum Hof bereitete ich mich innerlich auf das vor, was mich im Winkel erwartete. Ich musste unbedingt den lustigen Händler spielen, der sich um ein Geschäft bemühte. Dazu hatte ich ja den Rucksack mit meinen Ölen mitgenommen. Außerdem war ich wirklich schon gespannt auf die erste Begegnung mit dem Bauern, über den so unglaublich viele Anekdoten kursierten. Auch wenn ich ihn vom Sehen her kannte, hatte ich bis zum damaligen Tag noch kein Wort mit ihm gewechselt.

Etwa vierzig Minuten, nachdem ich meine Hütte verlassen hatte, erblickte ich mein Ziel vor mir. Schon aus der Ferne erkannte ich, dass der Winkelbauernhof eines der größten Gehöfte hier im Tuxertal sein musste. Er schmiegte sich an der nördlichen Talseite eng an die aufsteigende Berglehne. Sein Zustand allerdings war nicht unbedingt hervorragend zu nennen. Weder Blumen noch Vorhänge zeugten davon, dass der Besitzer des Guts auf dessen Aussehen achtete. Der Vorgarten war ungepflegt und das Gras war wohl schon lange Zeit nicht mehr gemäht worden. Einzelne lose Bretter und abgeschlagene Mauerkanten wiesen darauf hin, dass

der Winkelbauer mit seinem Eigentum nicht so sorgsam und gut umging wie die meisten anderen Bauern im Tuxertal. Trotzdem, so gestand ich mir ein, überraschte mich die Größe des Hofs.
Beim Näherkommen stieß ich einen lauten „Juchizer" aus. So kündigte ich auf all meinen Reisen meine Ankunft an. Einige wenige Mägde arbeiteten trotz des Wetters im mittelgroßen Gewürzgarten, der wie bei fast allen Höfen auf der Südseite des Hofs lag. Bei meinem Juchizer schraken sie von ihrer Arbeit auf und blickten mir gespannt entgegen. Ich brüllte: „Grüß Gott an die Leut von Winkel!"
Dann stimmte ich eines meiner G'stanzl an, die ich als Begrüßung zu jodeln pflegte:

„Für die Flöh hab i a Pulver,
für die Schuh a Wix,
Für'n Husten a Kräuterl
bloß für die Dummheit hab i nix."

Ich jauchzte nocheinmal und rief dann: „Ich bring euch Waren und freu mich auf mei Bier! Denn gegen den Durscht da helfts ihr mir, gegen alles andere hilft der Joseph euch! Grüß euch Gott, Leuteln! Ich bin der Joseph aus Lanersbach! Ein wandernder Ölhändler bin ich. Holt's nur den Herrn und bringt's mir mei Jaus'n, das will ich euch raten!"
Als Händler war es wichtig ein forsches und zugleich fröhliches Auftreten an den Tag zu legen. Nur so konnte man sich Respekt und Neugier bei den

grundsätzlich misstrauischen Bergbauern erwerben. Denn trotz ihrer Zurückhaltung waren die Bauern meist sehr interessiert am Besuch der Wanderhändler, die ja gleich mehrere Rollen für sie spielten.

Einerseits ergab sich ein gutes, rasches Geschäft, ohne dass der Bauer mühsame, schlecht befahr- und begehbare Wege zurücklegen musste, um an irgendeinem Markt seine Ware feilzubieten. Andererseits brachte der Händler Nachrichten und Neuigkeiten auch in die abgelegenen Gebirgstäler. Gleichzeitig und wenn den Händlern vertraut werden konnte, dienten sie oftmals auch als Postboten und wickelten so den Nachrichtenverkehr in den abgeschiedenen Bereichen der Tiroler Bergwelt ab.

Zudem gab es einige sehr musikalische Kollegen in meinem Beruf, die Bauern und Gesinde gegen eine kleine Jause und ein winziges Trinkgeld gerne unterhielten. Eigentlich zeigte sich der Bauer bei solch einem Besuch immer bereit, die Knechte und Mägde für ein halbes Stündchen von der Arbeit zu entlassen, um sich mit ihnen, die sowieso nie in den Genuss irgendwelcher Freuden kamen, gemeinsam vom Händler, von seinen Witzen, Geschichten und G'stanzerln unterhalten zu lassen. Und auch ich, der ich ja als echter Tiroler die Musik im Blut hatte, auch ich musste des öfteren meine Einlagen zum Besten geben, ehe eine kleine Jause für mich bereitstand und ich die Tür zum Herzen der Bauern so weit geöffnet hatte, als dass ich ein gutes Geschäft abschließen konnte.

Mit dieser kleinen Finte versuchte ich also auch, mich an den Winkelbauernhof heranzumachen. Und tatsächlich strahlten die Mägde schon übers ganze Gesicht und gar manch eine freute sich offensichtlich schon auf die bevorstehende Abwechslung. Eine ganz Mutige huschte sogar zur Türe - wohl, um ihren Herrn zu holen. Ich grüßte daher nochmals und öffnete die Tür des Weidezauns.

„Weg mit dir, du Lump! Verschwinde!“, erschreckte mich in diesem Moment aber eine wahre Donnerstimme.

Überrascht wurde mir klar, dass der Besitzer dieser Stimme Hochdeutsch sprach! Als ich aufblickte, sah ich dann in der Tür des Haupthauses einen grobschlächtigen, mittelgroßen, etwa fünfzigjährigen Mann stehen. Er hatte kaum mehr Haare am Kopf, war nicht rasiert und wirkte mit seinem mächtigen Bauch, den extrem stark behaarten Armen und einem wahren Stiernacken, ebenfalls voll mit dunklen Haaren, nicht nur ungepflegt, sondern fast schon animalisch. Er trug eine sehr alte, abgewetzte Lederhose und seine dunklen Augen funkelten mich zornig und ergrimmt an. In mir hörte ich eine warnende Stimme, die mir riet, mich nicht allzu offensichtlich mit diesem Mann anzulegen. Von ihm ging eine Gefahr und Dunkelheit aus, wie ich sie zuvor selten bei einem Menschen angetroffen hatte. Der Winkelbauer kannte - das war mein erster Eindruck - weder Furcht noch Rücksicht und ich zweifelte nicht daran, dass er zu einem Morde fähig war.

Ich beschloss trotz des ruppigen Empfangs, freundlich und höflich zu bleiben. Ich wollte allerdings auch nicht wieder weggehen, ohne zumindest versucht zu haben, irgendetwas über die Mordnacht in Erfahrung zu bringen.

„Grüß Gott, Bauer! Ich darf wohl annehmen, dass ich mit dem Winkelbauern red, oder?“, grüßte und fragte ich scheinbar schüchtern.

Ich öffnete daraufhin das Weidenzaungitter ganz und schritt auf den Mann zu. Dann streckte ich ihm meine rechte Hand zum freundlichen Gruße entgegen. Der Winkelbauer stand jetzt etwa zwei Schritte von mir entfernt und hätte mich mit seiner schrecklichen Ausdünstung beinahe doch noch zur Umkehr gezwungen. Ich war mir sicher, dass der Mann schon wochenlang kein Wasser mehr verwendet hatte, um sich zu waschen. Die Alkoholfahne deutete darauf hin, dass er auch beim Trinken stärkeren Getränken den Vorzug gab. Der Bauer ignorierte meine Hand und blinzelte mich mit seinen kleinen, dunklen Augen zornig an.

„Das geht dich einen Dreck an, Mensch! Verschwinde vom Hof, aber ein bisschen dalli! Ich brauche das fahrende Gesindel hier nicht!“, fauchte er mich an.

Diesen Ton konnte und durfte ich mir nicht gefallen lassen! Das war ich meiner Zunft der wandernden Händler schuldig. Zudem verspürte ich aufgrund der

arroganten und abweisenden Art des Bauern einen Zorn in mir, der mir für einen längeren Augenblick die kühle Überlegung raubte.
„Bauer, so red man net mit einem Händler.“, fuhr ich auf. „Und wenn’s dir nicht passt, dass ich da bin, dann geh ich eben wieder. Aber zu hören bekommst halt gar nix, abkaufen tu ich dir auch nix und noch was!“
An dieser Stelle legte ich eine kurze Pause ein.
„Das da hab ich g’funden, aber das wird jetzt halt die Polizei zu sehen bekommen!“
In der rechten Hand hielt ich meinen einzigen Trumpf: das Messer, welches ich aus dem Rücken des Toten gezogen hatte.
„Was willst du denn mit dieser Klinge? Willst mich damit wohl erstechen, he? Aber das wird dir nicht wohl bekommen, mein Herr Händler! Schafft ihn hinaus!“, rief der Bauern empört und höhnisch zugleich.
„Bauer, das ist dein Messer und...“
Ich konnte diesen Satz nicht zu Ende sprechen, weil mich der Bauer plötzlich am rechten Handgelenk gepackt hatte. Dann drückte er fest zu. Ein unglaublich stechender Schmerz fuhr durch den ganzen Arm und das Messer entfiel mir. Trotzdem ließ der Bauer nicht los, sondern presste das Gelenk noch fester zusammen. Ich ging vor Schmerz in die Knie. Der Winkelklaus blickte mir mit seinen unheimlichen, dunklen Augen ins Gesicht.

„Hör mir gut zu!“, zischte er dann leise und gefährlich. „Ich habe keine Ahnung, woher du dieses Messer hast, verstanden? Keine Ahnung! Du solltest vorsichtiger sein, mein junger Freund. Viele Menschen in diesem Tal sind nicht, was sie zu sein vorgeben. Viele Menschen sind wütend und zu allem fähig.“

Ebenso plötzlich, wie er mein Handgelenk gepackt hatte, ließ er es wieder los. Er hob das Messer auf und verschwand ohne ein weiteres Wort im Haus. Zwei Knechte zogen mich vom Boden hoch, packten mich an den Schultern und „begleiteten“ mich liebevoll ein Stückchen des Wegs Richtung Lanersbach. Erst als der Hof hinter den Bäumen des Waldes, der einige hundert Schritte talabwärts vom Winkelbauernhof begann, verschwunden war, gaben sie mir einen Stoß und ließen mich alleine zurück. Langsam spürte ich die Wut in mir abklingen und mein Denken wieder zurückkehren.

Mein ganzer Auftritt am Winkelbauernhof war nicht nur gefährlich, sondern auch lächerlich gewesen. Ich hatte mich furchtbar bloßgestellt. Was mich vor allem erschreckte, war die unglaubliche körperliche Überlegenheit des doch viel älteren Winkelbauern. Er hatte mich nur mit einer Hand völlig unter Kontrolle gehalten, ich war sogar zu Boden gegangen. Was ebenso weh wie mein Handgelenk tat, das war die Tatsache, dass ich am Winkelhof völlig ohne Konzept einfach mit der Türe ins Haus gefallen und dabei ordentlich am Bauch gelandet war. Dadurch hatte ich das Überraschungsmoment, auf das ich gesetzt hatte, aus der Hand gegeben. Ab sofort würde das ganze Tuxertal über meine detektivischen Tätigkeiten und meinen naiven Untersuchungsstart informiert sein. Nichts verbreitete sich in unserem Tal schneller als Gerüchte.

Niedergeschlagen ließ ich mich auf einem mit Moos bepolsterten alten Baumstumpf nieder. Die Nässe der Pflanzen drang mir durch die Hose und die Feuchtigkeit der Bäume tropfte mir unentwegt auf den Kopf. Sie schienen über meinen Fehler zu weinen und ich konnte sie durchaus verstehen, als mir noch einmal bewusst wurde, wie unüberlegt und planlos ich gehandelt hatte. Ich war von mir selbst enttäuscht und außerdem hatte ich mich blamiert und bloßgestellt. Ja, ich fühlte mich so deprimiert, dass ich fast schon beschlossen hätte, die ganzen Untersuchungen abzublasen, als sich in mir der Gebirgler mit seinem ganzen Stolz und Trotz regte. Sollten Lisl und die Tannenbauersleute von mir denken, ich wäre ein Versager? Sollte wirklich dieser überhebliche Winkelbauer mit seiner geschniegelten Sprache über mich triumphieren? Nein!

Ich schlug mir also aufmunternd mit den flachen Händen auf die Schenkel, wobei abermals ein stechender Schmerz meine rechte Hand durchfuhr. Dies reizte mich zusätzlich und ich sprang auf. Voller Zorn blickte ich zurück in Richtung des Winkelbauernhofs, der allerdings hinter den Bäumen verborgen lag. Und plötzlich stimmte ich das alte G'stanzl der Ölhändler an:

„Pillen groß und klein für Kröpf;
Spiritus für geschwollne Köpf,
A guete Augenschmier,
das Salbel macht die Bieglen gschwind,
Da wär a Pülverl für die Wind."

Während meiner Zeit als Ölhändler für einen Ölverleger hatte man mich dieses Lied gelehrt. Es sollte mir das erste Ansprechen der Kunden erleichtern. Um mir die Sätze schneller einzuprägen, hatte ich mir damals Gesten für jede Zeile überlegt. Beim letzten Satz hatte ich üblicherweise eine Kehrtwendung gemacht und dabei auf meinem Hintern herumgeklatscht. Ich tat dies jetzt ebenso und fühlte durch diesen eigenartigen Ritus auf einmal neue Kraft für mein gewagtes Vorhaben, als hinter mir eine verwunderte und leider allzu bekannte Stimme erklang.

„Was machst denn da, Sepp? Bist schon ganz überg'schnappt?"

Ich wandte mich um und fühlte, wie mir eine eigenartige Wärme ins Gesicht stieg. Heute vermute ich wohl zu Recht, dass eine zarte Röte mein Antlitz überzogen haben musste.

„Brr", war das einzige, was ich zunächst sagen konnte. „Ja, ich …!"

„Sepp!", lachte die Lisl, mich unterbrechend. „Ich hab noch niemals einen erwachsenen Mann im ausklingenden Regen g'sehen, der auf seinem Hintern Trommel spielt! Deshalb bin ich recht verwundert und frag mich, was du da für einen Schabernack treibst."

„Hab mir schon denkt, dass du verwundert bist. Bist halt ein ganz und gar ungebildetes Mädl. Deshalb weißt net, dass es ein Volk gibt, da machen das alle Männer so, um zu zeigen, wie stark und mutig sie sind. Ich hab mir das auf meinen Reisen ang'wöhnt!", versuchte ich Lisl von der Sinnhaftigkeit meiner seltsamen Gesten zu überzeugen.

Leider prallten meine Worte an Lisl ab.

„Erzähl mir keinen Blödsinn! Was machst denn wirklich? Hat dich der Winkelbauer g'ärgert?"

Das nette Lächeln von Lisl entlockte meinem Mund schließlich einen Seufzer, dem die Erzählung über meinen Vormittag folgte. Ärmlich und traurig blickte ich in diesen Minuten wohl in die Weltgeschichte. Lisl schien zu merken, dass ich mich nicht gerade glücklich fühlte. Trotzdem vermochte sie nur schwer, das Lachen zu unterdrücken, was mich irgendwie zusätzlich kränkte.

„Geh, Sepp!", meinte sie. „Hast eine Dummheit g'macht, aber so traurig brauchst auch wieder net dreinz'schau'n!"

„Ach herrje!", seufzte ich bedrückt und hoffte auf eine kurze Streicheleinheit angesichts meiner Niedergeschlagenheit.

„Kopf hoch, Sepp“, ermunterte sie mich jedoch nur. „Ich werd selbst hinschau’n, weil ich nämlich vom Bauern den Auftrag bekommen hab, den Leuten vom Winkel von Josephs Tod zu erzählen und sie zum Begräbnis einzuladen. Vielleicht erfahr ich ja irgendwas über die Mordnacht! Übrigens: Es pfeif’n schon alle Spatzen von den Dächern, dass der Joseph Opfer eines Mordes worden ist. Wir hätten das sowieso net verheimlichen können, Sepp!“

Ich nickte resignierend mit dem Kopf.

„Das ist zwar nicht gut und es wird schwer für uns, den Fall zu lösen. Aber ich kann eh nix machen, so ein Schwachkopf, wie ich einer bin!“, gluckste ich kleinlaut. Lisl schlug mir auf einmal fest auf den Rücken.

„Sei net so niederg’schlagen, Sepp! Du – du hast ja nur deine Ehr’ verteidigen wollen und noch ist nix wirklich Schlimmes passiert. Jeder macht nun einmal Dummheiten und für die Gerüchte kannst nix! Also, reiß dich z’samm und schau nach vorn, net nach hinten! Was wirst denn als nächstes tun?“

Das hatte ich mir dann doch noch nicht überlegt. Um mich aber nicht noch einmal bloßzustellen, antwortete ich möglichst rasch und mit Nachdruck.

„Ich werd wohl rauf auf die Kleinhüttenalm schauen. Vielleicht find ich ja doch irgendwas, was wir zwei gestern übersehen haben. Außerdem ist es gut möglich, dass dem Franz und seinen Knechten beim Aufräumen etwas aufg’fallen ist!“

Lisl nickte.

„Ja, das solltest wirklich machen." Dann grinste sie und ergänzte neckisch: „Schau, du hast ja doch auch gute Ideen und bist net immer so ein Esel wie heut' am Vormittag!"

Mein Gesicht verdunkelte sich angesichts der Hänselei und ich schwieg. Schließlich fuhr mir Lisl mit ihren Fingern sanft über die Wange.

„Geh, jetzt schau net so bös!", meinte sie dazu.

Meine Miene hatte sich aber schon aufgehellt.

„Magst das nicht öfter machen, mich ein bisserl trösten und lieb zu mir sein?", fragte ich.

„Ah, du böser Bub! Hast nur drauf g'wartet, dass ich dich ein bisserl streichel! Na, so einfach geht das nicht!", lachte Lisl auf. „Also, machs gut. Wir sehen uns. Griaß di!"

„Servus! Und pass auf dich auf, Lisl."

Die nickte noch immer lachend und schritt Richtung Winkelgut, während ich mich auf den Weg auf die Kleinhüttenalm machte.

Kapitel 6

Ein seltsamer Beobachter

Was genau ich auf der Kleinhüttenalm zu entdecken suchte, das wusste ich selbst noch nicht. Aber ich hatte irgendwie das Gefühl, dass der Mörder einfach nicht ohne irgendeine Spur zu hinterlassen auf die Alm und von dort wieder weggekommen sein konnte. Ich achtete daher besonders sorgfältig auf alle Indizien und Auffälligkeiten.

Der Pfad führte noch im Torbachtal über eine schmale „Brücke“. Ein Baumstamm war der Länge nach in der Mitte durchgeschnitten und über den Bach gelegt worden. Besonders bei Nässe war das Holz glitschig und eine Überquerung durchaus nicht ungefährlich. Auch wenn der Torbach nicht breit und reißend war, so führte er nach den Regenfällen der letzten Tage doch viel Wasser. Der Bach lag außerdem tief eingeschnitten im Gelände. Bei einem Fehltritt oder einem Ausrutscher konnte man sich

also durchaus eine unangenehme Verletzung zuziehen.
Ich überquerte die Brücke vorsichtig und folgte dann dem schmalen Steig, der mich rasch auf den Bergrücken der Grübelspitze brachte. Je höher ich stieg, umso heller und lichter wurde der wolkenverhangene Himmel. In dem Moment, als ich ganz oben am Kamm auf rund 2200 Metern anlangte, riss wie von Zauberhand die Wolkendecke auf und strahlender Sonnenschein umflutete mich. Der Ausblick war überwältigend. Lenkte ich meinen Blick Richtung Südwesten, sah ich in die gesamte Hintertuxer Gletscherwelt ein, im Norden lag mir das herrliche Torbachtal zu Füßen, das ganz im Westen bei den Torseen endete, im Nordosten lockte der diesen Teil der Bergwelt beherrschende Rastkogel und direkt unter mir, im Süden, da lag das Tuxertal, allerdings immer noch bedeckt von einer zarten Nebelschicht. Die Klarheit und Deutlichkeit, mit der ich die Einzelheiten der Bergwelt um mich erkennen konnte, war verblüffend und umso kontrastreicher, als mich noch bis vor wenigen Minuten ein grauer Einheitsbrei umgeben hatte. Ich genoss die warmen Sonnenstrahlen und natürlich die Aussicht.
Und obwohl ich noch eine gute halbe Stunde Gehzeit von der Kleinhüttenalm entfernt war, brachte mich der starke, intensive Brandgeruch von dort rasch wieder ins Geschehen zurück. Bis hierherauf, musste ich erneut feststellen, gab es vom Torbachtal aus keine frischen Spuren.

Ich stieg den Kamm weiter entlang Richtung Osten, bis ich mich etwa zwei Gehminuten nördlich der Hochalm befand. Nun hatte ich sowohl auf diese als auch auf die Kleinhüttenalm eine sehr gute Aussicht. Mein scharfes Auge zeigte mir, dass die Knechte des Tannenbauern bereits mit den Aufräumarbeiten begonnen hatten. Außerdem erblickte ich etwas, das mich stutzig machte. Oberhalb der abgebrannten Hütten und hinter einigen Büschen verborgen lag ein Mensch versteckt. Genau konnte ich nicht erkennen, ob er eine helle Kopfbedeckung trug oder weißes Haar aus den Büschen hervorleuchtete. Trotzdem tauchte eine Erinnerung in mir auf, die auf die Mordnacht zurückging. Über die Weiden des Tannenbauern war damals eine Gestalt gehuscht, bei der die Kopfdeckung ebenfalls auffallend hell war und die sich sehr seltsam benommen hatte. Hier nun, am Ort des Mordes, schien diese Person wieder aufzutauchen.

Entschlossen begann ich den Abstieg. Ich musste mit dem Mann reden, der sich vor den Knechten des Tannenbauern verbarg. Nach etwa einer Viertelstunde eiligsten Abstiegs stand ich dann ganz in der Nähe des Gebüschs, in dem der Beobachter lag. Leise schlich ich näher. Ich bemühte mich, jedes Rascheln zu vermeiden und bewegte mich langsam auf die Stelle zu, an der ich den Mann zu finden hoffte.

Ich näherte mich immer vorsichtiger, bis ich zwischen zwei Büschen hindurch auf eine unendlich lange, hagere Gestalt sah, die sich dort versteckte. Das schäbige, zerfetzte, ja abgenutzte Gewand des Mannes deutete auf eine ungewöhnliche Armut hin. Langes und verfilztes Haar hing dem Lauscher weit über den Nacken auf den Rücken und über beide Ohren. Auf dem Kopf saß ein Ding, das nur mehr eine entfernte Ähnlichkeit mit einem Hut besaß. Die halbleere Schnapsflasche, die er fest mit seiner rechten Hand umklammerte, deutete darauf hin, dass der Lauscher nicht nur beobachtete, sondern sich die Zeit auch mit dem einen oder anderen Schlückchen vertrieb. Und ich kannte diesen Mann.

Der vor mir am Boden liegende Säufer hatte ein schreckliches Schicksal hinter sich! Und auch wenn niemand im Tuxertal genau wusste, was ihn aus der Bahn geworfen hatte - es musste etwas Furchtbares gewesen sein. Der Mann vor mir hieß mit seinem Vornamen Karl und wurde von allen Menschen im Tuxertal nur „Winkelkarl" gerufen. Er war niemand anderer als der Vorgänger des Winkelbauern. Zwischen diesen beiden Männern stand blanker, reiner Hass. Immerhin, so erzählt man sich, soll der Winkelbauer tatsächlich Schuld an der persönlichen Tragödie des armen Winkelkarls haben. So leid mir der Kerl auch tat - ich hatte ernsthaft mit ihm zu reden und in Erfahrung zu bringen, warum er sich in der Gewitternacht so seltsam verhalten hatte und was ihn dazu brachte, hier im Gebüsch die Vorgänge auf der Kleinhüttenalm zu beobachten.

Ich musste ihm zugestehen, dass sich der Ort für eine Beobachtung der Brandstelle sehr gut eignete. Er

gewährte Überblick über die gesamte Kleinhüttenalm. Besonders auf die Brandruinen konnte ohne Beeinträchtigung eingesehen werden, lagen sie doch direkt unter dem Beobachtungsposten.
Der Winkelkarl konzentrierte sich voll auf die Überreste des Feuers und auf die Knechte, die in diesem Moment dabei waren, die ärgsten Trümmer der Hütten zu ordnen. Ich erkannte einen Haufen von Steinen und gut erhaltenen Brettern, die wohl wiederverwendet werden sollten. Daneben türmte sich einen zweiter Hügel aus Schutt, Geröll und nicht mehr verwertbaren Holzteilen auf. Der Winkelkarl setzte gerade die Flasche an den Mund, als ich zu sprechen begann.
„Grüß Gott, Karl!"
Der am Boden liegende Mann zuckte zusammen, ließ seine über alles geliebte Schnapsflasche fallen, sprang auf, drehte sich um und starrte mich entgeistert an. Dabei hustete er mir den Schnaps, den er gerade genüsslich hinunterschlucken wollte, ins Gesicht. Ich bemerkte, wie stark der Fusel war, den der Winkelkarl da wohl Tag für Tag in sich hineingoss. Der arme Mann vor mir war wie gelähmt vor Schreck. Trotzdem begann sein ganzer dürrer, entkräfteter Körper zu zittern. Auf einmal ließ sich der Winkelkarl fallen und griff mit einer sehr sicheren Bewegung dorthin, wo die Flasche gelandet war. Nach einem großen und intensiven Schluck schien es ihm besser zu gehen, denn er erkannte mich.

„Der Sepp!“, murmelte er und nahm auf diesen neuerlichen Schock einen weiteren tiefen Zug.
Im angetrunkenen Zustand, das wusste ich, musste sehr vorsichtig mit dem Karl umgegangen werden. Daher begann ich leise und eindringlich auf den Mann einzureden. Nach einer Weile schien er sich nicht nur an mich zu erinnern, sondern auch wieder Vertrauen zu mir zu fassen. Ich konnte mutiger werden und einige Fragen an den armen, kranken Trinker richten. Er gab seine Antworten leise und nuschelte derartig, dass ich ihm nur mit Mühe folgen konnte.
„Was machst denn da in den Büschen, Karl?“, wollte ich zunächst wissen.
Der Gefragte blickte verlegen zu Boden und trank wieder einen kleinen Schluck.
„Ich schau halt ein bissl den Leuten da unten zu!“
„Welchen Leuten denn?“
„Naja, dem Tannenbauern und seinen Knechten.“
Der Alte musste noch gute Augen haben, denn selbst ich konnte den Tannenbauern unter seinen Knechten aus dieser Entfernung nur schwer ausmachen.
„Tatsächlich! Die räumen den Schaden z’samm, den der Blitz da vorgestern g’macht hat. Ist schon schlimm, das mit’m Joseph, gell?“
Zunächst blieb es einmal still und ein, zwei Schlucke Schnaps mussten zur Beruhigung des Gemüts vom Winkelkarl herhalten. Dann aber schien der Alte zu überlegen und winkte mich mit einer Hand näher. Der Alkoholgeruch war entsetzlich, aber schließlich

hoffte ich auf wichtige Neuigkeiten und rückte ganz eng an ihn heran.
„Weißt, Sepp, ich hab was g'sehen in der Nacht, in der das G'witter auf uns niedergangen ist, weil der Herrgott unsere Bosheit nimmer leiden hat können. Ich war ganz oben am Berg. Als der Regen begonnen hat, wollt ich schnell zum Joseph, weil der mich mögen hat und mir immer Unterschlupf geben hat. Ich hab nämlich g'wusst, dass er auf der Alm ist! Er hat's mir am Nachmittag g'sagt g'habt. Als ich aber zur Alm komm, seh ich, wie ein anderer grad durch die Tür in die Hütte geht. Ich hab mich noch g'wundert und mich hinter einem Busch versteckt. Dann ist der Joseph aus der Hütte kommen. Ich hab ihn plötzlich nimmer sehen können und ein bisserl g'wartet, aber er ist net mehr auf'taucht. Also bin ich hin zur Aste und hab ang'klopft. G'öffnet hat mir der Höllenmüller. Er hat aufg'schrien und mich weg'zogen, hin Richtung Dorf. Bei einem Blitz hab ich mich umdreht und da hab ich den Joseph net weit von der Hütte weg liegen g'sehn. Ich wollt mich losreißen, aber der Höllenmüller hat mich net lassen. Er hat mich immer weiter ins Tal zogen und schließlich bin ich ihm g'folgt. Ich kann mich dann an nix mehr erinnern. Ich kann mich an gar nix mehr erinnern."
Karl blickte traurig und verzweifelt zu Boden und stärkte sich mit einem kräftigen Schluck. Tränen traten in seine Augen und auch ich blieb still und fühlte eine große Welle der Traurigkeit meinen

Körper durchströmen. Der arme Mann vor mir hatte seinen einzigen Freund verloren und ihm in seinem Tod nicht helfen können. Einmal mehr blieb ihm nur der Alkohol.

Die ganze Erzählung war natürlich nicht so klar und schnell passiert. Viel mehr unterbrach sich Karl oft und starrte dann auf den Boden oder an mir vorbei und ich wartete einfach, bis er wieder anfing. Nun aber schien er fertig zu sein.

„Es war der Winkelbauer!“, flüsterte er dann doch noch. Wieder blieb es ein Weilchen still.

„Warum meinst denn das?“, hakte ich nach.

„Er wars!“, brummte der Alte stur. „Immer hat er mir alles kaputt g'macht!“

Nun blieb es lange still und wir beide hingen unseren Gedanken nach.

„Danke, Karl, dass du mir das alles erzählt hast!“, sagte ich schließlich. „Den Joseph hast wohl sehr gern g’habt, oder?“ Gar nicht auf meine Worte eingehend begann der Winkelkarl plötzlich zu reden - und das flüssig und in zusammenhängenden Sätzen!

„Er hat mir immer schon alles kaputt g’macht, der Winkelbauer. Dabei hat alles so gut begonnen.“

Der arme Säufer nahm einen tiefen Schluck aus seiner Flasche, ehe er fortfuhr: „Auf die Welt g'kommen bin ich draußen im Torbachtal am Winkelbauernhof. Meine Mutter war ein junges Dirndl, eine Magd und soll immer g’sagt haben, was für ein hübscher Bub ich doch sei. Karl, so hat sie g’meint, wär ein passender Name. Sie ist g’storben, als ich g’rad drei Jahre alt war. Mein Vater, ein einfacher Knecht, hat uns nur mit Hilfe des damaligen Winkelbauern durchbracht, der gütig und gerecht g'wesen ist. Ich bin rasch g'wachsen und kräftig worden und hab schon bald am Hof recht fleißig mit Hand ang'legt. Das hat mir viele Privilegien bracht, sodass ich der Zögling vom Bauern worden bin. Da der Vater die meiste Zeit als Senner auf den höchsten Almen g'lebt hat und ich stets am Bauernhof blieben bin, ist mir der Bauer schon bald viel näher g'wesen als mein Vater. Ich hab den Bauern g'liebt. Er hat auch eine Tochter g'habt, die Bärbel. Einen Sohn oder weitere Kinder hat ihm der liebe Gott aber verwehrt. Deshalb hat er es recht gern g'sehn, wenn die Bärbel mir manch einen Blick zuviel zug'worfen hat. Ich bin so glücklich g'wesen!"

Der Winkelkarl schwieg ein Weilchen und ich tat es ihm gleich.

Schließlich fuhr er fort: „Es ist das denkwürdige Jahr 1809 `kommen, in dem die Zillertaler mit anderen Tirolern g'meinsam aufg'standen sind gegen die bayrische Herrschaft. Unter ihnen hat sich auch mein Vater befunden. Der Aufstand ist zwar im Herbst trotz anfänglicher Erfolge wieder z'sammenbrochen. Mein Vater hat aber im Oktober 1809 zum bayrischen Heer müssen. Von dort ist er nie wieder z'rückkommen."

Karl seufzte.

„Ich bin sehr traurig g'wesen und hab allen Trost in meinem geliebten Tal samt dem Winkelbauerngut g'funden! Im Jahre 1810 ist dann auch die

Winkelbäuerin g'storben. Das war ein herber Schlag! Vor allem natürlich hat's den alten Winkelbauern troffen - aber auch die Bärbel und mich, weil wir die Bäurin sehr gern g'habt haben. Kurz darauf hat mich der Bauer dann zu sich g'holt. Heut noch weiß ich ganz genau, was er zu mir g'sagt hat!"
Ein glückliches Lächeln umspielte seine Lippen.
„‚Karl', hat er g'sagt. ‚16 Jahre hab ich g'holfen, dich aufzuziehen. Ich weiß, dass die Bärbel dich liebt und möcht', dass ihr zwei heiratets! Meine Frau würd ebenso denken, wenn sie noch am Leben wär!"
In den Augen vom Winkelkarl schimmerte es feucht, als er zu diesem Teil der Geschichte gekommen war. Und beinahe unhörbar flüsterte er: „Und nur mit Mühe hat der Bauer die Tränen unterdrücken können!"
Der Winkelkarl seufzte noch einmal, zog einmal kräftig an der Schnapsflasche und meinte dann: „Dieses Angebot ist wohl einzigartig in der Geschichte der Tiroler Täler und ich hab' natürlich dankend und jubelnd ang'nommen. Heut weiß ich, dass es die Vernunft und die Aussicht auf Reichtum waren und net die Liebe, die mir diese Entscheidung eing'eben haben."
Wieder setzte der Winkelkarl eine kurze Pause, in der er einen tiefen Zug tat.
„Kurze Zeit später schon hamma Hochzeit g'feiert!", erzählte er dann weiter. „Natürlich haben viele andere Bauern im Tal mit Stirnrunzeln und Zorn herabg'schaut auf mich, den Emporkömmling, der

ihren eigenen feschen Söhnen vor'zogen worden is. Immerhin bin ich Erbe des zweitgrößten Besitzes in Lanersbach nach dem Tannenhof worden! Bärbel und mir ist der Segen eines Kindes verwehrt blieben und das hat zu immer dunkleren Zeiten g'führt. Aus der jugendlichen Schwärmerei der Bärbel für mich sind rasch Gezänk und Zoff worden. Nach dem Tod des alten Bauern im Jahre 1814 nun haben wir uns nur mehr g'stritten und 'quält. Der Karren ist schon ziemlich im Dreck g'steckt."
Winkelkarl seufzte tief.
„Ein Jahr später hab' ich einen neuen Knecht von auswärts bei mir aufg'nommen, den Klaus. Das ist bis heute der größte Fehler meines Lebens g'wesen! Der Mann hat mich ang'fleht um die Anstellung. Er hat ja gute Zeugnisse bei sich g'habt, worauf ich gutmütiger und naiver Narr ihn bei mir arbeiten lassen hab. Nie allerdings ist das Gerücht verstummt, dass es ein Verbrechen gewesen sein soll, das den Klaus zu uns trieben hat. Und heut' bin ich mir sicher, dass er irgendwas Schlimmes tan hat, was ihn in die Abgeschiedenheit des Torbachtals bracht hat, den Satan."
Voller Wut nahm der Winkelkarl einen tiefen Schluck aus seiner Flasche.
„Schon bald hab ich nämlich g'merkt, dass der Klaus ein Faulpelz ist und sehr gewalttätig noch dazu. Ständig hat's mit ihm Ärger g'eben. Die Stimmung bei uns z'haus hat sich von Tag zu Tag verschlechtert. Vor allem aber hat der Klaus der Bärbel aufs

Aufdringlichste den Hof g'macht. Irgendwann hab ich dann die Nase voll g'habt und den Fremdling hinausg'worfen. Der hat aber nicht aufgeben und sich weiter um den Hof herumtrieben. Bald schon haben dann die Anschläge von ihm begonnen: ein Teil der Heuernte ist abbrannt, mehrere Rinder sind aus ungeklärten Gründen gstorben und viele andere Kleinigkeiten sind beinahe täglich passiert - und eines Tages bin ich dann ausg'rastet. Ich hab dem Klaus eine g'watscht und mit Anzeige droht. Das hat g'wirkt, weil er vor der Polizei große Angst g'habt hat. Für einige Zeit war ich den Teufel los und es ist bei uns daheim wieder etwas besser g'laufen."

Wieder seufzte der Winkelbauer und wieder nahm er einen tiefen Zug aus seiner Flasche.

„Doch dann, im Jahr 1816, dem Jahr der Missernte, bin ich spätabends von einer hohen Alm nach Haus zurück'kommen. Wie ich schon g'sagt hab, ist die Stimmung daheim wesentlich besser g'wesen. Die Bärbel und ich - wir haben uns irgendwie z'sammeng'rauft g'habt. Umso entsetzter bin ich damals g'wesen, als ich eines Abends in den Stall komm und dort den Klaus in den Armen meiner Frau vorfind. Ich bin total aus'zuckt und hab dem Klaus mit einer Heugabel gegen den Kopf g'schlagen. Ich hätt' ihn mit Sicherheit um'bracht, wenn net zwei Knechte wegen des Lärms g'kommen wären und mich zurückg'halten hätten. Trotzdem hab ich den Klaus schwerst verletzt. Ich hab zu trinken begonnen und die Vorgänge um mich herum net mehr wirklich im Griff g'habt. Auf jeden Fall bin ich ins G'fängnis g'wandert, weil mich meine Frau ang'schwärzt hat und die Anzeige vom Klaus unterstützt hat. Der Klaus ist eine Pferdenatur. Schnell war er wieder g'sund und von den schweren Verletzungen genesen. Meine Frau, die Bärbel, hat sich um ihn zu kümmern begonnen und die beiden haben bald schon wie Mann und Frau z'sammeng'lebt. Die anderen Bauern und Leute in Lanersbach, die mich immer schon mit einem gewissen Hass ang'schaut haben, haben natürlich ob der tugendlosen Frau herumg'mault, sich aber heimlich über meinen ruhmlosen Abgang g'freut. Die Bärbel selbst hat mit ihrer Entscheidung bald schon bitter zu kämpfen g'habt. Klaus ist wie g'sagt gewalttätig g'wesen und hat sehr viel 'trunken. Immer öfter ist die Bärbel mit blau prügelten Augen und krummen Rücken durch die Gegend g'stiegen. Wenige Monate, nachdem der Klaus im Hof ein'zogen war, hat's dann g'heißen, dass die Bärbel schwer krank g'worden worden ist. Ich war im G'fängis, als sie g'storben und begraben worden ist. Als ich von dort wieder einige Zeit später zurückkommen bin, da hat man mir g'sagt, dass der Winkelhof nun dem Klaus g'hört. Der Hof hat immer der Bärbel g'hört, das stimmt, und sie hätt' mir nix vermacht. Der Klaus aber hätt' alles bekommen - so hat er zumindest behauptet. Dabei hat er sich durch großzügige Spenden bei vielen, vor allem den einflussreicheren Bauern des Ortes, beliebt g'macht. Deshalb hat ihm niemand widersprochen und

niemand einen Beweis eing'fordert. Also ist er einfach zum Winkelbauern worden. So ist das g'angen!"
Auch wenn ich schon davon gehört hatte, dass das Anrecht des Winkelbauern auf den Hof ein sehr unklares war, erschütterte mich doch, wie leicht offenbar Eigentum seinen Inhaber wechseln konnte. Auch der Winkelkarl schüttelte ungläubig seinen Kopf, als könnte er immer noch nicht verstehen, was damals passiert war. Und diese Haltung unterstrichen auch die nächsten Sätze.
„Gut, ich bin aus dem G'fängnis kommen - und doch, Sepp! Ich hab mein Eigentum verloren, weil ich weder von Freunden noch durch eine g'festigte G'setzgebung Rückendeckung erhalten hab. Musst dir denken, wie's mir g'angen ist! Der Klaus hat in meinem Haus g'wohnt und auf meinem Hof meine Knechte herumkommandiert. Niemand, wirklich niemand hat mich unterstützt, niemand hat mir geholfen. Bald schon also hat mir die Kraft g'fehlt, die ich braucht hätt, um mein Eigentum mit Nachdruck zurückzufordern. Also bin ich verschwunden, weil ich den Kerl sonst umbracht hätt. Einige Zeit hat's mich durch die Welt verschlagen, bis ich später z'rückkommen bin ins Tuxertal. Und da bin ich halt blieben bis heut - als Herumtreiber und Trinker. Wenige haben Mitleid mit mir. Einzig der Franz war bereit, mir zu helfen und eine Unterkunft im Heu des Stadls im Tannenhof zu geben. Und dann war da noch der Joseph…"

In diesem Moment sprang Karl auf und verschwand mit einer Gewandtheit und Geschicklichkeit in den Büschen, die ich ihm gar nicht mehr zugetraut hatte. Ich hielt ihn nicht auf und verspürte nur erneut eine Welle tiefen Mitleids für Karl durch meinen Körper brausen. Lange noch blieb ich an der Stelle liegen, an der mir der Winkelkarl seine Geschichte erzählt hatte. Vieles davon war mir neu. Vor allem war mir nicht klar gewesen, dass der derzeitige Winkelbauer sein Eigentum auf solch eigenartige Weise ergaunert hatte - wenn denn die Geschichte des Alten wahr sein sollte! Zudem wurde mir bewusst, dass der Winkelkarl nur einen echten Freund gehabt hatte: den Joseph nämlich. Und bei diesem Gedanken tauchten in meinem Hinterkopf Gerüchte auf, wonach man dem Joseph und dem Winkelkarl eine verwandtschaftliche Bindung nachsagte. Inzwischen schien mir diese Idee gar nicht mehr so abwegig.

Doch genug der Gerüchtekocherei! Auf mich wartete noch ein langer Tag. Seufzend erhob ich mich also und stieg zur Kleinhüttenalm ab. Bei den Knechten erkundigte ich mich unauffällig, ob noch irgendetwas Besonderes vorgefallen war. Die verneinten einstimmig. Ich wollte mich also bereits wieder auf den Weg machen, da ich den Franz nirgends finden konnte, als der um eine Ecke der Brandruinen kam. Der Tannenbauer nahm mich, als niemand auf uns achtete, auf die Seite.

„Ich weiß, Sepp, dass du den Mörder finden magst“, begann er. „Ich denk da gleich wie du, nur kannst du besser nachforschen und unauffälliger Fragen stellen als ich. Bei mir würd's mehr auffallen, wenn ich mich ganz offen nach der Mordnacht erkundig. Ich würd daher sagen, du schaust dich ein bisserl um und sagst mir, wenn du mich brauchst. Falls du wirklich was rausfindest, dann sagst es mir bitte auch. Ich werd's dir vergelten!"

„Franz", antwortete ich, „ich danke dir. Deine Hilfe nehm ich natürlich gern an, weil du mir doch in vielen Dingen nützlich sein kannst. Ich werd den Mörder seiner gerechten Straf zuführen, das versprech' ich."

Franz und ich gaben uns die Hand auf unsere Zusicherungen und der Tannenbauer riet mir, vorsichtig zu sein und zu bleiben.

„Und jetzt muss ich dir noch was zeigen! Komm mit!", winkte mich der Franz um die Überreste der Hütten herum.

Zwischen der steilen Leiten auf die Hochalm hinauf und der äußersten Mauer der Ruinen befand sich ein etwa zwei Meter breiter, ebener Grasstreifen. Dort hatte sich im Laufe der Jahre extrem viel Mist angesammelt. Da dieser Teil der Alm wenig Sonnenlicht zu sehen bekam, weil sowohl die Äste als auch die steile Wiese ihre Schatten warfen, war aus dem angesammelten Schmutz ein tiefer, extrem nasser „Gatsch" entstanden, auf dem man sich nur schwer fortbewegen konnte. In diesem Schlamm schien vor Kurzem jemand einen schweren Gegenstand gezogen zu haben. Außer dieser Schleifspur war aber nichts zu entdecken, was auf die Ursache hingedeutet hätte. Franz sah mich an, schwieg aber.

„Ich weiß net, was in jener Mordnacht und den letzten Tagen da heroben passiert ist, aber ich denk, wir dürfen diese Schleifspur net außer Acht lassen, oder? Was kann denn das g'wesen sein, was hier herumgezogen worden ist?“, fragte ich also mehr mich selbst als den Bauern.

Ich musste bei meinen Worten unwillkürlich an den Körper Josephs denken. War Joseph wirklich, wie der Winkelkarl mir erzählt hatte, im Freien ermordet worden? War das der Grund dafür, dass kein Blut in der Hütte zu sehen gewesen war? Hatte man ihn dann womöglich um die Hütten herumgeschleift? Wenn dem so war - warum hatte seine Leiche dann in der Aste gelegen? Ich schritt die Ruinen also noch einmal ab und untersuchte jeden Winkel genau. Doch es gab weder einen Hinweis noch eine bemerkenswerte Spur, die für mich weiter von Interesse gewesen wäre. Besonders den Eingangsbereich begutachtete ich in großem Radius, um festzustellen, ob die Geschichte vom Winkelkarl so stattgefunden haben hätte können. Die vielen Kuh- und Fußspuren jedoch hatten im weichen Boden solche Schäden hinterlassen, dass es mir unmöglich war, irgendetwas aus dem ganzen Durcheinander herauszulesen. Ich spürte, wie mir immer wirrer in meinem Kopf wurde und entschied mich daher dazu, die Situation zu überdenken.

„Franz“, meinte ich also zum Bauern, der mich bei meinen Untersuchungen die ganze Zeit über schweigend begleitet hatte, „ich muss all die vielen Dinge, die seit gestern in meinem Kopf herumspuken, zunächst einmal ordnen. Ich muss dazu allein sein, deshalb schau ich ein bisserl weiter."

„Mach, wie du meinst. Aber meld dich, wenn du etwas entdeckt hast. Pfiat dich!", nickte der Bauer.

Er reichte mir die Hand und begab sich wieder zu seinen Knechten. Ich aber stieg von der Kleinhüttenalm ein Stückchen empor, wo es knapp unter der Hochalm einen abgelegenen Felsen gab, den ich besonders liebte und auf dem ich mich schon oft ausgeruht oder zurückgezogen hatte. Einerseits bot sich von dort aus ein herrlicher Ausblick auf das ganze Tuxertal, andererseits verführte das liebliche Plätschern eines am Felsen vorbei fließenden Bächleins dazu, einfach die Augen zu schließen und sich gehen zu lassen.

Als ich beim Steinbrocken ankam, stieg die Müdigkeit in mir auf. Die Wärme der Sonne wurde vom Fels so angenehm widergegeben, dass ich, begleitet vom Plätschern des Baches und trotz der Aufregungen der letzten Stunden sofort einschlief. Die Sammlung der Gedanken musste warten.

Kapitel 7

Feindlicher Freund, unerwünschter Gast

Ich lag wohl so an die drei Stunden schlafend auf meinem Felsen, als ich durch ein unsanftes Rütteln an meiner Schulter geweckt wurde. Das erste, was ich im Aufwachen mitbekam, war eine schreckliche Ausdünstung, die der eines wilden Tiers glich. Während ich noch darüber nachdachte, wo ich diesen Gestank schon einmal wahrgenommen hatte, klärte mich die zwar menschliche, aber trotzdem dem Brummen eines Bären noch ähnlichere Stimme rasch darüber auf, dass es wohl der Winkelbauer war, der mich aus dem Schlaf des Gerechten riss. Diese Feststellung überraschte mich so sehr, dass ich auf einen Schlag hin putzmunter war und vom Felsen sprang.

„Winkelbauer!“, murmelte ich in meiner Verblüffung.

„Hör mir zu, Bursche!“, knurrte Klaus zurück und blinzelte mich mit seinen kleinen, dunklen und gemeinen Schweinsäuglein so wütend und zornig an, dass ich es tatsächlich mit der Angst zu tun bekam. Ich stolperte unbeholfen zwei Schritte zurück.

„Bist vom Joseph, der vorgestern da unten krepiert ist, ein Freund, oder? Und weil ich nicht der Dümmste bin, kann ich eins und eins zusammenzählen. Ich weiß, dass in die Hütten hier heroben kein Blitz einschlagen kann. Ich denke mir daher, dass irgendetwas passiert ist, was dich misstrauisch gemacht hat und mit dem du nicht klarkommst, oder?“

Er machte eine kurze Pause und fügte dann leise hinzu: „Und die Leute erzählen auch schon gewisse Geschichten, die sich sehr kriminell anhören!“

Stumm nickte ich und trat noch einen Schritt zurück. Die ganze Zeit über irritierte mich vor allem das Hochdeutsch, in dem der Bauer seine Sätze formulierte, während er von Aussehen und Art her mehr einem Tier denn einem Menschen glich.

„Du hast wohl Angst vor mir?“, fauchte mich der Bauer aber schon wieder an. „Wenn du keine Dummheiten machst, ist das durchaus nicht notwendig. Doch sag mir jetzt verdammt noch einmal, woher du dieses Messer hast!“

Ich überlegte nur kurz und erzählte dem grimmigen Mann dann, wie ich zur Waffe gekommen war.

„Und deshalb, Bauer, deshalb bist mir halt verdächtig vor'kommen!“, murmelte ich noch kleinlaut und schon recht leise.

Der Winkelklaus ignorierte meinen letzten Satz und kratzte sich nachdenklich am unrasierten Kinn.

„Soso“, murmelte er dann in sich hinein. „Dann denke ich zu wissen, was hier läuft!“
Er spuckte aus, packte mich hart am Rockkragen und blickte mir in die Augen.
„Pass auf, Kleiner!“
Auch wenn ich einen Kopf größer als der Bauer war, fühlte ich mich in jenem Moment wirklich ziemlich winzig, weswegen ich zustimmend nickte.
„Komme ja nie wieder zu meinem Hof und halte dich von mir fern, sonst werde ich grob. Einen Hinweis habe ich aber für dich: hör dich bei den Wildschützen, den Duxern, wie ihr sagt, um!“
Mit diesen Worten verschwand der Winkelbauer ohne Gruß im Gestrüpp. Ich wusste inzwischen nicht mehr, was ich denken und wie ich weiter vorgehen sollte. Ich wusste nicht einmal, ob ich gerade eine Dummheit begangen hatte, indem ich dem Bauern vom Fund des Messers am Ort des Mordes erzählt hatte - oder eben nicht. Ich wusste gar nichts mehr. Ich hörte noch für einige Momente ein Rascheln in den Büschen, das mich davon überzeugte, dass der Winkelbauer wirklich gegangen war.
Er hatte mich wieder allein gelassen mit dem Plätschern des Bachs und dem Rauschen des Windes in den Erlenstauden. Hoch über mir kreiste ein Bartgeier, den ich in jenen Momenten sehr beneidete, weil er nicht mit der Bosheit und den Lügen der Menschen zu kämpfen hatte.
Ich überlegte bei mir, wie ich nun weiter vorgehen wollte, als es plötzlich erneut in den Büschen zu

rascheln begann. Diesmal jedoch knackte und rauschte es, als ob sich ein größeres Tier aufrichten würde. Sofort war ich gewarnt und verhielt mich so still und leise wie nur möglich. Natürlich wusste ich, dass gar nicht so selten auch größere Raubtiere die abgelegenen Gegenden des Tuxertals durchstreiften. Immer wieder hatte ich erlebt, dass Wölfe die Bauern der Gegend dazu gezwungen hatten, sich zu Jagdgemeinschaften zusammenzuschließen, um solch mordlustige „Buben" zu erledigen. Ein Braunbär hatte sogar einmal einen kleinen Militärtrupp zu uns ins Tuxertal geführt. Erst die Soldaten hatten das wütende Treiben des Raubtiers beenden und somit auch den Tierbestand der Bauern nachhaltig sichern und schützen können.

Erleichtert registrierte ich daher, dass sich der unerwünschte Gefährte nur einige Minuten nach dem ersten Rascheln in die gleiche Richtung entfernte, in die auch der Winkelbauer gestiefelt war. Die Neugier trieb mich schließlich dazu, nachzusehen, wer mir nun wirklich solch einen Schrecken eingejagt hatte: war es wirklich ein Bär gewesen? Ich nahm also meinen Rucksack, den ich vor meiner Rast abgelegt hatte, wieder auf und schlug mich vorsichtig durchs Gestrüpp. Schon nach wenigen Schritten kam ich zu einem ausgetretenen Platz. Als ich mich umblickte, stieß ich einen nicht allzu lauten, aber umso tiefer aus dem Herzen kommenden Angstschrei aus: am Dornenstrauch direkt vor mir entdeckte ich den

dunkelroten Fetzen einer Wolljacke - hier hatte ein Mensch auf der Lauer gelegen!
In Windeseile durchzogen zahlreiche Gedanken mein Hirn. Offenbar war der Winkelbauer nicht alleine gekommen, offenbar hatte jemand unser Gespräch belauscht, offenbar hatte dieser Jemand noch ein wenig überlegt, wie er nun weiter vorgehen sollte, nachdem Klaus mich alleine gelassen hatte. Und, so begriff ich in jenem Moment - wer denn anders als der Mörder hätte Grund zu all diesem Tun?
Sobald meine Phantasie an dieser Stelle angelangt war, erfasste mich eine panische Angst. Ich dachte noch daran, den Stofffetzen einzustecken, der sich am Stauden verfangen hatte! Dann stürmte ich los. Immerhin war mir bewusst: Wer einmal getötet hatte, würde es aus gutem oder weniger gutem Grund bestimmt wieder tun. Also eilte ich so rasch ich konnte durchs Gebüsch, um auf den wenig ausgetretenen Pfad zu kommen, der mich schon hier herauf geführt hatte. Ich verlor in diesen Minuten völlig die Fassung und wollte nichts weiter, als unter Menschen und in Sicherheit zu gelangen.
Ich sauste den Pfad daher in halsbrecherischer Geschwindigkeit entlang. Die Blätter der Erlen rauschten und raschelten in der sanften Frühlingsbrise, die diesen Tag so schön machte. In mir aber kroch Panik hoch. Ich rannte, so schnell ich konnte! Nebenbei suchte ich meine Umgebung sowohl vor als auch hinter mir eifrigst ab. Dabei

musste ich einen größeren, glitschigen Stein übersehen haben und stürzte.
Sofort raffte ich mich dann wieder hoch und wollte weiter. Eine Berührung an meiner linken Schulter ließ mich erstarren. Eisige Angst breitet sich in mir aus und erfasste meine Glieder. Ich wendete mich rasch um, dann spürte ich den stechenden Schmerz in meinem Auge. Gieriges Verlangen nach Leben beherrschte meine Gedanken - das Nichtsterbenwollen. Blind holte ich also zum Schlag aus, um mit aller Kraft, die ich in ihn gelegt hatte, in die Luft zu fallen. Ich blickte auf und atmete durch, als ich den Ast einer Latsche sah, der wohl die Berührung an meiner Schulter als auch die Verletzung am Auge ausgelöst haben könnte. Der Ast schien kräftig zu sein und ich konnte mich nicht erinnern, ihn beim Bergaufgehen schon bemerkt zu haben. Aufmerksam also folgten meine Augen seinem Verlauf bis zum Stamm und weiter zur Wurzel, als ich den anderen wahrnahm, da im Gebüsch: das ist er! Von neuem verspürte ich Panik und Angst. Meine Nackenhaare richteten sich auf und kalter Angstschweiß tropfte mir von der Stirn.
Ich zog mich hoch und eilte weiter. Inzwischen stolperte ich mehr als ich rannte - und das halbblind. Ich spürte die Blicke des Feindes, fühlte mich beobachtet und verfolgt. Der Weg nahm einige Biegungen und Windungen. Mein schneller Lauf auf den glitschigen Steinen und den knorrigen Wurzeln, dazu mein verletztes Auge, das mir den Sinn für

Räumlichkeit nahm, mein Versuch, der unsichtbaren Gefahr, dem Mörder zu entkommen - er endete, als ich den Halt verlor.
Ich ruderte mit den Händen in der Luft und nahm noch vage die Gestalt vor mir wahr, die ihren Bergstock zum Schlag erhoben hatte. Ich erahnte mein Ende, schlug mit dem Kopf am Felsen auf und verlor das Bewusstsein.
Wie ich später erfuhr, waren es nur einige Sekunden gewesen, die ich ohne Besinnung am Boden gelegen hatte. Aber ich wusste beim Erwachen noch, dass ich weiter um mein Leben laufen musste. Ich roch förmlich die Bosheit und Tücke meines Verfolgers und hörte das Schnaufen meines Gegners. Ich schlug die Augen auf und wollte los, als mich einerseits der Schmerz im Kopf und andererseits eine feste Hand am Boden festhielten.
„Liegenbleiben!“, vernahm ich wie durch einen Nebel.
Die Stimme kam mir bekannt vor, aber ich konnte sie nicht zuordnen. Mein Sehen blieb verschwommen und ich sah nur Konturen, nur Unschärfe.
„Normalerweise helfe ich nicht, aber ich kann dich hier nicht elend liegenlassen, sonst erzählen die Leute wieder, was für ein Bösewicht der Winkelbauer ist!“, hörte ich weiter.
„Hast du Angst gehabt ohne mich, he? Oder warum rennst du wie ein Spinner den Weg hier herunter?“
Mühsam richtete ich mich auf und blinzelte in den schönen Frühlingsnachmittag hinein. Langsam kehrte

die Klarheit meines Blicks zurück und mit ihr auch mein Verstand. Etwa zwei Meter von mir entfernt stand jetzt der Winkelbauer. Im Licht der Sonne wirkte er gar nicht mehr merkwürdig oder gefährlich und ich lächelte. Ich war wirklich froh darüber, Klaus bei mir zu haben. Die Angst war verschwunden. Trotzdem fühlte ich mich irgendwie unbehaglich.

„Ja, Bauer, hast recht! Ich hab mich wirklich g'fürchtet. Da im Gebüsch hinter uns ist jemand gelegen und der hat unser Gespräch belauscht. Nachdem ich das bemerkt hab, bin ich einfach g'laufen, und das ohne nachzudenken!"

In den Augen des Winkelbauern flackerte es. Ich glaubte wahrzunehmen, dass auch er auf einmal Angst hatte.

„Erzähl!", sagte er dann heiser.

Ich berichtete ihm also vom Geräusch in den Büschen und von meiner Vermutung, dass ein Tier dieses Rascheln verursacht hatte. Ich erzählte von meiner Neugier, die mich dazu getrieben hatte, diese Mutmaßung zu überprüfen.

„Das hätte wohl jeder getan!", unterbrach mich an dieser Stelle der Bauer. „Wenn es wirklich ein Tier gewesen wäre, hättest du es ja unten im Dorf melden müssen, oder? Und dazu hättest du wissen müssen, welches Tier du entdeckt hast. Vielleicht also wollte der Bursche erwischt werden."

Zweifelnd blickte ich dem Bauern ins Gesicht. Der lächelte verächtlich.

„Und dann bist du also davongelaufen und gerade mir in die Arme! Ein schöner Held bist du!“

Verlegen blickte ich zu Boden. Auch Klaus schwieg ein Weilchen.

„Ich glaube, dass ich den Burschen kenne, der deinen Freund ermordet hat“, meinte der Bauer plötzlich. „Dir kann ich aber nichts Näheres sagen, du würdest dich in deiner Tollpatschigkeit doch nur verraten. Aber wenn ich herausfinde, dass wirklich dieser Teufel hinter allem steckt, dann bringe ich ihn eigenhändig nach Schmirn zur Polizei!“

„Hör zu, Bauer!“, entgegnete ich. „Du musst mir sagen, was du weißt, nur dann kann ich etwas tun!“

Wieder überlegte der Winkelbauer kurz.

„Na gut! Ich erzähle dir einen Teil von dem, was ich mir denke. Vielleicht bist du ja doch gescheiter, als mein Eindruck mir glauben machen möchte.“

Klaus grinste. Ich entgegnete nichts, wollte ich mich doch nicht noch einmal von diesem Spötter zur Weißglut bringen lassen. Innerlich aber kochte ich.

„Es gibt einige hier heroben, die sich als Wildschützen ihr tägliches Brot verdienen. Du weißt ja, wie hart die Strafen dafür bei uns in Tirol sind. Ich glaube, der Joseph hat einen von ihnen aufgespürt und das könnte sein Todesurteil gewesen sein! Diese Burschen schrecken vor nichts zurück! So, nun aber muss ich gehen! Mehr erzähle ich dir nicht und ich denke auch, dass du allein zurecht kommen wirst, oder?“

Ich nickte und erhob mich ächzend.

„Dank dir, Bauer, dass du ein bisserl ein Vertrauen gezeigt und mich hier nicht ganz allein liegen lassen hast."
Mit diesen Worten schwankte ich den Pfad zur Kleinhüttenalm hinunter. Als ich mich noch einmal zum Bauern umblickte, sah ich, wie er mir nachdenklich und finster hinterherblickte - und doch zugleich auch irgendwie triumphierend.
Die Angst war verschwunden und hatte einem beinahe unerträglichen Schmerz Platz gemacht. Mein ganzer Leib tat weh und ich fühlte mich wie zerschlagen. Besonders in meinem Kopf schien ein Wespenschwarm unaufhörlich zu surren und zu stechen.
Ohne die Knechte oder Franz auf der Kleinhüttenalm daher noch einmal zu grüßen, stieg ich rasch ins Dorf ab und war froh, keine Menschenseele mehr anzutreffen. In meiner Hütte angekommen legte ich den Rucksack ab, den ich ja doch den ganzen Tag über mit mir herumgetragen und auch in meinem ärgsten Schrecken nicht vergessen hatte. Danach kühlte ich den Kopf und die wunden Stellen meines Körpers mit dem kühlen Wasser des Tuxbachs. Außerdem legte ich mir einen Verband um meine wunden Knie, in den ich getrockneten Almrausch und Enzian gewickelt hatte. Ich hatte mir ein wenig Ruhe verdient!

Kapitel 8

Ein schöner Abend

Die Sonne war schon im Begriff zu sinken, als ich mich vor meine Hütte setzte. Bewundernd starrte ich auf die Pracht der Bergwelt um mich herum, die ich so liebte, die mich heute den ganzen Tag umgeben hatte, die aber bei all den Aufregungen von mir unbemerkt geblieben war. Seltsame Gedanken gingen mir dabei durch den Kopf. Sie drehten sich um den Mord und den Winkelbauern. Vor allem die Person des Winkelklaus war es, die mir keine Ruhe ließ. Ein einziges Wort beschreibt den Eindruck am besten, den ich von ihm gewonnen hatte - zwiespältig! Auf den ersten Blick nämlich zeigte er sich mir animalisch, roh und unbarmherzig. Zugleich aber wies seine Sprache auf Bildung hin. Zudem schien er nicht bewusst böse zu sein und hatte mir am Nachmittag dann sogar geholfen.

Was genau also wollte dieser Mann? Zunächst stellte er mich vor seinem versammelten Gesinde bloß und schmiss mich vom Hof. Daraufhin allerdings stieg er mir in ein Gebüsch nach, um mir scheinbar ungewollt wichtige Informationen zukommen zu lassen. War das alles wirklich zufällig passiert? Hatte der Bauer wirklich nichts von dem Lauscher gewusst, den ich dann im Busch entdeckt hatte? Oder war ich Opfer eines abgekarteten Spiels geworden? Nachdenklich zog ich den Stoff aus der Tasche, den ich in den Dornen gefunden hatte. Würde er mich zum Mörder führen?

Ich lächelte in mich hinein und schüttelte den Kopf. Nein, dazu war der Fetzen doch zu gewöhnlich. Außerdem musste der Lauscher nicht mit dem Mörder gleichzusetzen zu sein. Diesen Schluss hatte ich schon während des Gesprächs mit dem Winkelbauern gezogen.

Noch seltsamer aber als der suspekte Klaus erschien mir der Verlauf des gesamten Tages. Diese vielen Zufälle des Nachmittags waren es, die mich am meisten störten. Woher konnte der Jemand im Buschwerk gewusst haben, wo ich mich zur Rast niedergelassen hatte? Woher konnte er zudem wissen, dass der Winkelbauer zu mir kommen würde? Und wie hatte mich der Bauer überhaupt finden können? Hätte der Lauscher nicht schon vor dem Bauern im Gebüsch eintreffen müssen, um unbemerkt so nah an uns heran ins Dickicht eindringen zu können? War das Rascheln, das ich gehört hatte, wirklich eines, das dadurch entstanden war, dass sich jemand erhoben hatte? Oder hatte sich mir jemand genähert?

Fragen über Fragen türmten sich vor mir auf und ich wusste nicht einmal, ob sie mit dem Mord zu tun hatten. Allerdings wurde mir bewusst, wie sehr ich auf einmal im Blickpunkt vieler verschiedener Menschen stand. Ich war in Gefahr und hatte aufzupassen!

Bei dieser einsamen Rückblende auf einen ereignisreichen Tag musste ich mir auch eingestehen, dass ich zu oft schon Schwäche und Angst gezeigt hatte. Ich war nicht, wie ich von mir selbst immer gedacht hatte, der harte, eigenwillige und starke Tuxer. Ich hatte unüberlegt und geleitet von Panik oder Zorn gehandelt und mich und meine Absichten deswegen in wirkliche Gefahr gebracht. Am Vormittag, bei meinem unglücklichen Handeln am Winkelbauernhof, da spielte mein aufbrausender Charakter eine wesentliche Rolle. Da hatte ich eine Dummheit begangen, die ich mir im Nachhinein noch verzeihen konnte.

Die nachmittägliche Flucht jedoch war aus Angst geschehen. Ängstlichkeit aber durfte ich nicht zeigen, wollte ich den Mörder finden und mir den Respekt aller beteiligten Personen sichern. Ich musste besser, furchtloser, überlegter und entschlossener als der Täter handeln. Daran war ich an diesem Montag gescheitert - und das wollte und musste ich ändern. Mit diesem Vorsatz ließen meine Gedanken vom Mord und allen damit verbundenen Begleiterscheinungen ab.

Die Dunkelheit hatte sich inzwischen ganz auf Lanersbach herabgesetzt. Lieblich leuchteten die

Fenster der nahen Häuser meines Heimatortes zu meiner Hütte herüber. In jenem Moment begann mein Magen zu knurren. Aus diesem Grund holte ich mir aus meinem kleinen Haus ein Stückchen Brot, einen Speck, den fetten Bergkäse von Jakob und meinen Metallbecher, mit dem ich Wasser aus dem Tuxbach zu schöpfen pflegte. Ich begann mit meiner Jause, als mich eine helle Stimme aus meinen Gedanken riss.

„Hast dir die Jaus'n auch wirklich verdient, Sepp, bei den Dummheiten, die du heut aufg'führt hast?"

Überrascht und glücklich blickte ich auf.

„Lisl! Schön, dass du noch zu mir kommst. Setz dich her und iss mit! Und sei net so frech!"

Meine Verbündete lachte auf. Sie nahm die Einladung dankend an und langte dann kräftig zu. Während der Jause erzählten wir uns mit vollen Mündern vom Verlauf des Tages.

„Am Winkelbauernhof hab ich net viel Glück g'habt!", begann Lisl mit ihren Erlebnissen. „Der Bauer hat mich gar net vorg'lassen und die Magd, mit der ich reden hab können, war ein dummes Dirndl. Z'erst hat sie sich nix sagen traut - wegen ihres Bauern. Nach Langem hat's mir dann aber doch ihr G'heimnis verraten: Am Samstag nämlich soll das ganze Gesinde vom Winkelhof beim Jakob einen Trinken g'wesen sein. Nur der Bauer ist mit Ignaz, dem Knecht fürn Stall, z'haus blieben. Diese freien Abende fürs Gesinde kommen beim Winkelbauern manchmal vor. Das soll grundsätzlich nix B'sonderes sein. Das einzig Seltsame ist halt, dass die Mordnacht mit dem Gezeche beim Jakob hinten z'sammenfallt und der Bauer keine Zeugen im Haus g'habt hat, hätt' er etwas unternommen. Mehr allerdings hab ich net aus ihr raus'bracht. Trotzdem denk ich, dass wir auf jeden Fall den Jakob fragen sollten, ob die G'schichte von der Magd stimmt. Und dann sollten wir auch mit dem Ignaz reden."

Ich nickte.

„Das sollten wir! Es ist halt schon verdächtig, wenn der Bauer seinem Gesinde g'rad an dem Tag freigibt, an dem der Mord passiert."

„Eben! Also siehst auch ein, wie wichtig ich für die Untersuchungen bin!", neckte Lisl mich. „Was für Dummheiten hast denn du noch begangen, nachdem du die Herzen der Menschen am Winkelbauernhof erobert hast?"

„Nur zwei oder drei! Aber hör selbst!", begann ich dann und erzählte vom Winkelkarl, von der Schleifspur auf der Kleinhüttenalm, von meiner Rast und dem Gespräch mit dem Winkelbauern, schließlich von meiner Flucht und auch vom Verdacht des Klaus.

Wir kauten eine Weile stumm.

„Glaubst wirklich, dass der Winkelbauer weiß, wer der Mörder ist?", fragte ich dann die Lisl.

„Ich bin mir net sicher, Sepp. Das Ganze klingt eher wie eine Vermutung, oder?"

„Ja, da hast schon Recht. Auf jeden Fall aber ist er in G'fahr, sofern er net selbst der Mörder ist!"

„Vielleicht“, stimmte Lisl mir zu. „Aber er nimmt sicher keine Hilfe an. Also lass ihn, wir können da nix tun.“

Ich nickte und schob ein großes Stück Speck in meinen Mund.

„Weil der Winkelklaus die wilden Duxer im Verdacht hat - kennst eigentlich G’schichterln über sie?“, fragte mich Lisl plötzlich.

Ich wiegte abwägend den Kopf, konnte aber keine Antwort geben, so voll wie ich mir den Mund genommen hatte. Und natürlich kannte ich viele der Sagen, die sich um die Wilderer rankten. Und ich wusste wie wahrscheinlich jeder andere Tuxer-, Zillertaler und Tiroler, dass in unseren abgelegenen Gebirgstälern trotz aller Strafen noch immer der eine oder andere illegale Schuss getan wurde. Gerade auch im Tuxertal stellte die verbotene Jagd für manch einen verwegenen, armen Mann den einzigen Lebensunterhalt dar. Und die Menschen aus unserem Tal galten nicht ohne Grund seit jeher schon als wagemutig und zielsicher.

„Mein Vater hat sich recht gut mit einigen Forstbeamten verstanden!“, erläuterte Lisl. „Er hat mir erklärt, dass die Zeiten für die Wilderer immer härter werden. Besonders die verstärkten Strafen und die hohen Prämien, die auf die Denunzierung der Wilddiebe und natürlich auch auf deren Erfassung ausg’setzt werden, haben zu einem Rückgang der Wilderei g’führt.“

„Ich hab' von den neuen Gesetzen g'hört!", meinte ich dazu. „Einem erwischten Wilddieb droht im schlimmsten Fall die Todesstrafe, oder? Und wenn er mit dem Leben davonkommt, wird er für vogelfrei erklärt oder in irgendeine Armee g'steckt. Außerdem muss jeder erwischte Duxer auf jeden Fall mit dem Verlust der rechten Hand rechnen."

„Bist ja richtig gut informiert!", staunte die Lisl.

Ich nickte stolz.

„Der alte Tannenbauer, der Vater vom Franz, der hat uns immer die wildesten und brutalsten G'schichterln über die Wilderer erzählt", erklärte ich dazu. „Weißt, Lisl, b'sonders im 17. und 18. Jahrhundert soll es richtige Kämpfe zwischen den Wilddieben und den erzbischöflichen Jägern g'eben haben. In dieser Zeit waren vor allem die Alpensteinböcke eine wertvolle Beute. Nicht nur Fleisch, Fell und die Hörnderln haben sich damals gut verkauft. Den Alpensteinböcken sind nämlich lange Zeit auch ganz wundersame Heilkräfte nachg'sagt worden. Daher sind die Arzneien oft aus allen möglichen Körperteilen der Tiere herg'stellt worden. Da aber g'rad die Steinböcke immer schon b'sonders g'fährdet in ihrem B'stand waren, zeigten sich die erzbischöflichen Jäger gegenüber den Wilderern umso unnachgiebiger und grausamer. Ebenso erbittert kämpften diese aber darum, ihrem Gewerbe doch nachgehen zu können."

„Davon hab' ich noch nie was g'hört!" gestand Lisl. „Ich hab nur g'wusst, dass sich die Steinbockjagd vor allem auf die hinteren Zillergründe beschränkt hat!"
„Dann kennst wohl auch die Sage aus jener Zeit, in der die Steinböcke traurig und wehmütig g'worden sind, weil ihretwegen soviel Blut die Ziller herunterg'ronnen ist? Sie konnten und wollten diese Grausamkeiten net mehr länger mitansehen und verließen weinend ihre Heimat, um woanders ein ung'störteres Leben führen zu können."
Diese Erzählung hatte insofern tatsächlich einen wahren Kern, als dass die Alpensteinböcke wirklich aus dem Gebiet des Zillertals samt den hinteren Gründen verschwunden waren. Der Salzburger Erzbischof befahl nämlich die Ausrottung der Steinböcke, um dem Wildererunwesen ein abruptes Ende zu setzen. Ganz gelang dies aber nicht und besonders die Gamsjagd wurde weiterhin als einbringliches Geschäft in den abgelegenen Zillergründen betrieben. In vielen Sagen und Verherrlichungen blieben die Wilderer auf jeden Fall in den Gedanken der Menschen.
Lisl grinste.
„Na, davon hab ich noch nix g'hört. Dafür aber kenn ich eine andere, eine spannendere G'schicht!"
Sie räusperte sich, ehe sie zu erzählen begann.
„Es geht darin um das Teufelskar und wie es seinen Namen bekommen hat! Du weißt ja, dass der Wilderer immer schon Symbol und Zeichen für die Eigenständigkeit, Unabhängigkeit und Stärke der

Menschen im Gebirge g'wesen ist. Und um das geht's auch in meiner Sage!"

Sie blickte mich mit ihren wunderschönen Augen an und fuhr dann fort.

„Vor langer Zeit hat das Kar, das wir heut Teufelskar nennen, gar keinen richtigen Namen g'habt. Eines Winters aber trägt sich's zu, dass ein Wilderer dort oben auf der Pirsch ist. Er schleicht einen tief verschneiten Bergrücken entlang, ganz allein und ganz frei. Der Mann passt kurz net auf und tut einen unachtsamen Schritt, sodass er abrutscht. Im Unglück aber hat er noch Glück und saust eine steile, tief verschneite Rinne hinunter. Immer schneller und schneller trägt ihn die eisige Fahrt ins Tal. Der eigentlich mutige und unerschrockene Mann hat mit seinem Leben tatsächlich bereits abg'schlossen, als die gar net lustige Rutschpartie auf einmal endet. Eine kleine Wächte in einem ihm unbekannten Kar hat dem Wilderer das Leben g'rettet. Als er sich dort nun umblickt, da g'schiehts, dass der Teufel mit einem Mal vor ihm steht. Doch sehr zum Leidwesen vom Bösen erschrickt der Mann gar net vor ihm. Vielmehr fragt er den Satan die gar net dumme Frage, was dieser denn von ihm wolle. Der antwortet, dass er zum Raufen g'kommen sei, was den Wilderer wiederum sehr wundert."

Lisl lachte leise und ich stimmte ein.

„Was denn nun der Einsatz sei, will der Wilderer weiter wissen. ‚Bei einem Sieg von dir lass ich dich in Ruhe für alle Zeiten, gewinne aber ich, so brausen wir zu zweit hinunter in die tiefste Höll, in der du bleibst für alle Ewigkeit', meint der Teufel. 'Vor dem Kampf aber gewähr' ich dir drei Wünsche!' ‚Eing'schlagn!', ruft der Wilderer, der nicht nur mutig, sondern auch listig und lustig ist. Dann wünscht er sich die Granaten vom Greiner, die Goldkörner von der Gerlos und, dass sich der Teufel in ein schönes Weib verwandeln soll. Die ersten zwei Wünsche erfüllt ihm Satan mit enormer Geschwindigkeit. Die Berge an Granaten und Goldkörnern lassen den Burschen aber zunächst kalt! Es ist ja noch die Rauferei ausständig. Der Teufel inzwischen kämpft mit sich selbst. Er ist ein eitler Geck und will sich net in ein Weib verwandeln."

Wieder kicherten wir beide.

„‚Ich kann das net. Dein' dritten Wunsch musst ändern!', ruft er schließlich. Und in diesem Moment kommt dem Wilderer eine Idee. ‚Verwandl dich halt in ein Schmalzfassl!', ruft der Mann also. Warum dem Teufel ein Schmalzfassl besser g'fallt als eine Frau, das weiß ich net, aber der Teufel tut, wie ihm der Wilderer g'sagt hat. Kaum hat der Teufel also die Gestalt des Schmalzfassls ang'nommen, als ihm der Bursche schon einen festen Fußtritt gibt und den Teufel so bergabwärts schickt. Da kullert also das Schmalzfassl bis ganz hinunter ins Tal und es dauert einige Zeit, ehe der Böse erschöpft wieder beim Wilderer oben ankommt. Der Wilddieb aber, ausgeruht und rauferprobt, stürzt sich voller Kraft auf den Teufel. Und der muss alsbald seine Niederlage eingestehen. Voller Zorn, weil er einen ganzen Nachmittag vergeudet und dabei nix wirklich Böses z'sammbracht hat, wie es eigentlich seine Aufgabe ist, macht der Teufel fernerhin einen weiten Umweg ums Zillertal und betätigt sich seither vermehrt in den Städten als Verführer der weniger harten und listigen Städtler."

Ich hatte Lisls Stimme und ihre Art des Erzählens genossen. Der fast schon volle Mond erleuchtete inzwischen das ganze Tal silbrig hell. Milchige Bergwiesen und die gewaltigen Silhouetten der Berge bewachten Lisl und mich und unwillkürlich legte ich meinen Arm um ihre Schulter. Lisl wehrte sich nicht, sondern lehnte sich an mich und ihren Kopf an meine Schulter. So saßen wir lange in Eintracht und Frieden und genossen das unsichtbare Band, das uns so eng umschlungen hielt. Ein unglaublicher Friede erfasste uns beide und so hielten wir still, um diese Stimmung nicht zu stören.

„Lisl, bist schon ein tolles Dirndl, das ich sehr lieb hab!", wagte ich schließlich zu flüstern.

„Bist auch kein übler Bursch!", flüsterte Lisl zurück.

Nach diesen Worten saßen wir wohl noch eine gute Stunde schweigend. Schließlich erhob sich Lisl.

„Ich muss jetzt geh'n, Sepp, sonst merken die ander'n Knecht und Mägde was. Pass auf dich auf!"

Ich nickte.

„Net nicken, Sepp. Ich kenn dich und dein' wilden und sturen Charakter. Auch wenn die G'schicht von vorher net stimmen mag! Die Wilderer sind doch noch immer rücksichtslose und starke Burschen, die weder Tod noch Teufel fürchten. Eher opferns ein Menschenleben, als sich selbst ausgeliefert an die Gerichtsbarkeit zu wissen. Wenn Joseph tatsächlich so einen Burschen aufg'stöbert hat, kann ich mir schon vorstellen, dass es ihn erwischt hat. Also, ich bitt dich - pass auf."

„Ich versprech dir, keine Dummheit mehr zu machen. Gute Nacht, liebe Lisl!"

Sie lächelte mich an.

„Für einmal noch will ich dir's glauben. Gute Nacht auch."

Sie drückte mir einen ersten, verschämten Kuss auf die Lippen und verschwand in der hellen Dunkelheit. Ich blickte ihr mit unbeschreiblichen Gefühlen nach. Die wunderbar klare Nacht samt den Millionen Sternen umfing mich nun alleine, aber ich war glücklich und zufrieden. So saß ich noch lange im Freien, genoss die überraschend warme Frühlingsidylle und dachte an meine Lisl.

Plötzlich aber spürte ich, wie sich all meine Haare am Körper aufrichteten und eine Gänsehaut meine Haut überzog. Wie aus dem Nichts nämlich und ganz plötzlich sah ich sie wieder, die drohende, hoch aufgerichtete Gestalt jenes Gewitterabends, an dem der Mord passiert war. Sie stand abermals auf der Weide des Tannenbauern. Doch plötzlich brach sie unter dem Hieb eines riesigen Schattens zusammen, der sich von hinten an sie herangeschlichen hatte. Der Schatten wandte sich ab und verschwand eilig über

die Wiesen. Dann, direkt vor mir, der Höllenmüller! Die rechte Hand triefte noch vor Blut, ebenso die Axt, die lässig am Gürtel baumelte. Hinter sich her schleifte er Lisl, die im weißen Schlafgewand über die Weiden gezogen wurde. Ich schrie vor Entsetzen, sprang auf und - stellte mit Mühe fest, dass mich der Schlaf übermannt haben musste, dass ich nur geträumt hatte.
Es dauerte, ehe sich mein rasender Puls beruhigt hatte. Die Erinnerung an jene Gewitternacht aber konnte ich nicht zurückdrängen. Ich glaubte inzwischen mit ziemlicher Sicherheit zu wissen, dass damals wirklich der Winkelkarl dem Himmel gedroht hatte, dass er das Gespenst jener Nacht gewesen war. Aber hatte er den Mord tatsächlich aus nächster Nähe mitbekommen? Vermutete er im Winkelbauern den Mörder, weil er ihn hasste, oder war da doch mehr dahinter?
Ja, der Winkelklaus! Auf ihn stieß ich immer wieder und fast schon zu oft, wie ich mir ungern eingestand. Was hatte er behauptet? Ein Wilddieb! Mein Gespräch mit Lisl vorhin gab mir Gewissheit über die enorme Kühnheit und Rücksichtslosigkeit, mit der viele der „Wilden Duxer“ ihr Handwerk betrieben. Natürlich wäre die Gewitternacht, in der der Mord passiert war, für einen Wilderer keine schlechte Gelegenheit für einen Schuss gewesen. Bei diesem Wetter und zu dieser Zeit würde sich auch der strengste Förster in sein warmes Stübchen zurückziehen. Wer also die Plätze kannte, an denen

die Gämsen zu lagern pflegten, der hätte wohl schon die Möglichkeit gefunden, sein Tier zu erlegen. Vielleicht hatte ihn Joseph ja trotz des Sturms und Gewitters auf frischer Tat ertappt und gedroht, alles zu melden.
Nachdenklich ging ich zurück in meine Hütte. Es gab einen, der mir höchstwahrscheinlich aus meinem Dilemma helfen konnte und den ich unbedingt sprechen musste - den Höllenmüller. Er war laut Karl in der Mordnacht auf der Alm gewesen. Vielleicht konnte er mir Aufschluss über die Geschehnisse geben. Der Morgen schimmerte bereits matt durch mein Fenster, als ich mich ins Bett legte. Viel Schlaf konnte ich mir nicht gönnen - und der nächste Tag würde intensiv werden! Es stand ein Besuch beim Müller an. Sodann musste ich mich nach einem beschädigten Kleidungsstück umsehen, dem ein Eckchen fehlte - auch wenn ich selbst wenig optimistisch war, den Besitzer zu finden. Und wenn doch! Würde mir das wirklich weiterhelfen? Besorgt schlief ich ein.

Kapitel 9

Der Höllenmüller

Zum ersten Mal seit zwei Tagen zeigte sich der Morgen von seiner besten Seite und nicht mehr Grau in Grau. Die Sonne lachte mir ins verschlafene Gesicht, als ich gar nicht mehr so früh - es musste schon gegen halb sieben gewesen sein - zum Bach stiefelte, um mein Gesicht zu waschen und einen Schluck Wasser zu trinken.

Nach dem Motto „Morgenstund hat Gold im Mund" machte ich mich etwas später fröhlich und voller Elan auf den Weg nach Juns. Der etwa 1400 Meter über dem Meer gelegene, lang gezogene Ort hatte etwas, was die Tuxer und Tuxerinnen aus dem ganzen Tal zusammenkommen ließ: es war die Mühle des Höllenmüllers.

Das Tuxertal hatte trotz der hohen Lage im Gebirge immer schon für die Landwirtschaft günstige Bedingungen geboten. Die sanften Formen der Schieferberge machten das Tal vor allem an den

Sonnenhängen fruchtbar und für die landwirtschaftliche Nutzung geeignet. Gerste, Roggen, Hafer, Magen, zu dem die Städter Mohn sagen, und Erbsen, Flachs und Futterrüben wurden angebaut. Besonders die Gerste war ein wichtiges Lebensmittel für uns Tuxer und das Gerstenmehl, von uns das „Giachtane“ genannt, konnte sowohl zum Brotbacken als auch für diverse andere Teigwaren verwendet werden. Deshalb lebte der Müller mit seiner Mühle auch gut. Obwohl er viel im Spiel verschleudert hatte, gehörte er immer noch zu den Wohlhabenden im Tal.

Er hatte im Mai noch nicht allzu viele Aufträge und wusste von mir, dass ich einige Male im Jahr mit einem Säckchen Gerste erschien, um es mir mahlen zu lassen. Schließlich buk ich mein Brot stets selbst und war mit den Ergebnissen durchaus zufrieden.

Bei der Ortschaft Juns, die eigentlich nur aus ein paar Hütten bestand, verengte sich der Abstand zwischen den Berglehnen ein wenig. Daher auch schossen die Wasser des Tals ein bisschen schneller durch die Felsen als sonst. Von Norden her brauste zudem noch ein weiteres mittelgroßes Gewässer heran: der Junsbach. An seinen Wassern und nur einige hundert Schritte über dessen Mündung in den Tuxbach lag auch die Mühle des Höllenmüllers.

Als ich dort ankam, saß der Müller trotz der Frühe schon mit einem Bierchen im warmen Sonnenschein, welches er in Tonflaschen in seinem Keller aufbewahrte. Im Inneren des Gebäudes ging derweilen der Müllersbursch seinem Handwerk nach. Das Mühlrad drehte sich lustig. Quietschend ließ auch das Mahlwerk wissen, wie fleißig es am Arbeiten war. Als ich den Müller erblickte, stimmte ich eines meiner G'stanzeln an, da das Wetter und überhaupt meine ganze Stimmungslage an diesem herrlichen Frühsommertag zum Heitersein einluden:

„Drinnen ist fleißig in der Früh schon der Bursch';
draußen stillt faul der Müller sein Durscht!
Das find ich net guat und
drum sag i glei
Stell noch ein Glas raus,
weil trinken wollen zwei!"

Der Müller, der gerade in den Anblick der Berge versunken gewesen war, wandte mir nun den Kopf zu und lachte.

„Ah, der Sepp, der alte Händler! Was bringst mir denn vorbei? Die Handvoll Gerste mahl dir nur selbst zwischen zwei Steinen, mit dem Zeug brauchst mir net kommen!"

Ich kannte die raue und resolute Art des Müllers und grinste.

„Grüß dich Gott, Müller!", grüßte ich dann artig. „Bist wohl immer noch der alte Grobian, als der du bekannt bist?"

Der Müller drückte meine Hand.

„Sicher, Sepp! Aber ein Bier gönn ich dir trotzdem. Geh, Bärbel!", rief er dann durch die offene Haustüre.

„Bring doch noch ein Glaserl heraus für den Sepp, den größten Schmarotzer im Tal!“
Ich schmunzelte wieder und machte es mir auf der Bank neben dem Müller bequem. Bei jedem Besuch dieses Ortes genoss ich die Lage der Mühle und deren Ruhe und Abgeschiedenheit, die noch hinterlegt wurde durch die ewig-herrliche Melodie des Baches. Doch der Schein trog und die Romantik, so zwitscherten die Vögel von jedem Baum, endete mit dem Untergang der Sonne. Der Bauer und Müller hielt an diesem schönen und vom lieben Gott so herrlich geschaffenen Ort Spielorgien in Verbund mit viel Alkohol ab. Schon manch einer hatte als Wohlhabender am Tisch des Müllers Platz genommen und musste als Bettler wieder heimgehen. Auch der Müller selbst hatte, wie schon erzählt, alles im Spiel verloren - seine Frau, seine Kinder und viel Vermögen.
Nichtsdestotrotz mochte ich diesen Mann auf schwer zu bestimmende Weise. Er besaß Humor und Witz, er war intelligent, klug und mir gegenüber außerdem stets freundlich und aufgeschlossen. Unwillkürlich richtete ich meinen Blick auf diese lebende Legende unseres Tals. Gezeichnet von den Lastern des Lebens leuchteten aus dem faltigen und verbrauchten Gesicht zwei lebendige, dunkle, wissende Augen unter den buschigen Brauen hervor. Intelligenz und Entschlossenheit war ihnen anzusehen. Obwohl der Müller nicht sonderlich groß gebaut war, flößte seine sehr kräftige Gestalt gehörigen Respekt ein. Das volle,

schwarze Haar und der braune Teint der Haut des etwa 60-jährigen, dazu noch das vollständige und kräftige Gebiss - unwillkürlich musste ich an eine Darstellung Satans denken, die ich erst vor Kurzem auf einer meiner Reisen betrachtet hatte. Und nicht ganz umsonst, so gestand ich mir ein, wurde der Alte in jedem Gespräch nur als „Höllenmüller" bezeichnet. Seit er von diesem seinen Spitznamen gehört hatte, kleidete er sich auch entsprechend, was ich lustig und einfallsreich fand.

Der Müller wusste einfach mit seinem Ruf umzugehen. Gar manch biedere und tüchtige Bauersfrau schickte lieber ihren Mann zum Mehlmahlen, als selbst die verrufene Mühle aufzusuchen. Ich war mir sicher, dass der Müller heimlich Spaß daran hatte. Trotz allem lebte er ein einsames und abgeschiedenes Leben.

Ständig an der Seite des Müllers und wohl seine einzige Vertraute war die alte Magd, die Bärbel. Außer ihr hatte der Müller keine Freunde. Auch die Müllersburschen, die bei ihm ein gutes Leben hatten, standen dem Alten eher mit Respekt als in Freundschaft gegenüber. Die alte Magd nun, die angeblich ihr gesamtes Leben in der Höllenmühle verbracht hatte, unterbrach mich in meinen Gedanken. Sie stellte in diesem Moment einen Krug Bier vor mir auf den Tisch und verschwand, ohne auch nur ein Wort gesagt zu haben.

„Ich hab ein bisschen eine Gerste mit'bracht, damit ich ein wenig Nachschub für mein Brot bekomm! Passt das so?", begann ich das Gespräch.
„Jaja, die Handvoll lasst da und nimmst dir drei Hand voll vom G'mahlenen. Weißt ja, dass ich vorher nur einen Witz g'macht hab. Aber wie immer möchte ich im Gegenzug halt ein bisserl von deinen Ölen dafür", antwortete der Müller.
„Hab ich schon mit, Müller! Hilft's denn auch gut gegen deine Schmerzen im Rücken?"
„Bisher hat's mir zumindest nicht geschadet. Aber wirklich helfen tut eh nix, die Schmerzen werd ich nimmer los!"
Ich nickte mitleidig. Das Gespräch wandte sich dann dem Wetter zu und meiner eben erst beendeten Reise durchs Land. Dabei genossen wir den hellen Sonnenschein und das gute Bier. Schließlich schwenkte der Müller auf das unvermeidbare Thema um, genau wie ich es mir erhofft hatte.
„Weißt, Sepp", sagte er, „das mit dem Joseph tut mir wirklich leid! Ich hab ihn gern leiden mögen. Es ist schon tragisch, wenn sowas passiert!"
„Ja, da wirst wohl Recht haben! Aber gegen ein Unwetter wie in jener Nacht, da sind wir Menschen halt machtlos", warf ich ein.
„Geh, Sepp, verkauf mich doch bitte net für dumm! Weißt ja doch genausogut wie ich, dass das kein Unfall war und mit einem G'witter gar nix zu tun g'habt hat!"

Nachdenklich blickte ich den Müller an. Ich musste an die Schilderung von jener Nacht denken, die mir der Winkelkarl gegeben hatte. War der Höllenmüller wirklich auf der Alm gewesen? Hatten wirklich nur Sekunden darüber entschieden, dass der Mörder weder vom Karl noch vom Müller entdeckt worden war? Oder grübelte ich über einem phantasievollen Einfall eines Alkoholikers? Dies herauszufinden, dazu war ich hierhergekommen. Also fiel ich mit der Tür ins Haus.

„Hast Recht, Müller! Der Joseph ist ermordet worden."

Ich hielt kurz inne und fügte langsam hinzu: „Und du warst oben in jener Nacht, wie ich g'hört hab!"

Ich hatte absichtlich leise und eindringlich gesprochen und stellte mit ein wenig Genugtuung fest, wie dem Müller die Farbe aus dem Gesicht wich.

„Schau, ich seh dir ja an, dass ich dich überrumpelt hab!", schmunzelte ich.

Und nach einer kurzen Pause fragte ich: „Also, was hast denn g'sehen?"

„Gar nix, Sepp, gar nix!", unterbrach mich der Müller hastig und für meine Begriffe ein bisschen zu rasch. „Ich war oben, ja! Hat dir das der Karl erzählt, die versoffene Plaudertasche?"

Ich zuckte mit den Achseln.

„Kann schon sein!"

„Sicher war er's. Aber egal! Ich bin damals von der Hochalm abg'stiegen, als das Gewitter losbrochen ist, weil ich noch nach meinen Viechern dort oben

g'schaut hab. Wollt also heim - bei dem Sauwetter hättest das verstanden. Als Händler kennst ja Nässe und Kälte, oder?"
Ich durchschaute den Müller doch ein bisschen und wusste, wie gut er Gespräche und Menschen in eine Richtung lenken konnte. Deshalb gab ich nicht nach.
„Ja, sicher! Aber erzähl nur weiter!"
„Ach Gott, ich weiß nix!", fuhr der Müller auf. „Ich bin also im Unwetter den Berg hinunter und dabei auf die Kleinhüttenalm g'kommen. Hab dort auf der Alm schon etwas Seltsames g'sehen - den Winkelkarl nämlich. Hinter einem Busch ist er g'legen. Ich hab ihn halt ins Tal mitg'nommen, weil ich Angst g'habt hab, dass er oben im Regen liegen bleibt und dort stirbt. Weißt eh, bei der Kälte und Nässe!"
„Hast ihn denn gar net g'fragt, was er da macht?", erkundigte ich mich weiter.
„Doch, hab ich schon! Er hat irgendwas g'murmelt von: ‚Ich lieg ja nur da und ruh mich aus!' Hab ihn dann eben mit hinunterg'nommen und sicherheitshalber, als wir im Tal an'kommen sind, aufg'fordert, zum Tannenbauern zu gehen, weil der immer gut zu ihm ist. Ich selbst hab ihn net mit heimnehmen können."
„Warum seids denn net gleich zur Aste g'angen? Der Joseph hat doch auch immer gut auf den Karl g'schaut!"
„Ja, weißt, Sepp", erwiderte der Müller. „Es hat halt was geben zwischen mir und dem Joseph. Hast sicher schon von unserem Spiel g'hört und dass ich dem

Kerl droht hab, ihn umzubringen. Deshalb hab ich mir denkt, dass es besser ist, wenn ich mit'm Karl ins Tal geh. Er selbst hat es ja auch besser g'funden!"
Der Müller log mich an, davon war ich überzeugt! Einerseits war seine Geschichte und wie er den Karl angeblich getroffen hatte äußerst dumm erfunden. Zudem hätte der Müller den Winkelkarl unter normalen Umständen niemals und auch nicht im Gewitter und bei Kälte mit ins Tal genommen, noch dazu so betrunken, wie dieser wahrscheinlich gewesen war. Er hätte ihn auf alle Fälle zum Joseph gebracht, mit dem er wegen des kleinen Vorfalls sicherlich nicht ganz über Kreuz gewesen war. Nach einem raschen Schnapserl dort wäre er dann alleine zu Tal gestiegen. Für mich stand also fest: der Müller hatte irgendetwas gesehen. Und da er versuchte, das vor mit zu verheimlichen, wurde ich neugierig!
„Lüg mich net an, Müller!", lachte ich dem Mann daher ins Gesicht. „Woher weißt denn dann vom Mord am Joseph, wenn du nix g'sehen hast? Sag mir: Warum hast den Karl in Wahrheit ins Tal bracht?"
Der Müller schwieg und sah an mir vorbei. Schließlich nickte er mit dem Kopf.
„Ich hab was g'sehen, Sepp, ich geb's zu. Der Karl war dabei und hat dir sicher schon einiges g'sagt, sonst würdest jetzt net so selbstsicher auftreten. Aber ich schweig noch, weil es zu g'fährlich is', wenn ich diese Sachen weitererzähl'. Verschwind jetzt, ich bitt' dich!"
Ich nickte und stand auf.

„Weißt, Müller, wenn ich da oben durch Regen und Gewitter geeilt wär' und wenn ich wüsst', dass dann dort jemand ermordet worden ist, dann hätt' ich auf jeden Fall eine schreckliche Angst und könnt' wohl drei Tag lang net schlafen!"
Es zuckte um die Lippen des dunklen Mannes vor mir - fast unmerklich zwar, aber doch. Ein spöttisches Lächeln? Mühsame Selbstbeherrschung? Oder gar Angst?
„Ich hoff nur, dass du auf dich aufpasst, Müller!", fügte ich hinzu.
„Mein Leben ist sowieso gar nix mehr wert", meinte Hans nach einer kurzen Pause, in der er ins Leere gestarrt hatte. „Ich hab alles verloren! Z'erst die Familie, dann die Freund und schließlich auch noch mein Reichtum. Was ist mir blieben? Die paar Leut, die mir das Geld aus der Tasche ziehen und die alte Magd, die mir immer treu ergeben war. Nein, Sepp, ich bin alt und allein und werd nimmer glücklich. Ich brauch nimmer auf mich aufzupassen!"
Irgendwie schien der Mann vor mir auf einmal in sich zusammengesunken und ganz klein und furchtsam geworden zu sein. Ich musste trotzdem auf der Hut sein. Ich wusste einfach nicht, ob der Müller es ehrlich mit mir meinte oder nicht.
„Also, Müller, so darfst net reden und denken! Du bist stark und gesund und kannst dich deines Lebens freuen! Ich aber muss weiter. Die Gerste hätt' ich jetzt fast vergessen über dem Gespräch. Ich lass dir

das Sackerl da und hol mir mein Zeug später ab. Dank dir schön fürs Bier und fürs Reden! Pfiat Gott."
Ich legte mein Säckchen Gerste auf den Tisch.
„Pfiat Gott, Sepp! Und komm wieder einmal vorbei. Bringst immer Licht in mein Leben!", verabschiedete sich auch der Müller.
Seine wehmütige Rede stimmte mich nachdenklich und doch hatte ich keine Zeit, zu bleiben. Ein Händedruck also noch und schon befand ich mich auf dem Weg zum Tannenhof. Dort hoffte ich zu erfahren, wo der Winkelkarl zu finden sein würde. Ihn musste ich unbedingt noch einmal sprechen.

Kapitel 10

Ein Begräbnis

Mit dem Verlauf des Vormittags konnte ich zufrieden sein. Ich hatte den Höllenmüller geschickt in ein Gespräch verwickelt und viel erfahren, was mir auf der Suche nach dem Täter durchaus hilfreich sein konnte. Daher dachte ich, dem Mörder nun in einigen Dingen voraus zu sein. Das machte mich ein klein wenig stolz und gab mir Selbstvertrauen. Die Gedanken an Lisl, das schöne Wetter, das Gezwitscher der Vögel und das Rauschen des Tuxbachs taten ein Übriges - ich war richtig gut aufgelegt und pfiff ein Liedchen, während ich fröhlich auf Lanersbach zuschritt.

Als ich am Tannengut anlangte, waren einige kräftige Knechte gerade dabei, einen großen Leinensack in eine hölzerne Truhe zu packen. Und mit einem Schlag war meine gute Laune wie weggeblasen. Ich erkannte sofort, dass hier fürs Begräbnis gerüstet wurde! Wie hatte ich darauf nur vergessen können!

Jede Beerdigung wurde begleitet von einer eigenartigen und unnatürlichen Stimmung, mit der ich nicht viel anzufangen wusste. Als ich meine Eltern zu ihrer letzten Ruhe geführt hatte, war ich natürlich wie zerschlagen und geistig ganz abwesend gewesen. Gerade damals war mir aber auch bewusstgeworden, wie sehr ich dieses unbedingte Bemitleiden hasste, das leider Teil jeder Trauerfeier sein musste und das mich peinlich berührte.
So kam es, dass auch an jenem Tag und angesichts des Sarges eine unglaubliche Hilflosigkeit in mir aufstieg, gegen die ich mich nicht wehren konnte. Und doch fühlte ich mich verpflichtet, der Feier beizuwohnen! Also trat ich unangenehm berührt zu den Bauersleuten und dem Gesinde. Sie alle standen stumm im Halbkreis um den Holzsarg und sahen den Knechten bei der Arbeit zu. Das Gesicht der Bäuerin war vom Weinen geschwollen und ganz rot. Neben ihr kämpfte der Bauer mit den Tränen. Ungewöhnlich gefasst wirkten dagegen die Mägde und Knechte. Lisl stand am Rande der Gruppe und blickte traurig auf das Geschehen, hatte sich aber ebenfalls unter Kontrolle. Kurz konnte ich einen Blick von ihr erheischen und ihr zunicken. Sie blinzelte zurück.
Endlich erschien auch der Pfarrer und die Trauerfeier begann. Der Leichenzug führte vom Haus des Bauern zur Kirche, die sich direkt im Ort Lanersbach befand und dem heiligen Thomas geweiht war. Dort hielt unser Pfarrer eine beeindruckende und ergreifende Totenfeier. Er sprach über das Leben vom Joseph,

von seiner Beliebtheit im Tal, seinem frommen Glauben und der Fröhlichkeit, die ihm die Herzen aller zufliegen ließ. Besonders erwähnte er auch die Verbundenheit Josephs mit der Kirche. Der heilige Thomas, Schutzpatron der Architekten, Maurer und Zimmerleute, war dem geschickten Joseph stets zur Seite gestanden. Joseph war ja einer der besten Holzverarbeiter im Tal gewesen. Und da fast alle Gebäude bei uns herinnen aus Holz errichtet worden waren, hatte sich beinahe jeder Tuxer auf Josephs Rat und Tat verlassen. Das Begräbnis endete dann wie immer mit dem Gang auf den Friedhof, wo Joseph beigesetzt wurde. Es waren tieftraurige Momente.

Überraschend für mich kamen nur zwei Dinge. Das erste, was mich erstaunte und zugleich beunruhigte, war, dass Karl der Verabschiedung seines einzigen Freundes ferngeblieben war. Gleichzeitig wunderte ich mich, dass dafür der Winkelbauer den weiten Weg von seinem Hof in den Ort nicht gescheut und an der Trauerfeier teilgenommen hatte.

Da mit dem Begräbnis doch ein großer Teil des frühen Nachmittags dahinging und ich mich müde, hungrig und erschöpft fühlte, beschloss ich, die Suche nach Karl auf den nächsten Tag zu verschieben. Mit Lisl wollte ich aber auf jeden Fall noch sprechen. Also kreuzte ich wie zufällig ihren Weg, als ich zu den Bauersleuten ging.

„Kommst noch?“, flüsterte ich ihr leise zu.

Lisl nickte.

„Schön!“, raunte ich daher zurück. „Bis später dann!“

Danach verabschiedete ich mich vom Bauern, seiner Frau und den engsten Freunden von Joseph, die noch beieinanderstanden, bekundete nochmals mein Beileid und schritt rasch zu meiner Hütte. Es dauerte nicht lange, da tauchte Lisl auch schon auf. Die Sonne stand trotz der gar nicht späten Stunde bereits tief. Trotzdem reichten ihre Strahlen aus, um den Wiesenflecken hinter meiner Hütte zu wärmen, an dem ich gerne die frühen Abendstunden und den direkt vorbeirauschenden Tuxbach zu genießen pflegte.

„War ein seltsames Begräbnis heut, oder?", begann ich nach wenigen Momenten.

„Was meinst denn, Sepp?", fragte Lisl zurück.

„Ist dir net aufg'fallen, dass vom ganzen Gesinde bei euch keiner wirklich g'schockt und betroffen war über Josephs Tod? Und das trotz der Situation und der Umstände? Und hast g'merkt, dass es zwar eine sehr schöne Predigt war, aber in Wahrheit keiner solche Gefühle für den Joseph empfunden hat, wie der Pfarrer zu erklären versucht hat?"

„Ich bin mir net ganz sicher, ob ich dich versteh!"

„Naja", begann ich daher noch einmal. „Es ist doch seltsam und irgendwie unwirklich, dass niemand außer deinen Bauersleuten echte Trauer empfunden hat."

Lisl dachte kurz nach und nickte dann.

„Ich glaub, ich weiß, was du sagen willst!

Ein Weilchen blieb es still.

„Und ich sag dir, dass das alles seine Gründe hat!“, fuhr sie dann eifrig fort. „Früher, da war der Joseph wirklich beliebt im Tal. Er war so ein Ehrlicher und G’rader! Kennst zum Beispiel die alte G’schicht über den Joseph und die schöne Marie?“
„Na, Lisl, davon hab ich, glaub ich, noch nie was g’hört. Weißt ja eh, dass meine Eltern net wollten, dass ich mich in den ganzen Tratsch da im Tal herunten einmisch.“
„Dann hör gut zu! Die Marie, die ‚schiane Tuxerin’, wie’s überall g’nannt worden ist, hat ja damals, vor einigen Jahren, ganz viele Dichter und Künstler zu uns b’racht. Die sind nur wegen ihrer Schönheit den weiten Weg hereinkommen.“
„Jaja, daran kann sogar ich mich noch erinnern! Ist aber schon einige Jahr her, gell?“
„Natürlich, das hab ich auch grad g’sagt. Damals waren die Weiber im Tal sehr eifersüchtig auf das schöne Frauenzimmer, weil’s halt von allen Männern bewundert und auf Händen tragen worden ist.“
„Geh, Lisl, du weißt eh, dass wir Männer das mit allen Frauen so handhaben!“, zwinkerte ich Lisl an.
„Also davon hab ich noch gar nix g’merkt“, gab Lisl zurück und ignorierte meinen entrüsteten Räusperer. „Auf jeden Fall haben die Weiber der Marie damals aus Neid Liebeleien mit den verschiedensten Männern vorg’worfen und sogar g’meint, dass sie Geld für ihre Dienste g’nommen hätt. Das war natürlich ein Blödsinn. Die Marie war und ist ein wirklich feiner und lieber Mensch.“

Lisl strich sich eine Haarsträhne aus den Augen.
„Der Joseph aber hat als kleiner Bub noch nach der Kirch'n g'hört, wie die Frauen über die Marie g'schimpft haben. Da ist er zornig worden und hat g'rufen: ‚Ihr seid's halt alle net so schön wie die Marie. Es ist nur der Neid, der euch die Lügen erzählen lasst.' Den alten Tannenbauern, bei dem der Joseph ja g'wohnt und der ihn auf'zogen hat, den hat diese ehrliche Aussage des Buben arg in Verlegenheit bracht und lange noch hat er sich dafür bei allen möglichen Tuxerinnen entschuldigen müssen."
Ich lächelte in mich hinein.
„Das ist eine liebe G'schicht, Lisl!", meinte ich dann. „Aber was bitte hat das mit dem Mordfall und dem Begräbnis z'tun?"
„Geh Sepp! Ich wollt dir nur zeigen, dass der Joseph wirklich ein feiner Kerl sein hat können. In den letzten Jahren aber ist sein Wesen immer dunkler worden und er hat nur mehr wenig Freund' am Hof g'habt. Keiner weiß, warum er sich so verändert hat!"
Ich nickte.
„Mir ist schon auch aufg'fallen, wie er sich ab'kapselt hat. Aber so einen Einblick hab ich dann halt net bei euch. Ich denk, dass es eben irgendwas geben haben muss, was ihn verändert hat. Wenn wir dieses Etwas finden, dann halten wir womöglich den Schlüssel zum Mord in unseren Händen!"
„Den Schlüssel zum Mord? Redest schon wieder g'scheiter als du bist, gell!", grinste Lisl.

Doch das Lächeln verschwand sofort wieder. Sie lehnte sich an meine Schulter und redete leise weiter.
„Es ist immer schlimm, zu sehen, wenn Menschen unglücklich sind. Bei uns am Hof hat's das lang net geben, aber seit einiger Zeit ist die Stimmung arg ang'spannt und jeder scheint den anderen zu beobachten. Wir alle sind unrund und net z'frieden mit dem Leben dort. Ich selbst entdeck' mich, wie ich die Gespräche von anderen zu belauschen versuch. Aber ich kann dir keinen Grund dafür nennen. Irgendwie hat sich das so entwickelt und jetzt..."
Lisl stockte kurz und hustete leise.
„Jetzt ist es net angenehm am Tannenbauerngut", fuhr sie dann fort. „Und es tut mir leid, wenn ich dir vorgestern was anders g'sagt hab."
Still lauschte ich den Worten von Lisl. Einerseits genoss ich das Vertrauen, das sie mir schenkte, andererseits aber fühlte ich auch eine tiefe Beklommenheit in mir aufsteigen. Lisl, die immer Fröhliche und gut Aufgelegte, fühlte sich unwohl. Da musste wirklich mehr dahinterstecken.
„Du sagst, dass es seit einiger Zeit so ist?", fragte ich daher nach. „Das alles hat nicht erst mit dem Tod vom Joseph begonnen?"
Lisl überlegte still.
„Es hat, so denk ich, schon vorher ang'fangen. Aber die letzten Tage waren ganz furchtbar. Keiner red mehr und jeder arbeitet still und ohne Freud."
Lisl schluckte hörbar.

„Aber ich kann dir nix Genaues sagen. Es ist alles so verwirrend."
Ich betrachtete das schöne Gesicht der jungen Magd neben mir.
Dann meinte ich schweren Herzens: „Weißt, Lisl, es ist vielleicht gut, wenn du mir net mehr soviel hilfst. Es überlastet dich!"
Entrüstet hob da die Lisl den Kopf.
„Das würd' dir so passen, Sepp, gell?"
Zornig blickte sie mich an.
„Und eins sag ich dir! Ich mach weiter! Und ich denk, dass ich bei uns am Hof noch viel Wichtiges herausbekommen werd'. Aber ich muss jetzt gehen, Sepp! Das Abendessen wartet und die Leut sollen net merken, dass ich bei dir war."
Ich nickte.
„Also, pass auf auf dich. Gute Nacht, Lisl!"
„Dir auch eine gute Nacht! Ich hab dich lieb, Sepp!"
Mit diesen Worten hauchte Lisl mir noch einen Kuss auf die Lippen und verschwand um die Hütte.
Der Tag war fortgeschritten und die Dämmerung senkte sich über das Tal. Das kurze Hochgefühl, welches mich in der Nähe von Lisl beflügelt hatte, wich einer Unruhe, die vor allem mit den Worten Lisls zu begründen war. Unsicherheit und Verwirrung. Ein Toter. Misstrauen. Was geschah da am Tannenbauerngut? Schwebte Lisl in Gefahr?
In dunkle Gedanken versunken schlenderte ich zu meiner Hütte. Und obwohl ich mich dann sehr bald schon zu Bett legte und eine matte Müdigkeit in mir

fühlte, ließ mir irgendetwas keine Ruhe. Ich konnte nicht einschlafen. Und dann hatte ich es: das Begräbnis. Karl war nicht dort gewesen. Wieso?
Erschrocken fuhr ich hoch. Natürlich war dieser Gedanke auch schon am Nachmittag durch meinen Kopf gezogen. Aber da war mir seine Abwesenheit seltsam und ein bisschen beunruhigend erschienen. Nun aber verspürte ich richtige Angst! Ich fragte mich, wie ich diese Tatsache nur so einfach übergehen hatte können. Immerhin war sogar der Winkelbauer auf der Trauerfeier erschienen - und beinahe als einziger der Karl nicht, obwohl Joseph sein wichtigster Freund gewesen war. In jenem Moment war ich mir sicher, dass ihm etwas zugestoßen sein musste! Ich sprang daher auf und zog meine Stiefel an. Dann blickte ich aus dem Fenster. Die dunkelste Nacht war inzwischen über das Tal hereingebrochen. Wolken versteckten den Mond und die Sterne und mir wurde bewusst, dass es für eine Suche eindeutig zu spät und zu dunkel war. Erschöpft und verwirrt fiel ich also zurück in mein Bett. Dort fand ich aber nur kurze Schlummer, die nicht die Erholung brachten, die ich suchte.
Und wieder hatte ich blutige Träume. Zuerst tanzte das verletzte und verunstaltete Gesicht Karls an mir vorüber, dann stürmte ein Mörder ohne Gesicht in eine dunkle Höhle, aus der ich die Stimme von Lisl zu hören glaubte. Als der Mittwochmorgen endlich anbrach, wusste ich, dass ich abermals ziemlich unausgeschlafen an mein Tagwerk gehen würde.

Kapitel 11

Frühstück am Tannenbauernhof

Der Mittwoch kleidete sich in ein trostloses und eintöniges Grau. Das Wetter drückte die Stimmung und so machte ich mich wenig motiviert auf den Weg zum Tannenbauerngut, um mich nach Karl zu erkundigen. Doch meine Sorgen um ihn waren an jenem Morgen schon wieder auf ein Minimum gesunken. Zu viele Dinge konnten Karl am Kommen verhindert haben. Wie so oft hatten der Abend und das einsame Liegen im Bett meine Gedanken und meine Phantasie überstrapaziert und die Situation verdramatisiert. In solch halbdurchwachten Nächten, wo die Zeit fast gar nicht zu vergehen scheint, entstehen oft wilde gedankliche Auswüchse, die sich am Morgen danach als Hirngespinste erweisen, über die man nur lächeln kann. So war es auch bei mir an jenem Mittwoch.

Der Spaziergang belebte mich zusätzlich und ich genoss die kühle, frische Morgenluft, die meine Sinne

langsam weckte. Als ich am Hof ankam, frühstückten die Bauersleute gerade und luden mich zum Mitessen ein. Ich nahm gerne an und verschob meine Suche nach Karl noch einmal, da ich hoffen durfte, dabei einiges über Joseph und seine letzten Wochen zu erfahren. Vorweggenommen: Das Frühstück selbst werde ich als eines der seltsamsten meines Lebens in Erinnerung behalten.
Einerseits nämlich wollte das Gespräch nicht recht in Gang kommen, da Franz und Resl offensichtlich sehr unter dem Verlust Josephs litten und kaum ein Wort sprachen. Resl kämpfte die ganze Zeit über mit den Tränen und der Bauer warf seiner Frau immer wieder besorgte Blicke zu. Er selbst wirkte abwesend und äußerst traurig. Andererseits aber war das aufgetragene Frühstück köstlich und der Speck mundete trotz der frühen Stunde. Ein frisch gebackenes, noch warmes Brot und die herrliche, kühle Milch der Kühe rundeten das Mahl ab. So genoss ich also die Delikatessen, während mir der ganze Ablauf des Morgens äußerst peinlich war. Ich konzentrierte mich daher auf die Speisen, während die beiden anderen still und teilnahmslos an ihren Plätzen saßen und das Gespräch mieden. Als ich nicht mehr konnte, legte ich das Besteck weg.
„Dank euch schön. Das Frühstück war wirklich ausgezeichnet!“, beendete ich die Stille.
Resl und Franz nickten nur. An diesem Morgen war nichts in Erfahrung zu bringen! Diese Gewissheit hatte ich bereits gewonnen. Etwas ratlos überlegte ich

daher bei mir, wie ich mich geschickt aus der schwierigen Siutation bringen könnte, als Resl plötzlich aufstand und heulend die Stube verließ. Der Bauer schien unentschlossen, ob er ihr nachgehen sollte oder nicht, blieb dann aber sitzen. Ich wusste auch nicht, wie ich nun reagieren sollte und stopfte mir zur Sicherheit doch noch ein breites Stück Speck in den Mund, an dem ich zu kauen begann.

„Weißt, Sepp!", wandte sich der Bauer dann mit heiserer Stimme an mich. „Die Frauen können mit so was noch schlechter umgehen als wir. Wir versuchen, unser Leben weiterz'leben. Die Resl kann das net. Du weißt ja, wie lustig und freundlich sie normal ist. Doch jetzt gehen ihr die Nerven ganz durch. Sie hat den Joseph sehr gern g'habt, fast wie einen Bruder. Wenn ich die beiden net so gut kannt hätt, wär ich vielleicht sogar ein bisserl eifersüchtig g'wesen, so gut haben die sich verstanden."

Ich schaute verblüfft auf und vergaß kurz aufs Kauen, führte diese wichtige Tätigkeit dann aber umso intensiver durch, um kurz Zeit zum Überlegen zu bekommen. Meinte der Bauer ernsthaft, was er da gesagt hatte?

„Und", ergänzte er, „ahm - es ist net leicht, d'rüber zu reden. Auf jeden Fall war's vor ein paar Wochen, da bin ich von der Kleinhüttenalm heimkommen und ins Schlafzimmer von mir und der Resl g'angen. Und - ja, da sitzt halt der Joseph auf meinem Bett. Und bei ihm ist meine Frau g'wesen. Ich hab zum Herumbrüllen und Schreien begonnen. Die beiden haben aber g'sagt, dass's nur g'redet haben. Naja - ich hab's ihnen dann auch wirklich g'laubt. Seltsam hab ich's trotzdem g'funden, das kannst mir glauben."

Der Bauer schluckte ein paar Mal, ehe er sehr leise fortfuhr: „Und jetzt denkt die Resl, ich könnt der Mörder..."

Die Stimme vom Franz erstarb und er schluchzte in seiner Hilflosigkeit laut auf. Ich befand mich in keiner angenehmen Lage. Menschen zu trösten und ihnen gut zuzureden gehörte ganz sicher nicht zu meinen Stärken. Ich legte daher meinen Arm ziemlich tollpatschig um die Schulter des Bauern und schluckte den restlichen Speck hinunter.

An diesem Morgen machte ich eine der erschütternsten Erkenntnisse überhaupt im Verlaufe meiner Morduntersuchungen. Ich erkannte nämlich, wie sehr ein Verbrechen die Angehörigen des Opfers mitnahm. In diese Familie, die immer erfüllt gewesen war von Liebe und Gemeinsamkeit und Humor, in diese Familie trat auf einmal der Tod in Form eines Mordes. Das jahrelange Vertrauen war mit einem Schlag verschwunden. Was übrig blieb, waren Misstrauen und Hilflosigkeit angesichts der Tat, die niemand verstehen konnte.

Auf einmal wurde alles, was bisher selbstverständlich und unproblematisch gelaufen war, kompliziert. Alte Wunden rissen wieder auf. Auf diesem Ackerboden gedieh das Misstrauen prächtig und die lustige, verliebte und neckische Resl zweifelte an ihrem

eigenen Gatten und hielt ihn womöglich sogar für fähig, einen Mord zu begehen!
Franz hingegen wusste nicht mehr weiter und hielt umgekehrt seinem geliebten Eheweib indirekt Ehebruch vor. Wie mir Lisl am Tag davor erzählt hatte, ging dieser Wahnsinn auch auf das Gesinde über. Und so verschlechterte sich die Stimmung am Hof von Stunde zu Stunde. Ich musste dringend handeln und rasch Erkenntnisse gewinnen - also drückte ich dem Bauern fest die Schultern.
„Ich find das Schwein!“, sagte ich noch und ließ den armen Mann dann allein zurück.
Als ich auf den Gang getreten und die Tür zur Stube hinter mir zugezogen hatte, atmete ich tief durch - leider zu Unrecht. Auf dem engen, dunklen Flur nämlich wartete die Bäuerin auf mich. Resl zog mich ins Freie und unter ihre Laube. Der Nebel versteckte die herrliche Bergwelt immer noch. Ich konnte die Hänge der Tuxeralpen keine 300 Höhenmeter emporsehen, so tief standen die dichten Schwaden. Bei mir dachte ich, dass zumindest das Wetter zur Stimmung am Hof zu passen schien.
Die Resl hatte sich gefangen. Ihre Wangen waren immer noch sehr bleich, wodurch ihre vollen, roten, elegant geschwungenen Lippen besser zum Vorschein kamen als im normalerweise tiefbraunen Gesicht. Mir wurde wieder bewusst, wie hübsch diese Bäuerin eigentlich war. Im selben Moment schämte ich mich aber meiner Gedanken.

„Franz hat dir die G'schicht mit mir und dem Joseph erzählt, oder?", begann die Bäuerin ohne Einleitung.
„Ja, Resl, das hat er. Aber er glaubt dir, davon bin ich überzeugt."
Die Resl seufzte und wandte ihr Gesicht dem Bächlein zu, das direkt neben der Laube vorbeiplätscherte.
„Ich hab ihn auch wirklich net ang'logen. Er ist mein Mann und ich liebe ihn. Mit dem Joseph, das war was ganz Anderes. Ich werd dir jetzt erzählen, warum er für mich was B'sonders war. Dazu muss ich z'ruck in meine Kindheit! Die G'schicht kennst ja, dass der alte Bauer den Joseph zu sich g'nommen und ihn fast wie seinen Sohn behandelt hat, oder?"
Ich nickte.
„Mein Vater", fuhr Resl daher fort, „der war ja nur ein armer Viehtreiber. Zusätzlich hat er auf den Almen Holz g'schnitzt und so ein bisserl was dazu verdient. Ich war fast nie im Tal herunten, sondern hab ihn immer begleitet auf seinen Bergen. Es war wunderschön mit ihm, aber am Abend haben wir halt oft net g'wusst, woher wir unser Brot nehmen sollen. Meine Mutter hab ich gar nie kenneng'lernt."
Resl hielt kurz inne.
„Der Joseph hat vor allem am Anfang am Hof net viele Freunde g'habt und ist oft mit uns mitg'angen und hat uns immer ein bisserl was von daheim mitbracht: eine Schnitte Brot, ein Stück Speck, einen Käs'. Er war sehr lieb zu uns und Vater hat ihn gern g'habt. Irgendwann hat der Joseph mir dann g'sagt,

wie schön er mich find, aber da waren wir noch halbe Kinder. Ich hab ihn damals ausg'lacht, weil mir das peinlich war und er hat g'sagt, er kommt wieder, wenn ich älter wär!"
Resl seufzte.
„Und er ist wirklich kommen, kurz, bevor ich sechzehn war. Er muss damals knappe zwanzig g'wesen sein. Aber ich wollt nix von ihm und er hat g'sagt, dass er niemals glücklich werden wird ohne mich."
Kurz schien es, als würde Resl wieder in Tränen ausbrechen. Dann aber fing sie sich.
„Brav hat der Joseph dem Bauern dient. Und schließlich hab ich den Franz g'heiratet, den jungen Erben vom Hof. Das war was ganz Unerhörtes, dass ich als armes Dirndl den Sohn vom reichsten Bauern im Tal heirat'. Dem Joseph hat's das Herz z'rissen! Aber er ist bei uns blieben - und das sogar, obwohl er nach dem Tod vom Bauern was geerbt hat und allein durchkommen hätt' können. Er wollt halt, glaub ich, in meiner Nähe bleiben. Der Franz, der hat natürlich g'merkt, wie gern mich der Joseph g'habt hat und war am Anfang auch eifersüchtig. Ich aber bin ihm gegenüber immer ehrlich g'wesen und hab ihm alles erzählt. Deshalb war er auch so nachsichtig gegenüber dem Joseph. Und außerdem haben die zwei sich trotz allem gut verstanden. Sie sind ja auch wie Brüder aufg'wachsen! Aber weil der Franz halt alles g'wusst hat, deshalb hat er auch so einen Schock g'habt, als er ihn in meinem Zimmer troffen hat."

Versonnen blickte die Bäuerin nach dieser Geschichte zu Boden. So eine lange Rede hatte sie wohl noch nie zuvor in ihrem Leben gehalten. Bei diesem Gedanken musste ich lächeln.

„Es ist schön, dass du mir das erzählst", meinte ich dann. „Aber eins musst mir schon noch sagen, damit ich dir das alles auch wirklich glaub': Was hat denn der Joseph in deinem Zimmer g'wollt? Es ist halt net sehr üblich, dass sich der Knecht ins Zimmer von der Bäurin schleicht!"

Resl blickte auf und mir fest in die Augen.

„Schleicht? Wir haben nix zu verheimlichen g'habt! Glaubst mir auch net, Sepp? Das find ich schad!"

„Ich hab net g'sagt, dass ich dir net glaub. Ich mag aber wissen, was der Joseph wollen hat!"

„Bist ein ganz ein Misstrauischer, oder? Aber gut: Der Joseph hat ein Geheimnis g'habt. Ich hab ihm zwar schwören müssen, es niemandem zu sagen, aber jetzt ist er tot und es geht um meine Familie, also werd ich dir erklären, warum er da war!"

Ich nickte. Resl blickte eine Weile zu Boden und Tränen schimmerten in ihren Augen. Doch sie gewann rasch wieder die Kontrolle über sich.

„Der Joseph war vor drei, vier Wochen oben auf der Kleinhüttenalm. Es war schon spät am Nachmittag, weil er halt immer viel z'tun g'habt hat und oft bis spät in die Nacht arbeiten hat müssen. Also ist er am frühen Abend noch raufg'stiegen auf die Alm, um die Küh zu versorgen. Auf der Alm an'kommen hört er einen Schuss. Die Jagd g'hört net uns, auch dort oben

net. Trotzdem ist der Joseph neugierig worden. Er eilt also in die Richtung des Schusses und sieht den ‚Roten Bert', der Knecht am Winkelhof ist, wie er sich eine Gams auflädt und im Gebüsch verschwindet. Früher hat sich der Joseph mit'm Bert gut verstanden, die zwei waren Freund'. Dann ist der Bert immer wilder worden. Irgendwo haben sich die Wege deshalb trennt."
Verwundert blickte ich die Bäuerin an. Da waren sie wieder, die Wilderer. Gab es wirklich einen Zusammenhang zwischen der illegalen Jagd und dem Mord?
„Weißt jetzt, warum der Joseph zu mir g'kommen ist? Er wollt wissen, ob er den Bert anschwärzen soll oder net und ich hab ihm g'sagt, er soll zunächst einmal mit ihm reden. Und das hat…"
Die Bäuerin verlor ihre so mühsam gewahrte Fassung und weinte los, den Kopf in die verschränkten Hände gelegt. Ich stand leise auf und ging in die Stube zurück. Dort saß noch immer der Bauer und schien nachzudenken. Er starrte an die Wand und machte einen ganz abwesenden Eindruck.
„Hör zu, Franz!", sagte ich leise, aber eindringlich zu ihm. „Deine Frau hat dir wirklich die Wahrheit g'sagt. Sie sitzt unter der Laube und braucht jetzt deine Schulter, genauso wie du die ihre brauchst. Geh hin! Versöhnt's euch!"
So schön und poetisch klangen meine Worte, dass der Bauer tatsächlich schweigend aufstand und hinauseilte. Ich sah durchs Fenster, wie er leise und

sorgsam den Arm um sein geliebtes Weib legte und die beiden sich - wohl seit Sonntag zum ersten Mal - anlächelten. Da fühlte auch ich einen Sonnenstrahl in meinem Herzen. Ermutigt machte ich mich auf die Suche nach Lisl. Die Bauersleute wollte ich in diesem Moment nicht stören und vielleicht wusste meine Verbündete ja, wo der Karl zu finden war.

Ich fragte einige Knechte nach Lisl und auch nach Karl, aber niemand konnte mir weiterhelfen. Erst im Kräutergarten erhielt ich von der fast schon tauben, uralten Magd Berta die Auskunft, dass Lisl eilig Richtung Elsalpe geschickt worden war. Dort besaß Franz ebenfalls eine Aste mit einer großen Weide. Etwas befremdet zwar, weil die Bewirtschaftung der höher gelegenen Almen am Tannenhof grundsätzlich Angelegenheit der Männer war, machte ich mich also auf den Weg.

Kapitel 12

Im Kar

Um auf die Elsalpe zu kommen, hatte man von Lanersbach aus zunächst dem Tuxbach und dem Tuxertal zu folgen. Man ließ die gelbe Wand im Süden liegen. Schon einige hundert Meter danach führte der schmale und an diesem trüben Mittwoch auch rutschige Pfad in südlicher Richtung auf die genannte Alpe.
Ich stieg rasch und steil in die Höhe, wodurch das Gehen schnell anstrengend wurde. Nach einer weiteren guten Stunde öffnete sich dann eine herrliche Almsohle, in deren Mitte die Aste des Tannenbauern zu finden war. Sie lag eingebettet zwischen dem Tettensjoch im Westen, der Mittleren Grinbergspitze und deren Vorbergen im Südosten sowie dem Spitzegg im Osten. Nach Norden hin öffnete sich das Kar zum Tuxertal hin und gab bei schönem Wetter den Blick Richtung Rastkogel frei.

Das Geläut der Kühe machte das so unwirkliche und abweisende Grau des Kessels jenes Tages angenehm belebt und friedlich. Als ich bei der Aste angekommen war, schlug ich dreimal fest gegen die Tür. Wenig Augenblicke später ging diese auch auf und Fritzerl, ein weiterer Knecht vom Tannenhof, stand im Eingang. Er musste wohl schon einige Zeit als Senner hier heroben verbracht haben, so bärig und almig wirkten Bart und Haar.

„Grüß dich, Sepp! Was führt dich denn da herauf? Viel Geld wirst mit mir net machen!", lachte er mich an.

Ich grüßte zurück und fragte nach Lisl. Der Knecht hatte aber noch nichts von ihr gesehen oder gehört. Er hatte in den Morgenstunden die Kühe gemolken und auf die Weide gelassen. Seine Vormittagsarbeit hatte er somit getan. Da ihm das Wetter nicht sonderlich behagte, war er seither nicht mehr ins Freie gegangen. Mich beunruhigte das alles sehr.

„Aber schau, Sepp!", rief dann auf einmal der Knecht. „Dort oben, auf'm Weg zum Joch rauf, dort hockt doch jemand, oder?"

Ich wandte meinen Blick Richtung Berghang und tatsächlich - knapp unter dem recht gut ausgetretenen Pfad, der aufs Tettensjoch führte, kauerte ein Mensch am Boden.

„Dank dir, Fritzerl!", meinte ich daher hastig. „Lisl hat das Kar da gern. Wahrscheinlich genießt sie's trotz des Wetters. Pfiat dich!"

„Pfiat dich auch, Sepp!"

Mit diesen Worten schloß der Fritzerl die Türe auch schon wieder. Er hatte kein sonderliches Interesse an anderen Menschen oder den Geschehnissen um ihn herum.

Ich hingegen eilte rasch bergauf. Wenig später erkannte ich dann auch, dass es sich tatsächlich um Lisl handelte, die dort am Boden hockte. Vor ihr lag jemand im Moos der Alm, was mich sehr wunderte. Also beeilte ich mich zusehends und befand mich schon bald einige Meter unter der seltsamen Kleingruppe. Lisl musste meine Schritte gehört haben, denn sie schnellte in die Höhe und wandte sich um.

„Komm her, Sepp, und schau, was da passiert ist!", rief sie mich mit zitternder Stimme an, aus der ich Entsetzen zu hören glaubte.

Nun erst bemerkte ich, wie weiß Lisl im Gesicht war. Sie hatte Angst - schreckliche Angst. Und sehr schnell verstand ich auch, warum! Auf dem Boden vor ihr nämlich lag der Winkelkarl. Das verdrehte Genick gab der Leiche eine groteske und sinnlose Stellung. Ich spürte, wie mir das Blut zu Kopf stieg und dass, ähnlich wie beim Anblick der Leiche Josephs, mein Puls zu rasen begann. Ich musste die Augen kurz schließen und hoffte, dass sich beim Wiederöffnen herausstellen würde, dass meine gereizten Nerven mir einen bösen Streich gespielt hatten und Karl in Wahrheit nur zum Ausruhen im Gras lag. Doch leider ging diese Hoffnung nicht in Erfüllung.

Karl war tot! Mühsam tat ich die letzten Schritte auf den armen Mann zu, bückte mich und fühlte, obwohl ich wusste wie hoffnungslos, seinen Puls. Vergebens! Karl hatte keinen Herzschlag mehr, seine Haut war kalt und feucht und die Totenstarre hatte bereits eingesetzt. Da ich keinerlei Erfahrung mit Toten hatte, konnte ich nicht beurteilen, wie lange Karl bereits tot war. Ich vermutete allerdings, dass es sich um höchstens ein, zwei Stunden handeln konnte.
Ich richtete mich wieder auf und ging die drei Schritte auf Lisl zu, der ich den Arm um die Schulter legte. Sie schluchzte ständig und brachte fast kein Wort über ihre Lippen. Dabei klammerte sie sich ganz fest an mich. Ich spürte, wie mir die Tränen hochkamen. Wieder einmal stand ich dem Tode machtlos gegenüber. Nun also gab es einen zweiten Toten hier im Tal - und das innerhalb weniger Tage! War auch der Winkelkarl einem Verbrechen zum Opfer gefallen?
„Was zum Teufel machst denn eigentlich da oben?", fragte ich Lisl, nachdem ich mich wieder halbwegs gefasst hatte.
„Die Bäurin!", begann sie leise, „Sie hat mir ganz in der Früh schon g'sagt, dass ich heut rauf zum Fritzerl soll. Er hat sich schon lang nimmer g'meldet bei uns z'haus und deshalb hab ich schau'n sollen, ob's ihm eh gut geht. Die Bäurin hat mir ein bisserl ein Brot und einen Speck für ihn mitgeben. Ich hab das ganze Gebiet da heroben sehr gern und die Bauersleut wissen das, deshalb schicken's stets mich. Bevor ich

dann zum Fritzerl bin, hab ich noch ein Stück weiterg'schaut. Ich spazier da ja schon eine gute Stund herum. Und dann find ich - ihn!"
Mit dem Finger auf die Leiche zeigend wandte sich Lisl schaudernd ab.
„Ich hab lang net die Kraft g'habt, mich aufzurichten und Hilfe zu holen. Deshalb bin ich wohl so allein bei der Leiche blieben. Der arme Kerl! Wer ermordet denn so einen kranken, einsamen Mann?", ergänzte sie noch.
„Ich versteh, Lisl, dass dich das furchtbar trifft! Aber trotzdem darfst jetzt net den Kopf hängen lassen. Der Tod vom Karl ist net deine Schuld. Wir wissen auch net, ob der Karl wirklich ermordet worden ist. Vielleicht ist er...", versuchte ich sie aufzumuntern, wurde von ihr aber energisch unterbrochen.
„Na, Sepp! Der Karl hat das ganze Kar da kannt wie sein Westentascherl. Er war oft hier heroben und ich hab ihn hin und wieder troffen. Er hat die Umgebung genauso g'liebt wie ich und hat gern von da oben auf die Elsalpe runterblickt! Auch wenn er trunken hat - so wär er nie g'fallen!"
Ich starrte Lisl schreckensbleich an. Überblicken, beobachten! Ich drehte mich rasch um meine eigene Achse. Wenn Karl hier ermordet worden war, dann konnte es durchaus sein, dass wir beobachtet wurden, dass irgendwo in diesem Kar ein verdammter Mensch und Mörder lag, der sich an unserer Hilflosigkeit und Angst weidete. Ich packte Lisl am Oberarm.

„Er kann noch hier sein, der Mörder! Renn zur Aste hinunter und hol Hilfe! Der Fritzerl, er soll raufkommen. Sag ihm aber noch nix von einem Mord. Wir können uns irren und dann sollten wir net unnötiges Aufsehen erregen. Sag nur, dass Karl tot ist!“

Lisl blickte mich mit angsterfüllten Augen an. Schließlich nickte sie.

„Pass auf auf dich!“, sagte sie noch und lief in Richtung der Aste.

Ich begann in meinem Hirn kurz zu ordnen, was ich wusste. Lisl war meiner Meinung nach nicht lange, nachdem Karl den Tod gefunden hatte, ins Kar gekommen. Lag wirklich ein Verbrechen vor, so musste der Täter die Anwesenheit Lisls bemerkt und sich dadurch zunächst wohl in äußerste Bedrängnis getrieben gesehen haben. Ein Mörder würde dann aber, so sagte ich mir, einfach das Verlangen verspüren, sich an der Tat und der Angst der einsamen Frau zu berauschen. Das Risiko blieb für ihn gering. Wer würde denn an so einem trüben Mittwoch schon in dieses Kar aufsteigen? Mit mir hatte er beim besten Willen nicht rechnen können.

Ich war mir jedenfalls ziemlich sicher, dass sich der Mörder irgendwo im Kar versteckt halten musste. War dem wirklich so, so fand ich im Nebel einen wohl treuen Verbündeten. Der Mörder musste näher an Lisl herangeschlichen sein, um deren Angst zu sehen, als dies unter normalen Umständen nötig gewesen wäre. Bei dem diffusen Licht jenes

Mittwochs reichten die Fähigkeiten des menschlichen Auges nämlich nicht, um weiter als vielleicht dreihundert Schritte bergaufwärts und sechshundert Schritte bergabwärts zu sehen. Für mich kam daher ein radiusförmiger Platz oberhalb von mir in Frage, in dessen Bereich sich der Täter versteckt haben musste - immer unter der Annahme natürlich, dass er auch wirklich in der Nähe geblieben war und meine Schätzung des Todeszeitpunkts vom armen Karl stimmte. Bergabwärts vermutete ich meinen Gegner nicht. Die Nähe zur Aste erschien mir als zu riskant für ein Versteck.

Ich konzentrierte mich also auf den beschriebenen Bereich, als ich bei einer Steingruppe eine Bewegung wahrzunehmen glaubte. Knapp dreihundert Schritte ober mir und hart an der Nebelgrenze nämlich befand sich eine Ansammlung größerer Felsen. Sie erschien mir gleichzeitig das einzige mögliche Versteck im gesamten Umkreis. Dort oben, dort oben - das war mein erster Gedanke.

Ich spürte aufkeimende Angst in mir, die ich zu unterdrücken und zurückzudrängen versuchte! Gleichzeitig stellte ich mir die Frage, wie ich dort nur hinaufkommen sollte, ohne aufzufallen. Dann hatte ich einen Einfall.

„Ich schau ein Stückchen hinauf, Lisl!“, rief ich der Davoneilenden daher nach. „Vielleicht find ich die Stelle, an der der Karl ausg’rutscht ist!“

So wusste Lisl wenigstens, wohin ich mich wandte. Zudem würde der Mörder vielleicht wirklich denken, dass ich keine Ahnung von seiner Anwesenheit hatte. Ich versuchte, ruhig zu bleiben. Daher schritt ich den Pfad langsam bergauf. Zugleich suchte ich so unauffällig wie möglich am Boden nach Rutschspuren und behielt die Felsgruppe im Auge. So also näherte ich mich dem vermeintlichen Versteck des Mörders. Schließlich fehlten noch fünfzig Schritte! Nichts, dann dreißig Schritte! Weiterhin nichts! Endlich befand ich mich knapp unterhalb der Steine - und immer noch regte sich niemand. Befand ich mich im Irrtum?

In weitem Bogen schlich ich um die Felsen herum. Ich konnte keinerlei Bewegung ausmachen oder auch nur das kleinste Geräusch hören. Vorsichtig also näherte ich mich der Steingruppe. War alles eine Falle, befand ich mich in Gefahr? Leise schlichen sich Angst und Panik in mein Herz. Trotzdem versuchte ich, konzentriert zu bleiben. Langsam, mit rasendem Puls und leichte Übelkeit empfindend bewegte ich mich auf die Steine zu. Und mit einem Male sah ich im Augenwinkel einen Schatten. Ich stürzte, blieb aber stumm. Sofort rollte ich mich auf die Seite. Dabei vernahm ich eine unnatürlich hohe Stimme. Kaum gelandet sprang ich auch schon wieder auf und blickte mich um - nichts! Dann vernahm ich nochmals die Stimme, diesmal aber mehr als Krächzen. Und schon sauste eine Bergdohle ganz dicht über meinem Kopf. Erleichtert lachte ich auf. Was war ich doch für ein Angsthase!

Die Spannung fiel ab von mir, auch wenn ich noch weiter um die Felsen schritt. Wenn hier eine Dohle

geruht hatte, konnte sich kein Mensch in der Nähe aufhalten. Dann hätte der scheue Vogel seinen Rastplatz nämlich auf jeden Fall schon eher verlassen.
Als ich mir meinen Irrtum endgültig eingestanden und mich davon überzeugt hatte, dass hier heroben keine Menschenseele zu finden war, erschien es mir als ziemlich sicher, dass Karl trotz der Beteuerungen Lisls wohl doch Opfer seiner Trunkenheit geworden und bei einem unglücklichen Sturz ums Leben gekommen war. Ich spürte, wie sehr mich diese Gewissheit aufatmen ließ. Ein Stein fiel mir vom Herzen. Ich wollte eben wieder mit dem Abstieg ins Kar beginnen, als mein Blick auf einen weißen Punkt hinter der Felsgruppe fiel. Es war kein Schnee und auch kein Blümlein. Neugierig geworden schritt ich näher. Am Boden lag ein Stückchen Papier, welches dreckverschmiert und abgerissen war. In der Mitte des Zettels befand sich ein breiter Riss. Auf der einen Seite stand „mache“, auf der anderen „Red“ und darunter „21“. Befremdet betrachtete ich den seltsamen Fund und mit einem Mal waren die Angst und die Unsicherheit wieder da. Mein Blick fiel auf den Ausgang des Almbodens und dabei sah ich, wie jemand gerade um die letzte von mir aus noch sichtbare Wegkrümmung in Richtung des Tuxertals verschwand.
Ich zuckte zusammen und wollte mich schon an die Verfolgung machen - doch dann ließ ich es bleiben. Ich sah keine Möglichkeit, wie ich den Flüchtenden einholen hätte sollen.

Überrascht war ich in jenem Moment vor allem über meine sich plötzlich einstellende Gelassenheit. Meine Gedanken überstürzten sich diesmal nicht, meine Muskeln verkrampften nicht - vielmehr blieb ich völlig ruhig. Was mir in diesem Augenblick aber neben den vielen ungelösten Fragen vor allem Sorge bereitete, waren die Unverfrorenheit, die Entschlossenheit, die Kaltblütigkeit und der Mut unseres Gegners. Sich so nahe der Aste zu verstecken, war riskant - und doch hatte der Täter mich mit dem eingegangenen Risiko einmal mehr besiegt.
Da ich es nicht mehr eilig hatte, untersuchte ich noch einmal die Gruppe der Felsen und die sie umgebende Wiese. Schließlich fand ich Anzeichen dafür, dass an einer bestimmten Stelle über dem Fundort von Karls Körper sehr wohl ein kurzer Kampf stattgefunden haben konnte. Einige Rutschspuren, die ich beim Bergaufsteigen nicht beachtet hatte, endeten bei der Leiche. Karl war also entweder oben bei der Steingruppe von selbst gestürzt und die steile Leiten hinuntergerutscht - oder aber er war von dort oben hinuntergestoßen worden. Ich tendierte eher zur zweiten Variante und maß daher dem gefundenen Zettel einige Bedeutung bei.
Wenig später langten auch Fritzerl und Lisl bei Karls sterblichen Überresten an. Gemeinsam und ohne ein Wort zu sprechen trugen wir die Leiche Karls zur Hütte zurück, wo wir sie sorgfältig ablegten. Der arme Mann hatte sich das Genick gebrochen - oder richtigerweise: jemand hatte Karl das Genick

gebrochen. Sein Tod musste kurz und schmerzlos gewesen sein. Kalt und starr blickten seine Augen nun in die graue Bergwelt, die er trotz all dem Leid und Unrecht, das er darin erfahren hatte müssen, geliebt hatte. Nun war er auch noch seines letzten wertvollen Besitzes beraubt worden: des Lebens. Ich wandte mich von der Leiche ab und hin zum Fritzerl.

„Hol ein paar Leut vom Hof zu dir herauf und bringt's den Karl runter ins Tal. Er hat sich ein anständiges Begräbnis verdient! Die Lisl und ich, wir haben jetzt net die Kraft dazu, verstehst?"

Fritzerl nickte, obwohl er eigentlich nicht verstand. Lisl und ich aber kümmerten uns nicht darum und stiegen auf den Kamm, der vom Tettensjoch Richtung Kreuzjoch führte. Dann wandten wir uns Richtung Nordosten. Als wir endlich ganz allein waren und weder Knecht noch Aste sahen, schloss ich Lisl schweigend in die Arme. Wir standen ganz oben und waren eingehüllt in Nebel und graues Nass. Dort fing Lisl plötzlich zu weinen an.

„Lisl!", wagte ich nach einer Weile zu flüstern.

Durch einen Tränenschleier hindurch blickte sie mich ganz traurig an. Mir krampfte sich das Herz zusammen.

„Lisl!", begann ich noch einmal. „Der liebe Gott da oben, der sieht alles, was wir Menschenkinder hier unten so treiben, das Gute und das Böse. Übers Gute freut er sich und wir freu'n uns auch und sind glücklich. Das Böse aber verabscheut er. Da wird der Herrgott zornig und keiner, der wirklich schlechte

Dinge tut, kommt ung'schoren davon. Jeden erwischt die eigene Bosheit und ein schlechtes G'wissen kommt, das einen dann in der Nacht im Bett herumwirft und am Tag G'spenster hinter Bäumen und Büschen sehen lasst. Wir zwei brauchen uns aber net verstecken und ein böses G'wissen haben. Wir haben vielleicht ein bisserl eine Angst, was auch schlimm ist, aber die Angst vergeht. Das schlechte G'wissen vergeht aber nimmer und der, der das alles tan hat, der kann net schlafen, das kannst mir glauben. Alle aber sollen sehen, dass man so net glücklich werden und sich mit solch schlechten Taten net aus einer schwierigen Lage herausbringen kann. Deshalb müssen wir den Mörder finden und das alles jetzt erleben."

Lisl blickte während der Rede erstaunt zu mir auf. Ihre Tränen trockneten bereits.

„So eine lange Red hab ich von dir noch überhaupt net g'hört!", sagte sie schließlich. „Aber ich weiß, was du meinst und dass du Recht hast. Wir müssen stark sein und den Mörder finden. Es tut mir auch leid, dass alles so aus mir rausbrochen ist - aber es war einfach zuviel für mich!"

Ich drückte sie nur fest an mich und sagte gar nichts. Nach einer Weile folgten wir dem Kamm Richtung Kreuzjoch, wandten uns dann nach Westen und stiegen über den Rötboden in den Loschboden. Es war eine gar nicht kurze Wanderung, die wir da schweigend abmarschierten. Doch wir hatten die Freiheit der Berge inhaliert und die Ruhe gebraucht.

Im Loschboden kannte ich ein Platzerl, an dem die Tannen ganz dicht standen und unter denen auch bei einem Wetter wie dem damaligen durchaus ein trockener Waldboden zum Sitzen zu finden war. Alsbald saßen wir dann dicht aneinandergedrängt, die Lisl und ich.

„Weißt, Lisl, es ist schrecklich, was da oben im Kar passiert ist, und wir zwei werden alles dransetzen, den Schuldigen zu finden. Der liebe Gott wird uns dabei helfen!“

Lisl ging es inzwischen wieder viel besser. Sie hatte das Unwiderrufliche akzeptiert. Ihre hellen, klugen Augen leuchteten mich zornig an.

„Dann sollt er sich aber bald drum kümmern!“, fauchte sie mir entgegen.

„So was darfst net sagen! Der liebe Gott mischt sich net so eindeutig in unser Leben ein. Er kommt net herunter und sagt uns, der ist es und den musst bestrafen. Aber er winkt uns in die richtige Richtung, das hab ich heut g’merkt!“

„Wie meinst denn das?“, erkundigte sich Lisl.

„Weißt, wie ich da oben g’standen bin, bei den Felsen, da hab ich ja niemanden entdeckt. Ich hab mir z’erst dacht, dass ich mich g’irrt hab und der Karl einfach so ausg’rutscht ist.“

Lisl wollte wieder aufbegehren.

„Na, Lisl, ich weiß jetzt, dass es net so war. Mein Blick - und da hat glaub ich der liebe Gott seine Hand im Spiel g’habt - ist dann auf einen weißen Fleck g’fallen. Und schau, was ich g’funden hab!“

Ich reichte Lisl den Zettel. Sie las kopfschüttelnd die abgerissenen Wortfetzen.
„Und? Was soll das sein?", fragte sie mich dann, mir den Zettel wieder reichend. „Ich kann mit den Buchstaben gar nix anfangen."
„Ich weiß es auch noch net, aber es hat etwas mit unserem Mörder z'tun, da bin ich mir sicher. Wie ich nämlich den Blick zum Ausgang der Aste dreh, seh ich, dass g'rad jemand um die Ecke verschwind. Verstehst? Es war noch jemand im Kar und ich bin mir sicher, dass dieser jemand rote Haar g'habt hat!"
„Sepp!"
Lisl blickte mich erstaunt an.
„Jetzt weiß ich, warum du glaubst, dass dir der Herrgott zur Seite g'standen ist. Da hat wirklich jemand deine Augen in die richtige Richtung g'lenkt, so viele Zufäll', wie da auf einmal passiert sind. Und weißt, was wir jetzt noch dazu erfahren haben?"
Verneinend schüttelte ich meinen Kopf.
„Wir haben den Beginn einer Antwort auf die Frag", fuhr Lisl daher weiter fort, „warum Joseph sterben hat müssen. Der Karl ist sicher net wegen seinem Geld umbracht worden, weil er keins g'habt hat. Wahrscheinlich also geht's in der ganzen Sach wirklich um ein G'heimnis. Womöglich haben die zwei irgendetwas g'wusst, was ihnen eben den Tod bracht hat. Vielleicht hat der Winkelbauer recht und es ist wirklich ein Wilderer der Mörder!"
„Eine Möglichkeit wärs wohl!", entgegnete ich nachdenklich. „Aber welcher Wilderer hätt' denn

Angst vorm Karl g'habt? Der hätt' doch nie und nimmer jemanden an'zeigt. Hat ja net einmal um seinen eigenen Hof kämpft, damals! Na, irgendwas passt da net!"
„Aber die roten Haare, Sepp! Weißt, wer der einzige ist, den ich kenn, der da im Tal herinnen rote Haar hat?"
„Der Bertl!", rief ich verblüfft. „Und den verdächtigt auch die Bäurin."
Und ich erzählte der Lisl von meinem eigenartigen Frühstück, über das sie ja noch nichts wissen konnte.
„In so einer unangenehmen Lage wie beim Tannenbauern heute Morgen war ich noch nie!", meinte ich dann noch.
„Das kann ich mir vorstellen."
Lisl grinste schelmisch, wurde aber rasch wieder ernst.
„Seltsam, die ganze Sache, sehr seltsam!"
Sie schwieg kurz, um dann zu fragen: „Aber der Bert - ist der net viel zu feig für einen Mord?"
Ich nickte und legte meinen Arm fest um Lisl.
„Hätt' ich eigentlich auch dacht, aber ich bin mir net mehr sicher! Wir müssen allem nachgehen, was irgendwie verdächtig ist. Vor allem müssen wir aufpassen auf uns zwei. Ich brauch dich nämlich, Lisl!"
Sie lächelte mich an und nickte.
„Ich dich auch, Sepp!"
Und endlich entwickelte sich zwischen uns wieder einmal ein richtig ungezwungenes und spaßiges Gespräch. All das Grauen und Böse, das uns leider

seit Tagen begleitete, war für eine gute Stunde in der Nähe meiner Lisl vergessen. Schließlich stand sie aber auf.

„Ich muss z'rück zum Hof, Sepp! Begleitest mich noch ein Stück?"

„Aber sicher! Ich werd' heut wieder einmal rauf zum Jakob schauen, der kennt immer die besten Neuigkeiten. Da begleit ich dich bis Juns und dort trennen wir uns!"

„Nach Hintertux willst auch noch? Wirst heut aber müd ins Bett fallen, so weit, wie du dann durch die Berg g'stiefelt bist", grinste Lisl.

„Aber geh!", meinte ich zurück. „Ich bin ja keine schwache Magd, die nach einer Stund' gehen schon schnauft, als hätt's drei Stund keine Luft mehr zum Atmen bekommen!"

Lisl und ich genossen noch den gemeinsamen Weg durch den Loschboden hinaus ins Tuxertal. Bei Juns verabschiedeten wir uns mit einem Busserl. Ich stapfte Richtung Hintertux, also Richtung Westen, während Lisl nach Osten zum Tannenhof schritt. Da ich hurtig unterwegs war, tauchten nach einer knappen halben Stunde die ersten Häuser von Hintertux vor mir auf. Ich ging direkt auf Jakobs Wirtshaus zu.

Kapitel 13

Drei Männer, ein Thema

Kaum hatte ich die Türe zum Hintertuxer Gasthof geöffnet und den gemütlichen, warmen Raum betreten, als mich auch schon die Stimme von Jakob empfing.

„Der Sepp ist wieder da. Na, das gibt ja a Freud'! Stell mir gleich zwei Bier auf den Tisch, Magda. Und du, Sepp, du setz dich nur her da!“

Jakob nahm bei mir Platz. Neugierig schaute er mich an. Er wartete nur darauf, dass ich zu reden begann. Schließlich kannte ich meinen alten Freund und seine Neugier nur all zu gut. Trotzdem ließ ich ihn ein bisschen zappeln und musste innerlich schmunzeln. Der Wirt nämlich rutschte ungeduldig auf seinem Sessel hin und her, bis er es nicht mehr aushielt.

„Na, was gibt's denn?“, brach es schließlich aus ihm heraus.

„Nach dem ersten Schluckerl Bier werd' ich schon zu erzählen beginnen, du neugierigstes aller Menschenskinder!", lachte ich auf.
„Ein Satan bist, ein Unguter!", fuhr mich Jakob an.
In diesem Moment brachte Magda das Verlangte und nach einem tiefen Zug erzählte ich Jakob von den vergangenen Tagen. Er war ein äußerst aufmerksamer Zuhörer und unterbrach mich kein einziges Mal. Zudem wusste ich, dass er alle Einzelheiten in seinem Hirn abspeichern würde. Er hatte die für einen Wirt nicht unwichtig Gabe, jedes Gespräch im Kopf zu behalten und den verschiedensten Personen richtig zuzuordnen. Mir war daher beim Erzählen klar, dass ich keines meiner Worte umsonst sprach. Als ich geendet hatte, nickte Jakob.
„Du wirst es mir vielleicht net glauben, aber nach dem Tod vom Joseph hab ich den Karl g'warnt. Ich hab mir schon dacht, dass er in G'fahr sein muss."
„Woher hast denn das wissen können?", erkundigte ich mich neugierig.
„Ich hab eins und eins z'sammenzählt! Der Mann, der die Morde tan hat, der ist g'fährlich und bös! Ich selbst kenn den Grund net, warum gemordet wird. Aber hinter allem muss ja doch irgendwas Schlimmes und Wichtiges stecken, oder?"
Ich nickte zustimmend.
„Natürlich. Nur zum Spaß wird keiner einen Mord begehen, denk' ich mir!"
„Da irrst dich, Sepp!", entgegnete Jakob. „Das soll es schon geben - hat mir ein Kriminalinspektor aus

Wien einmal erzählt. Aber die Morde hier herinnen, die haben irgendeinen Sinn. Also hab ich mir überlegt: Mit wem hat der Joseph viel Kontakt g'habt. Und ich muss dir sagen: es ist nur der Karl g'wesen - abg'sehen vielleicht von den Knechten, mit denen er durch die Arbeit am Hof z'tun g'habt hat. Dann hab ich mir überlegt: was für Gründe gibt's für einen Mord? Geld? Beim Joseph eher net, obwohl er ganz arm net war. Liebe? Schließ' ich eher aus. Rache? Könnt' sein. Ein Geheimnis? Könnt' auch sein."

„Ah! Und da hast drauf g'schlossen, dass er sein G'heimnis mit jemanden teilt, den er gernhat und mit dem er viel z'sammen steckt - mit'm Karl also!" Ich nickte. „Ja, das klingt gut. Dann hätt' ich endlich ein Motiv!"

„Eben! Bevor ich dir jetzt aber weitererzähl', hörst mir kurz zu, Sepp!", erwiderte Jakob ungewöhnlich ernst. „Ich sag dir ganz ehrlich, dass es sehr unwahrscheinlich ist, dass du den Mörder findest. Wir zwei können nur vermuten. Wissen, nämlich mit Sicherheit, tun wir gar nix. Alles ist irgendwie erdacht und ohne Beweise."

Er blickte mich besorgt an, ehe er fortfuhr.

„Ich versteh', dass du den Mörder unbedingt finden willst. Nur - dein Gegner weiß inzwischen so wie jeder hier im Tal von deinen Untersuchungen. Es ist g'fährlich für dich und deshalb bitt' ich dich, weil ich dich so gern hab: lass es bleiben und geh wieder auf Wanderschaft."

Finster starrte ich mein Gegenüber an. Bei dem schlechten Wetter hatte niemand noch den Weg ins Gasthaus gefunden und so saßen wir zu zweit in der Gaststube. Es gab keine Lauscher, weil auch Magda das Zimmer verlassen hatte. Also konnte ich offen mit Jakob reden.

„Jakob!“, meinte ich also. „Zwei Männer sind umbracht worden, die wir beide gut g’kannt haben. Willst es wirklich einfach dabei belassen? Es kann jeden Moment ein dritter sterben und du sitzt da und sagst, ich soll wieder auf Wanderschaft gehen. Das Tal, das wir zwei so lieben, soll so bleiben, wie’s jetzt ist. Ich brauch keinen Mordgesellen da herinnen - und du auch net. Wir müssen den Kerl finden. Du kannst mir mit deinem Wissen über die Leut sehr helfen, so wie du mir mit deinen Gedanken grad eben g’holfen hast. Ich bitt' dich drum! Versuchen wir doch z’sammen, den Halunken zu finden!“

Jakob sah mir tief in die Augen. Er schloss sie kurz, machte sie wieder auf und trank einen Schluck Bier. Er wirkte mit einem Mal überhaupt nicht mehr wie ein lustiger und stets gutgelaunter Gastwirt, sondern nur noch erschöpft.

„Gut, Sepp!“, brummte er schließlich. „Ich versprech dir, dass ich dir alles sagen werd’, was ich weiß. Dafür musst du mir aber zusichern, dass du auf dich aufpassen wirst!“

„Das mach' ich gern!“, erwiderte ich ernst.

„Ich glaub dir das jetzt, obwohl ich weiß, dass du zu schnell und voreilig bist und deshalb das Ganze für

dich g'fährlich wird und eigentlich schon ist!", antwortete der Wirt.
„Laß es gut sein, Jakob! Ich pass schon auf mich auf!", meinte ich nochmals und mit Nachdruck. „Also - du weißt irgendwas, das ich auch wissen sollt, oder?"
„Ich hab keine tollen Neuigkeiten, Sepp! Aber wenn wir zum Beginn unseres Gesprächs zurückkehren: Ich hab schon seit längerem beobachtet, dass der Karl g'laubt hat, mit dem Joseph z'samm ein großes Geheimnis zu haben. Er hat mit mir auch drüber g'redt."
An dieser Stelle musste ich laut auflachen.
„Und mir erzählst großartig, wieviel du denken hast müssen, damit du auf die Sach mit'm Geheimnis kommen bist. Dabei hat's dir der Karl selbst erzählt."
Jetzt musste auch der Schankwirt lächeln.
„Geh, bist ein Erzhalunk, Sepp! Niemals kannst mir ein bisserl eine Freud' lassen."
Er nahm einen tiefen Zug aus seinem Glas.
„Aber was jetzt kommt, hab ich mir wirklich z'sammeng'reimt. Ich denk mir, dass ein Dritter von diesem G'heimnis erfahren haben muss - der Mörder nämlich. Deshalb hab ich mir nach dem Tod vom Joseph dacht, dass der Karl in G'fahr ist und ihm das gestern in der Früh auch g'sagt, aber er war zu versoffen und hat zu wenig nachdacht. Ich hab ihm net helfen können."
Bewegt schloss Jakob die Augen. Auch ich schluckte betreten. Wahrscheinlich also war Karl zu betrunken

gewesen, um zum Begräbnis zu kommen, fuhr es mir dann noch durch den Kopf.
„Was war denn das für ein großartiges Geheimnis?“, fragte ich dann weiter.
„Die zwei“, fuhr Jakob nach einem Schlückchen Bier fort, „der Joseph und der Karl, die sind viel z’sammen unterwegs g’wesen. Der Karl hat dem Joseph auf den Almen g’holfen. Als Gegenleistung hat der mit’m Karl g’redet und g’scherzt und ihn als einziger wie einen Menschen behandelt, ja wie einen Freund. Wenn der Karl betrunken war, dann hat er mir über sich und Joseph oft ganz seltsame Sachen erzählt, aber er ist immer vorsichtig blieben. Er hat oft davon g’red, dass er noch einmal reich werden wird. Ich hab mir immer dacht, dass das ein Hirngespinst von ihm g'wesen ist, aber heut denk ich anders drüber. Ich glaub, der Karl und der Joseph haben wirklich ein Geheimnis g’habt. Irgendwie hat dann noch jemand davon Wind bekommen. Der Dritte aber wollt alles ganz für sich allein - oder er hat vor'm Wissen der zwei Angst g’habt. Deshalb hat er die anderen umgebracht.“
Jakob räusperte sich.
„Das also ist meine Idee zu der Sache, es kann aber auch alles eine Dummheit sein, ich weiß es net. Deshalb sag ich dir noch einmal: es hat keinen Sinn, nachz’forschen. Du findest nix raus, Sepp. Die Leut kennen dich und inzwischen wissen alle, dass du den Täter suchst. Du bringst dich selbst nur in Gefahr.“

Ich spürte auf einmal die Resignation in Jakob. Er wollte etwas tun und wusste zugleich nicht, wie! Zudem hatte er Angst!
„Hör zu, Jakob!“, entgegnete ich daher. „Ich weiß, dass es schwer wird, den Mörder zu finden. Ich weiß auch, dass mein Gegner schlau und verwegen ist. Aber ich muss ihn erwischen! Für Joseph, für Karl, für uns und uns're wunderschöne Heimat. Wir müssen z'sammhalten. Wir müssen z'sammen…“
„Grüß Gott!“, klang es in diesem Moment von der Eingangstüre. In dieser stand - der Höllenmüller.
„Darf ich mich zu euch dazusetzen?“, fragte der neue Gast. „Hab einen Durst und auch Lust auf ein G'spräch. Bin ja sonst fast immer allein.“
Sein trotz der Furchen und tiefen Falten noch immer anziehendes Gesicht wurde von einem lustigen Lächeln erhellt, als er sich zu uns gesellte. Jakob brachte ihm ein Bier. Kurz stockte unser Gespräch. Dann aber begann der Müller über den Tod vom Joseph zu philosophieren und nach einem fragenden Blick zu Jakob berichtete ich über das Ableben von Karl. Der Müller zeigte sich ebenso wie Jakob wenig beeindruckt darüber, dass es einen weiteren Toten gab und beteiligte sich sofort lebhaft an unserer gedanklichen Jagd nach dem Täter.
„Jaja, der Joseph und der Karl“, meinte er in seiner tiefen, wohlklingenden Stimme. „Die zwei waren wie Pech und Schwefel! Gleich, nachdem ich erfahren hab, dass der Joseph tot ist, hab ich Angst um den Karl bekommen, ihn seither aber nimmer g'sehen!

Inzwischen ist es so weit kommen, dass ich mich selbst nimmer sicher in meiner Mühl' fühl! Es ist einfach g'fährlich, wenn ein Mörder in so einem Tal herumlauft."
„Dann musst mir halt helfen, den Kerl zu finden!", unterbrach ich den Müller.
Der nickte.
„Und genau deshalb bin ich auch herkommen. Ich hab beobachtet, wie du dich von der Lisl verabschiedet hast. Hab mir gleich dacht, dass du zum Jakob gehst und deshalb sitz ich jetzt da. Hört zu!"
Bei seinen Worten über die Lisl war ich etwas rot angelaufen, was der Müller mit einem wohlwollenden Lächeln quittierte. Dann aber blickte ich gespannt in die Augen des eigenartigen Menschen vor mir. Er wusste etwas über die Geschehnisse auf der Alm. War er womöglich selbst der Mörder? Der Müller schwieg noch, als es Jakob zu bunt wurde.
„Erzähl schon!", fuhr er ihn an.
Der Müller nahm einen tiefen Zug aus seinem Krug und seufzte.
„Ich hab dir die Wahrheit erzählt über die Nacht damals, Sepp", wandte sich der Müller dann an mich. „Aber ich hab dir net alles erzählt, was für den Mordfall wichtig sein könnt! Heut weiß ich, dass ich das nachholen muss. Es gibt Dinge, die sollt ich ergänzen."
Der Müller lachte - und zwar so, als wäre er über sich selbst verwundert. Dann begann er zu erzählen.

„Der Karl und der Joseph sind vor allem in den letzten zwei Jahren z'sammpickt, als könnten's ohne einander gar net leben. Ich hab mich immer g'fragt, was da wohl dahinter stecken mag. Durch einen Zufall bin ich dann draufg'kommen, was es g'schlagen hat und dadurch denk ich auch zu wissen, wen wir suchen!"
Verblüfft zog Jakob die Augenbrauen zusammen und ich spürte, wie mein Puls schneller wurde. Was würde der Müller zu Tage bringen?
„Der Joseph und der Karl, die haben ein Geheimnis miteinander g'habt. Der Karl hat oft, nachdem er was trunken hat, von allerlei Sachen über sich und den Joseph zu erzählen begonnen. Es war dummes Gewäsch und er hat dann glücklich vor sich hing'lächelt, aber leider nie viel verraten!"
„Da hast recht", unterbrach ihn an dieser Stelle Jakob. „Er hat immer g'meint, dass er mit'm Joseph z'samm reich werden werden wird! Das hab ich dir vorher schon erzählt, Sepp."
„Und das hast ihm geglaubt, Jakob?", fragte der Müller spöttisch. „Ich hab mir bald schon dacht, dass da irgendwas Anderes dahinterstecken muss, irgendwas Wichtigeres. Deshalb hab ich ihn an manchen Abenden eing'laden und ihm mehr und mehr zu trinken geben. Ich hab immer schon einen Zusammenhang zwischen Joseph, Karl und dem Winkelhof vermutet. Der Klaus hinten hat mir schon oft g'schadet und deshalb hätt' mich die Sach da zwischen Joseph und Karl schon sehr interessiert!"

„Jaja, so etwas passt zu dir!“, nickte Jakob entrüstet.
„Der Winkelkarl hat aber“, fuhr der Müller unbeirrt fort, „trotz des Rausches niemals auch nur andeutet, worum es eigentlich geht. Bis mir vor ein paar Tagen das Glück die Lösung bracht hat. Damals war ich oben auf der Hochalm. Obwohl ich dort nur die Ziegen stehen hab, muss ich halt doch hin und wieder hinauf. Ich hab mich ein bisschen ausg'ruht, wie ich's oft mach, wenn das Wetter passt. Der Joseph ist mit'm Karl g'rad an der Stelle vorbei'kommen, wo ich g'legen bin. Ein paar Meter weg von mir sind's stehen blieben. Die beiden haben miteinander g'redt. Ich hab mich versteckt g'halten und - ich geb's ja zu - ich hab g'hofft, etwas zu erfahren.“
Der Müller lächelte uns entwaffnend an. Obwohl ich eigentlich Abscheu über dieses Lauschen empfinden hätte sollen, nickte ich freundlich.
„Und?“, fragte ich.
„Und?“, spottete Hans zurück. „Jetzt würdet's halt gern hören, um was es gegangen ist. Aber vielleicht sollt ich die ganze Sach' doch lieber bei mir behalten.“
Enttäuscht sackte ich in meinen Stuhl zurück.
„Hans, das kannst net machen!“, entrüstete ich mich.
Laut lachend schlug mir der Müller auf die Hand, die ich am Tisch liegen hatte.
„Würd ich ja niemals tun!“, grinste er und wurde ernst. „Ihr müsst's mir nur versprechen, dass ihr niemanden erzählt, woher ihr das habt, was ich euch jetzt mitteil! Versprecht es!“
Ich nickte und Jakob folgte meinem Beispiel.

„Versprochen!“, sagte er noch dazu.
„Ihr dürfts eins net vergessen“, ergänzte der Müller. „Die ganze Sach steht mit den Morden in enger Verbindung und ich bin net scharf darauf, der Nächste zu sein.“
Auch wenn der Müller einen scherzhaften Ton angeschlagen hatte, so fühlte ich doch den Ernst in seinen Worten. Auch Jakob blickte ihn betreten an.
„Also!“, erzählte der Müller weiter. „Ich hab den Karl und den Joseph an jenem Tag zum ersten Mal ohne Zeugen miteinander reden g’hört. Ihr hättet den Karl net wiedererkannt. Er hat normale Sätze gebildet und auch recht deutlich g’redt. Und jetzt sag ich euch etwas, was niemand sonst im Tal da herinnen weiß.“
Der Sprecher legte eine Kunst- und Spannungspause ein und nahm einen tiefen Zug.
Ganz leise flüsterte er dann: „Der Karl war der Vater vom Joseph!“
Ich sprang vom Sessel auf und starrte den Sprecher ungläubig an.
„Spinnst, Müller?“
Ich schüttelte meinen Kopf.
„Es ist doch schon so viel über solche G'schichten spekuliert worden! Aber das - das kann gar net sein! Und außerdem hätt der Karl das überall herumerzählt und sich den Hof für sein Buben wieder z’rückg’holt!“, rief ich laut.
Jakob ließ seinen Kopf weit über die Lehne des Stuhls nach hinten hängen und blickte auf die Decke.

„Deshalb die Vertrautheit. Oh, was war ich für ein blinder Dummkopf! Oh, wie dumm!“, murmelte er dazu.
„Ich hab mir schon dacht, dass der Jakob was geahnt hat. Bist ja doch ein alter Schnüffler!“
Der Höllenmüller lächelte spöttisch.
„Pah“, entgegnete Jakob nur.
„Aber jetzt kommt’s erst!“, erzählte der Müller weiter. „Ich hab nachg’rechnet. Es muss alles seine Richtigkeit haben. Der Karl ist vor etwa 34 Jahren ins G’fängnis kommen. Es hat damals, kurz nachdem er weg war, ein Neugeborenes am Hof geben. Frag nur die Knecht, die schon so lang dort arbeiten! Der Klaus hat’s halt gut zu vertuschen g’wusst. Das war kein Problem, so abg’legen, wie der Winkelhof liegt. Davor - da kann ich mich noch gut erinnern, davor hat’s immer g’heißen, der Frau geht’s so schlecht, sie kann net aus dem Bett und den ganzen Firlefanz halt. Das ist einige Zeit so g’angen, bis das Begräbnis von der Bärbel war. Die Wahrheit ist, so denk ich jetzt, dass sie ein Kind bekommen hat. Und des Kind war net vom jetzigen Winkelbauern, net vom Klaus, sondern von ihrem Mann, vom Karl, der aber inzwischen schon im G’fängnis g’sessen ist.“
„Schön verwickelt, die ganze Sach!“, spottete ich ohne Ironie.
„Gar net so arg, Sepp! Hör weiter zu! Die Bäurin hat zu dem Zeitpunkt ihre Schuldigkeit für den Klaus sowieso schon tan g’habt. Er war bereits der Herr am Hof. Das Kind hat die Bärbel dann noch zur Welt

bracht und ist dabei g'storben. Am Totenbett hat ihr der Mann noch die Besitzurkunde vom Hof abg'nommen - für ihren Sohn, wie er ihr sicher einreden hat können! Begräbnis war noch und aus. Den Buben muss der Bauer bald schon in Innsbruck zur Adoption freigeb'n haben. Doch irgendwie dürft der Karl vom Kind erfahren haben."

„Das haben ihm die Vögel von den Bäumen zwitschert, gell?", ätzte ich weiter.

„Vielleicht!", meinte der Müller gutmütig. „Vielleicht hat aber auch seine Frau vor der Geburt des Kindes und ihrem Tod noch einmal mit ihm Kontakt aufg'nommen, weil's eben doch Angst um ihren Sohn g'habt hat oder Schuldgefühle oder was weiß ich. Wer versteht schon die Weiber?"

Hans grinste uns an.

„Aber weiter: Der Karl scheint auf jeden Fall von dem Kind g'wusst zu haben. Daraufhin muss er seinen besten und einzigen Freund im Tal herinnen, den alten Tannenbauern nämlich, dazu bracht haben, den Buben bei sich aufzunehmen. So hat der Bub in seiner Heimat aufwachsen können. Und deshalb ist dann auch der Karl nie von da weggangen - trotz der Gemeinheiten der Leut im Tal. Ich denk mir heut, dass er deshalb auch nie versucht hat, sein Hof zurückzug'winnen. Und wahrscheinlich hat er auch deshalb ein bisserl den Irren g'spielt. Er wollt nur, dass sein Bub in Sicherheit lebt und keiner etwas von der Sache weiß. Er hat Angst vorm Winkelbauern g'habt! Angst, dass der seim' Buben was antut. Doch

Joseph muss trotzdem irgendwie von der Sache erfahren haben und mit seinem Vater einen Plan g'habt haben, wie's den Hof wieder z'rückbekommen und dem Winkelbauern eins auswischen können."
Bedeutungsvoll blickte uns der Müller an.
Dann meinte er noch: „So denk ich mir die Sach halt!"
Atemlos hatte ich den letzten Sätzen des Erzählers gelauscht. Ungläubig starrte ich nun ins Gesicht des Höllenmüllers. Seine Geschichte, ja - sie klang äußerst plausibel!
„So kann's wirklich g'wesen sein", nickte auch Jakob. „G'schickt müssens es schon ang'stellt haben, der Karl und der alte Tannenbauer. Aber es ist schon möglich! Ja, es ist durchaus möglich."
„Hörts jetzt einmal zu!", unterbrach ich. „Die G'schicht ist net dumm und vor allem gut erzählt. Aber es ist eine G'schicht und alles kann ganz anders g'laufen sein. Wir können nix beweisen. Aber darum geht's mir garnet, geht's uns garnet. Wichtig für die Aufklärung der Morde ist, dass du dir sicher bist, dass der Joseph zum Karl Vater g'sagt hat. Dann hat der Winkelbauer wirklich ein Motiv."
Ich blickte dem Höllenmüller in die Augen: „Also, sag mir ins G'sicht: Bist dir da ganz sicher?"
„Der Joseph hat Vater zum Karl g'sagt, sogar mehrmals, da bin ich mir ganz sicher!", bestätigte der Gefragte nickend. „Die beiden waren halt sonst, wenn Leut dabei waren, sehr, sehr vorsichtig - was man ihnen auch net verübeln kann! G'redt ist eh

trotzdem viel worden. Und doch wars auch wieder reiner Zufall, dass ich auf das Geheimnis g'stoßen bin! Und trotzdem kann auch noch wer anders davon erfahren haben!"

„Und du meinst, dass die zwei dem Winkelklaus als Vater und Sohn zu g'fährlich worden sind und er sie deshalb umbracht hat!", sponn ich den Gedanken weiter. „Warum dann aber auch den Karl? Wenn der Joseph eh schon tot war, hat der Mord am Karl ja keinen Sinn mehr!"

Die beiden Männer nickten.

„Da hast eigentlich recht!", meinte Jakob dann. „Aber vielleicht hat der Karl in jener Nacht auf der Alm eben doch irgendwas g'sehen. Du warst ja auch oben, Müller. Was meinst denn?"

Der Müller blickte uns überlegend an. Kurz hatte ich den Eindruck, als wollte er uns noch etwas mitteilen. Doch dann schüttelte er einfach den Kopf. Da ich nicht glaubte, weitere Einzelheiten über jene Nacht in Erfahrung zu bringen, wechselte ich das Thema, da mir eine Frage auf den Lippen brannte.

„Weißt noch, Müller, was der Karl und der Joseph damals g'redet haben, als du sie belauscht hast?", wollte ich daher wissen.

Just in diesem Moment rief Magda von draußen nach Jakob.

„Entschuldigt's mich kurz. Ich bin gleich wieder da!", erklärte uns der Wirt daher und ließ mich mit dem Müller allein.

Der nahm den Faden ohne Unterbrechung wieder auf.

„Also, um auf deine Frag' z'rückz'kommen: Joseph und Karl sind nur ganz kurz dort g'standen. Der Joseph hat irgendwas g'sagt mit: ‚Vater, ich muss das mit dem 'Roten Bertl' noch klären! Deshalb trenn' ma uns jetzt besser.' Und der Karl hat g'murmelt: ‚Jaja, mein Sohn. Ich glaub', das wär das Beste!' Dann haben sie sich verabschiedet und sind auseinander g'angen!"

Nachdenklich starrte der Müller auf die Tischplatte vor sich.

„Dem Bertl solltest übrigens auch einmal auf den Zahn fühlen, Sepp! Er kommt mir net geheuer vor - keine Ahnung, warum!"

Ich nickte. Der Müller war der Dritte nach der Resl und mir, der diesen Namen ins Spiel brachte.

„Wollt ich sowieso schon tun. Der hat sicherlich Dreck am Stecken!"

„Wer net?", grinste der Müller.

„Naja, von dir hört ma nur Gutes!", spottete ich zurück.

Hans lachte laut und unser Gespräch verließ allmählich die Morde und plätscherte freundlich und gemächlich um Neuigkeiten aus dem Tal und allerlei Dummheiten. Bald schon kehrte auch Jakob zurück und mischte mit in unserer Herrenrunde. Schließlich gesellte sich auch die Magda zu uns und es wurde ein richtig gemütlicher, entspannter Abend. Es war schon recht spät, als der Höllenmüller sich dazu durchringen

konnte, aufzubrechen. Daher schloss ich mich ihm an. An Tagen wie diesen war es einfach angenehmer, zu zweit durch die Dunkelheit zu gehen als allein!
„Passt's auf euch auf!“, verabschiedete sich Jakob noch von uns und schob uns zur Tür hinaus.
Draußen empfingen uns eisige Kälte, starker Wind samt heftigem Niederschlag und eine undurchdringliche, tiefschwarze Nacht. Fröstelnd schritt ich neben dem Müller einher. Der Wind riss uns etwaige Wortfetzen sogleich vom Mund. An ein Gespräch war also nicht zu denken. Es war daher eine stille, unheimliche Wanderung durch Dunkelheit und Wetter. Der Müller schien sichtlich erleichtert, als wir die Abzweigung zu seiner Mühle erreicht hatten.
„Bei dem Wetter sollt ich mit meiner Gicht gar net aus dem Haus. Die Schmerzen sind fürchterlich! Pfiat di, Sepp!“, brüllte er mir ins Ohr, um gehört zu werden.
Dann reichte er mir zum Abschied seine eisige Hand. Ich drückte sie und nickte ihm zu. Daraufhin verschwand er in der Dunkelheit. Ich hingegen schritt tapfer weiter in Richtung meiner heimatlichen Hütte. Es war ein seltsamer Marsch, der allerlei Gedanken durch meinen Kopf schießen ließ. Grundsätzlich liebte ich ja solch einsame Wanderungen in der Finsternis. Jener Tag aber war schon sehr lange und sehr intensiv gewesen. Zudem hatten ihn große emotionale Schwankungen begleitet und meine Nerven waren aufs Äußerste angespannt. Immer

wieder also zuckte ich zusammen, wenn ich ein Rascheln oder Knacken zu hören glaubte.
Ich gebe es heute gerne zu: Ich hatte auf jenem Marsch schreckliche Angst. Ich wandte mich oft um und fühlte mich verfolgt. Dies war auch der Grund, warum ich deutlich schneller als gewohnt ging. Zudem raste mein Herz - die körperliche Anstrengung war daran aber nicht schuld. Man kann sich also vorstellen, dass ich tief durchatmete, als meine Hütte endlich vor mir auftauchte.
Und trotzdem fühlte ich mich nicht restlos erleichtert. Irgendetwas war da im Dunkeln. Ich verlangsamte meine Schritte und verließ mich auf meinen Instinkt. Da die Nacht aber wirklich fast lichtlos war, erkannte ich nichts. Lauschend hielt ich dann nochmals inne, konnte aber kein ungewöhnliches Geräusch vernehmen. Also schob ich meine Ängste beiseite und zog den Schlüssel aus der Tasche. Und genau in jenem Moment wurde ich von hinten gepackt und zu Boden geworfen. Ein äußerst starker Mann kniete auf mir. Ich versuchte, ihn abzuwerfen, war aber chancenlos.
„Hör zu!", zischte eine mir unbekannte, aber irgendwie verstellt klingende Stimme. „Lass das Herumschnüffeln bleiben oder du bist tot."
Dann wurde mir ein gewaltiger Hieb gegen den Kopf versetzt, sodass ich sofort das Bewusstsein verlor. Es müssen einige Augenblicke vergangen sein, ehe ich wieder zu mir kam. Mir brummte der Schädel. Daher richtete ich mich langsam auf und war angenehm

überrascht: Es ging besser als erwartet. Als die Erinnerung an das Vorgefallene wiederkehrte, blickte ich mich um. Vom Täter fehlte jede Spur.

Und doch sollte dieser gemeine Überfall mit der eindringlichen Warnung auf mich nicht ohne Folgen bleiben. Es schien, als hätte mir der Hieb gegen meinen Kopf alle Furcht genommen. In jenen Momenten nämlich fühlte ich keine Angst mehr, sondern nur einen unbändigen und entsetzlichen Zorn auf denjenigen, der all die Verbrechen begangen hatte. Der Besuch bei meiner Hütte und der hinterhältige Überfall hatten das Fass zum Überlaufen gebracht. Ich war wütend, richtig wütend. Und ich nahm mir vor, dass der Täter diesen meinen Ärger zu spüren bekommen sollte.

Den Vorfall selbst, so beschloss ich zudem, wollte ich unter allen Umständen verschweigen. Die Sorge meiner Freunde um mich wäre ansonsten ins Unermessliche gestiegen. Trotzdem war ich mir sicher, dass mich der Täter absichtlich verschont hatte. Und so absurd es also auch klingen mag - aufgrund des Überfalls wusste ich nun mit ziemlicher Sicherheit, nicht unmittelbar in Gefahr zu sein.

Erschöpft und müde fiel ich daher in mein gemütliches Bett. Der Sturm und das Prasseln des Regens machten meinen Schlaf tief und erholsam. Meine Angst war verschwunden, es gab keine schlimmen Träume mehr!

KAPITEL 14

Verfolgt

Am Donnerstag weckte mich die gute alte Sonne. Endlich ließ sie sich wieder einmal blicken! Ich hob den Kopf und empfand keine Schmerzen. Frohgemut kroch ich also aus meinem Bett. Erschrocken zuckte ich allerdings zurück, kaum dass ich meinen Kopf aus der Türe gestreckt hatte. Es war eisig kalt. Also zog ich mir gleich zwei Hemden an und machte mich nach einem kurzen Frühstücksimbiss gut gelaunt auf den Weg zum Tannenbauerngut, um mit Lisl zu sprechen und ihr von den vielen Neuigkeiten, die ich am Vorabend zusammengetragen hatte, zu berichten. Ich war im Nachhinein doch sehr froh, weder dem Höllenmüller noch Jakob von meiner Verbündeten erzählt zu haben. Gewisse Geheimnisse müssen sogar vor den besten Freunden bewahrt werden!

Ein seltsames Gefühl begleitete mich dann schon wieder, als ich Richtung Lanersbach schritt. Irgendwie fühlte ich mich erneut beobachtet und verfolgt.

Immer wieder wandte ich mich daher um, konnte aber nichts Auffälliges entdecken. Trotzdem hörte ich auf mein Unterbewusstsein. Ein zweites Mal würde ich mich nicht überrumpeln lassen. Daher begab ich mich nicht direkt zum Tannenbauernhof, sondern schlenderte entlang des Tuxbachs dahin. Ich liebte die dortigen Klammen mit ihrer Wildheit und Kraft. Nirgendwo sonst kommen Gewalt und Ungestüm des Wassers besser zur Geltung als zwischen den Felsen der Gebirge, wo es tosend und schäumend zu Tale rauscht.

Der Eindruck des Verfolgtwerdens begleitete mich bis zur Burgschroffenklamm, wo er sich noch vertiefte. Daher hielt ich dort an und blieb in den Anblick des Wassers versunken stehen. Wie von selbst formten meine Lippen einen Dank an Gott für diese herrliche Bergwelt.

Als ich dann innerlich ruhig und in Eintracht mit mir und meiner Umgebung verharrte, da vernahm ich ein Geräusch, als ob ein kleines Steinchen den Berghang hinter mir hinunterkullern würde. Ich widerstand meinem ersten Instinkt, mich umzudrehen und nach der Ursache zu forschen. Denn inzwischen war ich mir sicher, dass ich beobachtet wurde.

Um keine auffälligen Bewegungen zu machen, begann ich also, Steine in den Bach zu werfen. Dabei fiel es nicht weiter auf, wenn ich mich immer wieder umdrehte, um neue Wurfgeschoße zu sammeln und dabei einen kurzen Blick hinter mich zu werfen. Zunächst aber entdeckte ich nichts. Geduldig ging ich der sinnlosen Tätigkeit also weiter nach. In Wahrheit aber gab ich auf jede Auffälligkeit und jedes Detail hinter mir acht. Alsbald vernahm ich ein Geräusch, als ob sich mir hastige Schritte nähern würden. Erneut hob ich dann einen Stein auf und hielt auf diese Weise Umschau hinter meinem Rücken.

Und endlich sah ich ihn. Etwa zwanzig Schritte von mir entfernt lag ein kleiner Felsen. Hinter diesem lugte für einen kurzen Moment der elegant geschwungene Zillertaler Hut des Beobachters hervor. Zwischen mir und dem großen Stein befand sich ein steilerer Wiesenhang, der über dem Versteck in die Berglehne überging. Überlegend schleuderte ich noch einen Stein ins Wasser.

„Komm raus, wer immer du auch bist!“, rief ich dann laut. „Ich hab es satt, von dir beobachtet zu werden!“

Zuerst tat sich nichts. Dann aber erhob sich mein Verfolger und kam langsam auf mich zu. Er war groß und unter der Kopfbedeckung lugte das widerspenstige rote Haar des ‘Roten Bertl’ hervor. Irgendwie wirkte der ungeschlachte Kerl aufgebracht. Das spitze, scharfe Jagdmesser machte sein Auftreten nicht unbedingt angenehmer. Mein Körper spannte sich also bis aufs Letzte und ich machte mich zur Abwehr bereit. Ich weiß bis heute nicht, ob es die dicken zwei Hemden waren, die mich ins Schwitzen brachten oder doch ein übermäßiger Ausstoß an Adrenalin.

Der ‘Rote Bertl’ blieb etwa zwei Schritte entfernt von mir stehen. Er hatte eine helle und sommersprossige

Haut. Aus dem Gesicht stachen seine dunklen, tiefliegenden Augen unangenehm hervor. Sie blicken mich trotzig an und ich fühlte eine unerklärliche Abneigung gegen diesen Menschen, den ich doch kaum kannte. Seine Stimme war hoch, unmännlich und irgendwie schrill.

„Ich weiß, dass dir das seltsam erscheinen muss, was ich da mach", begann der eigenartige Mensch ohne Gruß. „Aber ich wollt schon seit Längerem mit dir reden, hab mich lang gar net traut. Heut bin ich dir nachg'angen, wollt dich da beim Bach aber net stören, deshalb hab ich mich hinter den Felsen g'legt."

Auch wenn ich Bertl nicht glaubte, dass er sich aus Rücksicht versteckt hatte, so nahm ich inzwischen doch an, dass er grundsätzlich nichts Böses von mir wollte. Vielmehr vermutete ich in dem Kerl tatsächlich einen Feigling, der Angst vor dem Gespräch mit mir hatte. Daher entspannte sich mein Körper.

„Wenn du mir so was Dringendes zu sagen hast, dann tu's. Ich hab net lang Zeit", forderte ich ihn auf.

Bertl hatte den Hut inzwischen abgenommen. Er drehte ihn verlegen in seinen Händen und starrte ihn unlustig an. Sein nicht mehr allzu dichtes Haar war schweißverklebt, obwohl die Luft nicht viel mehr als fünf Grad Celsius hatte. Schließlich blickte er auf.

„Es geht um den Joseph!", meinte er dann. „Wir sind ja lang Freunde g'wesen, aber in den letzten zwei, drei Jahren haben wir uns nimmer so gut verstanden."

Ich konnte mich erinnern, dass Joseph wirklich lange gute Beziehungen zum Knecht gepflegt, dann aber von einem Tag auf den anderen kein Wort mehr mit ihm geredet hatte. Die Augen vom Bertl irrten unruhig über die Landschaft und er machte den Eindruck ausgesprochener Nervosität.

„Es hat damals nämlich einen b'stimmten Grund dafür geben: ich hab dem Joseph was verheimlicht und das hat er mir nie verziehen!", erklärte Bertl weiter.

„Und was war das?", erkundigte ich mich, weil ich nun doch neugierig geworden war.

„Naja, vor einigen Jahren ist unser Oberknecht, der lustige Fritz, der schon seit Jahr und Tag am Winkelhof dient hat, verstorben. Er ist mir immer wie ein Vater g'wesen. Meinen eigenen hab ich ja nie kenneng'lernt. Am End seiner Zeit aber ist mir aufg'fallen, dass ihn irgendwas quält hat. Er war nimmer so lustig wie sonst und auch ziemlich abwesend und da hab ich ihn halt g'fragt, was er hat. Der Fritz hat mir dann eine schaurige G'schicht über mein' Herrn erzählt. Ganz früher hat ja noch die Bäurin am Hof g'lebt. Die hat eigentlich einen ander'n Mann als den jetzigen Bauern g'habt, den Karl nämlich. Aber das weißt ja eh, oder?"

Ich nickte und schmunzelte im Stillen über die beinahe auswendig gelernte Rede, die der Knecht da herunterrasselte. Ich fragte mich dabei, ob ihn vielleicht der Winkelklaus geschickt oder Bertl wirklich aus eigenem Antrieb zu mir gekommen war.

Der grobschlächtige Kerl bemerkte meine Belustigung nicht und fuhr in seiner Erzählung fort.
„Auf jeden Fall hat sie ein Kind bekommen - vom Karl."
Erstaunt blickte ich auf.
„Bist dir da ganz sicher?", wollte ich wissen.
„Ganz sicher!", nickte der Gefragte. „Der Fritz hat mir nämlich erzählt, dass es davor mit dem Kinderbekommen jahrelang net geklappt hat bei ihr. Die Bäurin hat immer große Schwierigkeiten während der Schwangerschaft bekommen und alle Kinder verloren. Diesmal aber ist zunächst alles gut g'laufen und auch deshalb war der Karl auf den jetzigen Bauern so irrsinnig zornig, als er ihn mit der Bäurin erwischt hat. Und doch ist die Bäurin im Laufe der Schwangerschaft immer kränker worden und bei der Geburt des Buben g'storben. Und das war der Joseph!"
Und auch wenn ich fast schon ein wenig damit gerechnet hatte, entfuhr mir dennoch ein überraschter Ausruf.
Der Bertl lächelte zufrieden und ergänzte: „Der Fritz war damals bei der Geburt dabei und hat mitbekommen, wie der Bauer seiner Frau noch die Besitzurkunde vom Hof abg'luchst hat! Und das am Sterbebett!"
Bertl blickte mich an, als ob er ein Zeichen der Entrüstung von mir erwarten würde. Ich aber blieb diesmal still.

„Wär es nach dem Bauern g'angen", fuhr er daher fort, „hätt der Fritz den Buben ganz verschwinden lassen sollen. Der Fritz hat das aber net können, sondern hat ihn zur Adoption nach Innsbruck bracht und außerdem dem Karl alles in einem Brief g'schildert."

Trotz des schlimmen Verbrechens lachte der Bertl, der ein wirklich einfältiger Bursche zu sein schien, plötzlich laut auf: „Das ist dem Fritz sicher net leicht g'fallen, das Schreiben!"

„Dem Fritz", erzählte er dann ohne Pause weiter, „dem hat das alles net passt, was da am Hof passiert ist. Aber er wollt halt dortbleiben, weil er das Tal so g'liebt hat. Außerdem hat er g'wusst, dass er net viel ändern würd' können. Dazu hat er noch ein bisserl eine Freud auf den Hof bracht."

„Ich hab g'hört, dass er ein guter Mann g'wesen ist!", lächelte ich freundlich.

„Jaja, das war er wirklich!", nickte der Bertl eifrig, um sofort wieder in seine monotone Erzählung zurückzukehren.

„Du kannst dir aber sicher vorstellen, wie erstaunt der Fritz war, als er einige Zeit später bei einem Kirchbesuch in Lanersbach einen kleinen Buben in den Händen des Tannenbauern g'sehen hat, der dem Rabauken, den der Fritz nach Innsbruck bracht hat, sehr ähnlich g'schaut hat. Er hat sich zu erkundigen begonnen. Sogar nach Innsbruck ist er einmal g'fahren, um zu erfahren, ob sei Vermutung g'stimmt hat. Und tatsächlich - der Tannenbauer hat den

Buben adoptiert, den der Knecht damals in Innsbruck abg'liefert hat. Eing'fädelt hat das alles der Karl! Und zwar aus dem G'fängnis heraus."

„Wie soll denn das alles g'laufen sein?", warf ich ungläubig ein und dachte zugleich an die Vermutungen des Höllenmüllers.

„Frag mich net, Sepp!", antwortete der Bertl. „Ich kenn mich bei den Sachen net aus, bin ja nur ein dummer Knecht. Ich weiß nur, dass der Fritz niemanden davon weitererzählt hat, was er herausg'funden hat - außer eben mir in seinen letzten Stunden. Ihn hat das G'wissen schon sehr plagt, weil er dem Buben nix g'sagt hat. Mein Bauer hat ebenfalls lang nix von der Sach g'wusst, vielleicht weiß er ja noch immer nix!"

„Du hast ihm also nix erzählt, Bertl?"

Der rohe Bursche vor mir versuchte, ein vertrauensvolles und unschuldiges Gesicht aufzusetzen.

„Magst mich beleidigen, Sepp? Freundschaft ist mir immer schon heilig g'wesen!"

Ich lachte auf.

„Na gut. Hast sonst noch was?", fragte ich.

„Natürlich, Sepp! Ich weiß, dass der Fritz noch was für den Buben tan hat: er hat nach der Besitzurkund' vom Winkelhof g'sucht und sie auch wirklich g'funden. Der Bauer war in der Sach ein bisserl sentimental und hat die Urkund' nie vernichtet. Einmal, als er betrunken war, hat er's aus dem

Versteck g'holt und is' dabei vom Fritz beobachtet worden!"
Ich blickte gespannt in das ausdrucklose Gesicht meines Gegenübers, der auf einmal schwieg.
„Und - wo hat er's denn?", fragte ich daher.
„Gar net mehr!", feixte Bertl hämisch. „Ich hab dem Joseph nämlich vor drei Jahren die ganze Sach erzählt - nur das mit der Urkunde net. Der Joseph hat also g'wusst, dass der Karl sein Vater g'wesen ist. Mit mir wollt er aber net mehr reden, weil er g'meint hat, ich hätt ihm das alles viel früher sagen müssen."
Dunkel blickte der Bertl zu Boden. Dann erzählte er weiter.
„Vor ein paar Wochen dann hat mir der Joseph einen G'fallen tan und ich hab ihm dafür verraten, wo die Besitzurkunde hing'kommen ist! Sie war in einem Versteck hinter'm Ofen in der Stub'n."
Dieser Teil der Geschichte schien immer klarer zu werden. Die Resl hatte also wirklich nicht gelogen. Joseph schien den Bertl tatsächlich beim Wildern erwischt zu haben. Er hatte dem Bertl dann wohl versprechen müssen, ihn nicht anzuzeigen, um als Gegenleistung Teile seines Lebens zurückzubekommen. Der Bertl war ein Dummkopf und Egoist, das stand fest. Vor allem aber war er ein Feigling, dem ein Mord nicht zuzutrauen war. Diese Gewissheit hatte ich im Laufe des Gesprächs gewonnen.
„Mit der Urkund'", fuhr Bertl fort, „hätt der Joseph den Hof z'rückbekommen. Es hätt einen langwierigen

und schwierigen Prozess geben, das schon - hat halt der Fritz damals g'meint. Ich kenn mich in den Sachen net aus! Aber angeblich war in der Urkund', die die Bäurin dem Klaus hinterlassen hat, eigentlich der Bub der Erbe, der Klaus aber nur Verwalter. Unter gewissen Umständen aber sollt' doch der Klaus dann alles erben - oder so ähnlich!"
Ich nickte.
„Vielleicht hat Klaus den Wisch ja auch deshalb aufgehoben und net nur aus Sentimentalität! Aber erzähl weiter, Bertl! Das ist heut nimmer wichtig! Alle, die dem Bauern den Hof streitig machen hätten können, sind tot!"
„Der jetzige Bauer hat darüber Bescheid g'wusst, dass ihm der Karl gefährlich werden könnt!", murmelte Bertl und machte dabei den Versuch, gescheit auszusehen. „Deshalb hat er z'erst eine richtige Angst vorm Karl g'habt. Vom Joseph hat er ja nix g'ahnt und wie g'sagt - ich weiß net, ob er jetzt inzwischen überhaupt was mitbekommen hat. Aber der Karl wollt nur, dass sein Sohn net in G'fahr kommt und hat deshalb sein Leben als Herumzieher g'lebt, ohne jemals Forderungen an den Bauern zu stellen. Der hat sich damals dann auch rasch beruhigt! Kannst dir aber vorstellen, was für einen Schrecken er g'habt hat, als er die Urkund vor ein paar Tagen nimmer im Versteck g'funden hat. Alle paar Wochen nämlich hat er g'schaut, ob's noch da ist. Er hat uns dann immer zum Jakob g'schickt, damit wir ja nix mitbekommen können."

„Und wann hat er bemerkt, dass das Dokument weg ist?“
„Naja, an dem Samstag, an dem der Joseph g’storben ist, da hat uns der Bauer wieder freigeben. Fast alle vom Hof sind nach hinten einen trinken g’angen. Und dann, am Sonntag, da hat der Bauer uns alle g’fragt, ob wir in der Stub’n was herumtan oder dort was g’sucht hätten und vieles mehr. Einige Mägde hat er g’schlagen, weil’s g’sagt haben, sie hätten dort putzt! Er hat sie sicherlich verdächtigt, dass sie das Dokument mitgehen haben lassen. Alles in allem hat er sich net sehr g’scheit verhalten und ist ganz zornig g’wesen. Ich hab sofort g’wusst, was los ist!“
Bei diesen Worten versuchte Bertl abermals, ein schlaues Gesicht zu machen, was ihm aber gründlich misslang und mir wieder ein Lächeln entlockte.
„Der Joseph hat die Urkund g’stohlen, oder?“, erkundigte ich mich weiter
„Ich weiß net mit Sicherheit, wer’s tan hat.“, erwiderte der Knecht. „Aber ich denk schon, dass es der Joseph g’wesen sein muss. Was ich aber selbst g’sehen hab, war, wie der Bauer den Karl zur Red g’stellt hat - was jedoch nix g’holfen hat. Der hat nämlich nix g’sagt. Die Urkund hat der Bauer bis heut net g’funden, sonst tät er net soviel trinken und unheimliche Sachen sagen und alle nur anschrei’n!“
Bertl blickte mich finster an und meinte dann noch leise: „Er hat Angst, das spür ich!“
„Ich frag dich jetzt noch einmal, Bertl: Hast dem Bauern was erzählt?“

„Na, Sepp, ich hab's dir schon mehrmals g'sagt. Ich hätt das nie tan. Der Joseph war schließlich mein Freund. Er war ein Ehrlicher und Gerader. Ich könnt mir nur vorstellen, dass der Joseph dem Bauern von der ganzen Sach erzählt und ihm auch g'sagt hat, dass er von der Urkund weiß. Daraufhin hat wohl der Bauer die zwei ermordet - und zwar aus Angst davor, dass er alles verlieren könnt."

Verblüfft starrte ich den Mann vor mir an. Ein Bild aus dem Kar unter dem Kreuzjoch hatte sich mir eingeprägt und deutlich sah ich vor meinem geistigen Auge die roten Haare unter dem Hut. Ich sah auch diese wenig vertrauensvolle Visage, das scharfe Messer im Gürtel. Alles passte und dazu vor allem noch der letzte Satz. Niemand außer dem Höllenmüller, dem Jakob, der Lisl und mir wusste, dass auch Karl ermordet worden war. Niemand außer uns und dem Mörder! Unbewusst war ich zwei Schritte zurückgetreten. Sollte der Kerl vor mir vielleicht doch nicht so feig sein, wie er zunächst auf mich gewirkt hatte? War doch der Bertl der gesuchte Verbrecher?

„Hast Angst vor mir, he?", fragte mich Bertl lässig. „Aber pass auf, Sepp! Ich möchte dich net länger auf die Folter spannen. Das alles, was ich dir erzählt hab, das klingt ganz gut. Aber wir können dem Bauern nix beweisen. Deshalb bitt ich dich: find irgendwas! Und sag mir, dass du mich net verdächtigst! Ich war's wirklich net! Ich war am Samstag ja beim Jakob!"

„Ich kann dir gar nix versprechen, Bertl. Erzählt hast mir das alles, damit ich dem Klaus was anhängen kann, oder?"
„Wer soll's denn sonst tan haben?"
Ich zuckte mit den Achseln.
„Alle oder keiner!"
„Bist halt doch ein Spinner, Sepp!"
Mit diesen Worten drehte sich der Bertl um und verschwand. Ich blieb verwirrt zurück und entschied mich schließlich, Bertls Alibi vom Samstag zu überprüfen. Am Vorabend hatte ich vergessen, Jakob nach der Zecherei in der Mordnacht zu fragen. Wenn Bertl am Mordabend tatsächlich in Hintertux beim Jakob getrunken hatte, dann musste ich ihn für den ersten Mord zur Gänze entlasten. Warum allerdings hätte er den alten Karl umbringen sollen? Dass Bertl auf der Elsalpe gewesen war, als Lisl und ich dort die Leiche gefunden hatten, das schien mir inzwischen sicher. Nur wieso? Ich fand für mich keine Antwort auf diese Frage. Und doch sah ich mich gezwungen, zu handeln.
Ich entschied mich rasch! Ich musste zurück zum Jakob. Und Lisl wollte ich mitnehmen.

KAPITEL 15

Verwickelte Gedankenspiele

Kurz vor Mittag erreichte ich Lanersbach. Ich schlenderte langsam durch den Ort und grüßte meine Bekannten, die zu dieser Zeit heim zum Mittagessen kamen. Als ich beim Tannengut vorbeikam, saß Franz unter der Laube vor seinem Bauernhof. Ich grüßte von der Ferne. Zunächst grüßte Franz nicht zurück, dann aber hob er den Kopf und lächelte matt.

„Setz dich doch her zu mir, Sepp!“, rief er mich an.

Ich folgte seiner Einladung gern.

„Du bist einer meiner wenigen echten Freund!“, begann der Bauer dann etwas seltsam.

„Natürlich bin ich dein Freund, Franz. Du hast aber viele andere Leut auch noch im Dorf, auf die du dich verlassen kannst!“, meinte ich daher irritiert.

Traurig blickte der Bauer zu Boden und blieb für eine Weile stumm.

„Weißt, Sepp, das wirkt nur so, weil ich reich bin und jeder irgendwas von mir braucht“, sprudelte es dann aus ihm heraus. „In Wahrheit bin ich ganz allein mit meiner Frau. Wir lieben uns über alles und das ist es, was mich glücklich macht. Du g'hörst zu meinen Freunden und der Joseph natürlich, der war ein ganz besonderer Mensch für mich. Mir wird erst jetzt, wo er nimmer da ist, bewusst, wie gern ich ihn g'habt hab."

Bewegt blickte der Bauer in die Bergwelt hinaus und ich konnte nachvollziehen, was er fühlte. Franz hatte einen treuen Knecht, einen guten Freund und einen bruderähnlichen Gefährten verloren. Um den Bauern aufzumuntern, begann ich leise trällernd eines der alten Lieder zu summen, die wir zu zweit und ganz früher auch zu dritt mit Joseph gerne gesungen hatten. Musik war nun einmal eine Liebe des ursprünglichen Tirolers.

„Hör auf!", fuhr mich der Bauer aber an. „Das g'hört sich net, wenn der beste Freund tot ist. Weißt, es ist vielleicht besser, wenn du jetzt gehst."

Verblüfft erhob ich mich.

„Wenn du meinst, Bauer! Der Joseph hätt' aber sicher net wollen, dass wir alles hinschmeißen und nur mehr brütend vor unseren Häusern hocken. Damit machst niemand mehr lebendig, dich selbst aber unglücklich. Denk dran, Bauer!"

Schnellen Schritts und ziemlich verstimmt verließ ich den armen Mann. Ihm war der Schock offensichtlich wirklich tief in die Knochen gefahren. Ich musste akzeptieren, dass er wohl noch Zeit brauchte, um wieder der Alte zu werden. Trotzdem konnte ich

seine Reaktion nicht nachvollziehen. Als ich mich noch einmal besorgt umblickte, da sah ich, wie der Franz seinen Kopf in den Armen vergraben hatte und weinte.
Erschüttert blieb ich stehen, schüttelte dann aber den Kopf. Nein, hier konnte ich nicht helfen. Daher schritt ich um das Bauernhaus herum, wo ich auf Lisl traf, die dort gerade die Wäsche fertig aufgehängt hatte. Bei diesem herrlichen Wetter würde sie schnell trocknen.
„Grüß dich Gott, Lisl!", rief ich ihr - wieder fröhlicher gestimmt - zu und schwenkte meinen Hut.
„Grüß dich, Sepp!", erklang glockenhell ihre Stimme. „Ich hab von der Bäurin ein bisserl frei bekommen. So gut wie jetzt ist mir am Hof noch nie g'angen, ich muss ja fast gar nix mehr arbeiten. Schau ma ein bisserl ins Tal?"
„Ich wollt sowieso zum Jakob. Kannst gleich mitkommen, wenn du Zeit hast! Was ist denn eigentlich mit deinem Bauern passiert?", erkundigte ich mich im Näherkommen.
„Weißt, Sepp, der nimmt sich die Sach mit'm Joseph sehr zu Herzen. Die Bäurin übrigens auch. Aber ich mag net über die Trauer von anderen reden, das g'hört sich einfach net!"
„Hast Recht! Und helfen können wir jetzt eh nicht!"
Lisl hängte sich bei mir ein und rüstig wanderten wir Richtung Hintertux. Dabei begleitete uns die zwar noch etwas kühle, aber herrliche Frühsommersonne. Der Weg durchs Tuxertal unter diesem so

wunderschön klaren Himmel berauschte unsere Sinne und beflügelte die Gedanken. Die Gletscher vor uns und die steilen, wilden Berghänge zu linker Hand harmonierten mit den sanfteren, herrlich grünen Wiesen und Almen zu meiner Rechten. Ich bemerkte einmal mehr, wie sehr ich mein Tal liebte und wie schön es war, hier leben zu dürfen. Lisl schien dieselben Gedanken zu haben.
„Es ist doch wunderschön hier, oder? Der liebe Gott hat uns wirklich eine Heimat g'schenkt, die trotz aller G'fahren und Nöte ein kleines Paradies ist."
Ich nickte schweigend und legte meinen Arm fest um Lisl. Dabei verließen meine Gedanken die Wunder der Berge um mich und drehten sich um das Gespräch mit dem 'Roten Bertl'. Lisl schien meine Abwesenheit zu bemerken.
„Was machst denn so ein ernstes G'sicht und beachtest mich garnet, Sepp?", fragte sie mich daher.
„Ich beacht' dich immer!", grinste ich zurück. „Aber weißt, grad vorher hab ich mit'm 'Roten Bertl' g'redt und jetzt gibt mir die ganze Situation doch ziemlich zu denken!"
Und ausführlich erzählte ich Lisl von meinem Gespräch mit dem Knecht vom Winkelhof. Sie hörte geduldig zu und fasste meinen Bericht dann zusammen.
„Dass der Bertl über beide Morde Bescheid weiß, wundert mich net so sehr. Es wird viel g'redt im Tal und jeder Tod wird derzeit mit einem Mord in Verbindung bracht. Trotzdem sollten wir das nicht

ganz außer Acht lassen! Immerhin hast du dir die roten Haare vom Kar g'merkt und dass die ganze G'schicht mit der Wilderei z'sammhängen könnt, das haben wir uns eh schon immer dacht. Der Bertl allerdings ist zwar ein Wilderer, trotzdem aber auch ein Feigling und Dummkopf. Und zumindest der Karl war für einen Wilderer überhaupt keine G'fahr, weil er niemand verpetzt hätt. Des gleiche denken wir uns vom Joseph eigentlich auch. Dazu glaubst dem Bertl, dass er in der Nacht des Mordes beim Jakob g'wesen ist, oder?“

Ich nickte.

„Dann kann er aber net der Mörder vom Joseph sein! Die Frag' bleibt also wirklich: woher weiß der Bertl wirklich vom zweiten Mord, wenn er's net selbst war? Vielleicht hat er ja auf einem anderen Weg vom Mord am Karl g'hört? Vom Mörder vielleicht? Oder ist es halt doch nur ein Gerücht, welches er aufg'schnappt hat?“

Lisls Ausführung erschien mir überzeugend und vollständig.

„Das hast jetzt wirklich gut z'sammeng'fasst!“, lobte ich daher. „Nur - dass der Mörder dem Bertl von der Tat erzählt hat, ist eher unlogisch, oder? Warum hätt er das tun sollen?“

Lisl zuckte mit den Achseln.

„Weiß net! Vielleicht, um ihm Angst zu machen?“

„Ich glaub's eher net, Lisl!“, meinte ich. „Wahrscheinlicher ist es da schon, dass der Bertl zufällig Zeuge des Mordes g'worden ist oder er eben irgendwas aufg'schnappt hat! Ich hätt ihn fragen sollen!"

„Das kannst noch nachholen! Auf jeden Fall müssen wir ein Aug auf den Bertl haben. Gut möglich, dass er wirklich was weiß."

Wir schritten eine zeitlang schweigend und hingen unseren Gedanken nach.

„Wer ist denn für dich der Hauptverdächtige?", fragte ich schließlich. „Von wem glaubst am ehesten, dass er der Mörder ist?"

„Ich bin ja kein Hellseher, Sepp!"

Lisl überlegte kurz.

„Aber der Verdächtigste ist trotz allem der Winkelbauer.", meinte sie dann. „Gegen ihn spricht eigentlich alles: er hat am meisten zu verlieren, er hat die Möglichkeit für die Tat g'habt und vor allem hat er den Charakter für einen Mord. Was nur net ganz klar ist: hat er überhaupt g'wusst, welche G'fahr ihm von den zwei Mordopfern droht hat? Hat er von dieser G'fahr vom Joseph oder Karl selbst erfahren? Oder gar vom Bertl, oder eben doch garnet? Und das andere ist: Wer war der Mann, der dich und den Winkelbauern belauscht hat? Wenn's der Mörder g'wesen ist, dann wär der Winkelbauer aus dem Schneider! Dazu kommt noch das Messer mit'm Winkelbauern sein Zeichen! So dumm ist der Mann net! Ich weiß net, aber mein G'fühl sagt mir, dass da irgendwas faul ist. Es schaut eigentlich alles so aus, als sollten wir denken, dass es der Winkelbauer g'wesen ist."

„Puh!“, nickte ich. „Und genau das Gleiche hab ich mir auch überlegt. Es ist alles fast zu offensichtlich und der Winkelbauer kein Dummer! Der hätt das alles g'schickter eingefädelt!“
„Eben! Aber weißt, wer mir noch net g’fallt: der Höllenmüller. Er ist so eine dunkle G’stalt und hat auch die Möglichkeit für den Mord g’habt. Er hat als einziger zug’eben, in der Mordnacht auf der Alm g’wesen zu sein.“
Dann schüttelte Lisl ihren Kopf.
„Und doch macht das keinen Sinn. Warum nämlich sollte er den Joseph und vor allem den Karl ermorden?“
„Schau, da hast es!“ entgegnete ich. „Du magst ihn net, aber er ist am wenigsten verdächtig, weil er keinen Grund für einen Mord an den zweien g’habt hat. Ihm bringt das ja nix. Und dann ist mir noch was aufg’fallen: Der Müller hat selbst Angst, wirkliche Angst!“
„Vor was hat denn dieser Kerl Angst?“, wollte Lisl bissig wissen.
„Das weiß ich eben auch net. Und ich bring aus ihm auch nix raus, was uns weiterhelfen könnt. Aber ich weiß, dass mir der Höllenmüller irgendwas verheimlicht. Und das beunruhigt mich! Er bringt sich selbst in G’fahr.“
Dann erzählte ich Lisl auch noch von meinem Gespräch mit Jakob und dem Höllenmüller vom Vortag. Lisl zuckte aber nur mit den Achseln und

meinte, dass wir dadurch nicht viel schlauer geworden seien.
„Und wen verdächtigst du jetzt?“, wollte Lisl dann von mir wissen.
Ich machte eine etwas hilflose Geste mit meinen Händen.
„Am ehesten ist es halt doch der Winkelbauer g’wesen!“, gab ich schließlich zu. „Der Bertl ist so feig und verräterisch, der kann Karl und Joseph durchaus verpfiffen haben und dann, ja dann passt alles auf den Winkelbauern!“
Lisl nickte zustimmend und doch zugleich auch skeptisch mit dem Kopf.
„Aber wie g’sagt!“, ergänzte ich. „Es gibt viele Dinge, die da gar net reinpassen: Erstens einmal der Lauscher! Musst dir vorstellen, wie riskant die Sach war und wie wenig dem Kerl das bracht hat! Daher denk ich mir, dass da dahinter irgendwas B’sonderes stecken muss, was ich jetzt noch net durchschau!“
„Jaja!“, sagte Lisl eifrig. „Eine eigenartige G’schicht. Auch das Messer passt irgendwie überhaupt net zum Mord.“
„Genau! Und es gibt noch was drittes, Lisl. Ich hab das G’fühl, dass ich irgendwas übersehen hab, aber mir fallt's einfach net ein. Zur rechten Zeit aber, da werd ich wissen, welcher Teil mir in meinem Gedächtnis g’fehlt hat und dann - dann hab ich den Mörder!“

„Die Schrift!“, erinnerte Lisl. „Die darfst auch net vergessen. Was soll diese seltsame Buchstabenkombination bedeuten?“

Ich zog den Zettel aus der Tasche. Wir blieben stehen und starrten auf die Zeichen.

„‘mache’, ‚Red’, ‚21’ – ob das eine Adresse ist?“, meinte Lisl dann.

Ich zuckte mit den Achseln.

„Gut möglich. Aber wie soll ich das herausfinden?“

„Weißt, Sepp, ich werd versuchen, das Geheimnis zu lüften!“, versprach mir Lisl.

Über unserem Gespräch hatten wir dann auch Hintertux erreicht und blieben mit offenem Mund am Eingang des Talkessels stehen, da es uns war, als hätten wir die Gebirgspracht der Hintertuxer Alpen noch nie so klar und intensiv wahrnehmen können wie an diesem Tag. Die Schönheit des Tals machte mit solch einer Kraft auf sich aufmerksam, dass wir einfach nur staunten.

Da war zunächst der Himmel, eingefärbt in einen unglaublichen Blauton und nur durchzogen von ein paar winzigen weißen Wölkchen. Dazu tauchte die Sonne die Gebirgsketten in ein geheimnisvolles, märchenhaftes Licht. Die Berge selbst zeugten, prachtvoll und majestätisch in grünes Gras gehüllt, von Fruchtbarkeit und versetzten den Betrachter in stummes Staunen. Doch damit nicht genug der Herrlichkeit! Direkt über den Almen in Richtung Westen erstrahlten die gewaltigen Gletscher von

Olperer und G'frorener Wand in makellosem, ewigem Weiß.
Der Anblick schien eine Erklärung zu liefern, warum es im Tuxertal Bauernhöfe bis auf 1600 Meter über dem Meeresspiegel gab, weil das Klima inmitten des scheinbar unbezähmbaren Gebirges überraschend mild war. Mühsam nur rissen Lisl und ich uns von diesem Panorama los und marschierten zum Bade- und Gasthaus von Jakob. Gemeinsam betraten wir die Gaststube.
Jakob machte sich gerade an der Schank zu schaffen.
„Servus, Jakob!", grüßte ich laut.
„Grüß Gott!", nickte auch Lisl.
Jakob lächelte uns mit seinem lieben, freundlichen Lächeln an.
„Grüß euch Gott, ihr zwei!", erwiderte er. „Was führt euch denn nur zu mir - so am hellichten Tag, wo g'arbeitet werden sollt?"
„Es geht wieder um den Mord! Die Lisl hilft mir ein bisserl bei meinen Ermittlungen!", erklärte ich.
Jakob schmunzelte wohlwollend.
„Bist ein braves Dirndl!", fügte er dem Lächeln hinzu.
Ich spürte, wie ich rot anlief und lenkte sofort ab.
„An jenem Abend, als wir mit dem Müller über die Morde g'sprochen haben, da bist kurz hinausgangen. Ich kann mich jetzt wieder besinnen. Genau in der Zeit, wo du weg warst, da hat der Müller andeutet, dass der Bertl etwas mit dem Mord z'tun haben könnt. Ich hab dich dann vergessen zu fragen, was du drüber denkst und möcht jetzt nur sicher gehen, dass

mich der Bertl net belogen hat. Ich hab nämlich heut mit ihm g'redt und er hat mir erzählt, dass er an jenem Samstag bei dir war, wo der Mord am Joseph passiert ist – und das mit all den Mägden und Knechten vom Winkelhof! Stimmt das?"
Jakob überlegte kurz, dann nickte er.
„Ja, da hat er dir die Wahrheit erzählt! Am Tag vom Unwetter nämlich war eine ganze Runde vom Winkelbauernhof da und einige haben's nimmer heim g'schafft vor lauter Schnaps und Bier. Der Bertl war dabei, das ist g'wiss!"
„Sagt der Winkelbauer denn gar nix, wenn die alle net heimkommen?", wunderte sich die Lisl.
„Nana! Alle Monat einmal gibt er ihnen frei, von Samstagnachmittag bis Sonntagabend. Nur einer der Knechte muss z'haus bleiben und die unaufschiebbare Arbeit machen. Trotzdem haben die alle so eine Angst vorm Klaus, dass meistens in der Früh schon wieder abreißen!", schmunzelte Jakob.
„Dann können wir den Bertl also von unserer Liste streichen. Dafür ist der Winkelbauer umso verdächtiger!", murmelte ich.
Jakob strich sich mit seiner Hand nachdenklich über die Lippen.
„Ich weiß net, Sepp!", brummte er dann in sich hinein. „Der Winkelbauer ist schon fast zu verdächtig, findest net? Z'erst das Messer, dann die Ablehnung deiner Fragen, dann scheint er alles auf einen Wilderer abschieben zu wollen, er ist beim Begräbnis

g'wesen, hast mir erzählt! Irgendwas passt da net, oder?"

„Uns sind schon ähnliche Gedanken durch den Kopf g'angen", entgegnete Lisl. „Das mit'm Begräbnis haben wir aber noch gar net bedacht g'habt. Was oder wen hat der Winkelbauer dort wirklich g'sucht?"

„Ja, das weiß ich auch net", meinte daraufhin Jakob und auch ich konnte nur resignierend die Schultern zucken.

„Vielleicht war's ihm halt wirklich ein Anliegen den Joseph zur letzten Ruh zu begleiten!", ergänzte ich dann und die beiden anderen nickten skeptisch.

„Das mit'm Begräbnis ist aber net so wichtig", relativierte Jakob zu Recht. „Ich denk vielmehr, dass du, Sepp, ganz viel Wissen g'sammelt hast, was dich weiterbringen kann. Es gibt in jedem Mordfall irgendeine Kleinigkeit, die ganz entscheidend ist und zum Mörder führt. Das hat mir der schon einmal ang'sprochene hohe Gendarm aus Wien erzählt, der auf Kur bei mir war. Auf dieses Detail musst halt kommen, Sepp, dann hast den Halunken!", riet mir Jakob.

Und tatsächlich! Wie schon erwähnt fühlte ich seit längerem, dass da irgendetwas war, was ich einfach nicht aus meinem Unterbewusstsein hervorholen konnte und was doch so wichtig für die Untersuchungen gewesen wäre. Ich strengte mein Hirn noch einmal besonders an. Lisl und Jakob beobachteten mich gespannt - vergeblich!

„Irgendwas hab ich mitbekommen, was für die Aufklärung der ganzen Sach ganz wichtig wär. Da hast recht und da bin ich mir ganz sicher. Aber ich komm net drauf, es tut mir leid!“, entschuldigte ich mich.

„Es muss net jetzt sein, Joseph“, ermunterte mich Jakob. „Aber ihr müsst’s euch bewusstmachen, dass es jeder im Tal tan haben kann. Ihr dürft's euch net auf den Winkelbauer fixieren. Jeder hier im Tal kann der Mörder sein, jeder aber auch das nächste Opfer. Und ich fürcht, bald wird’s noch eins geben! Ihr müsst euch beeilen!“

„Sei ehrlich, Jakob! Du denkst an einen Bestimmten, oder?“

„Ich bin mir net sicher, Sepp! Der Müller, sein ganzes Verhalten, seine G’schicht - ich find ihn zurzeit schon sehr seltsam!“

Ich nickte. Lisl hatte seit Längerem nichts mehr gesagt und still zugehört. Nun mischte sie sich aber ins Gespräch ein.

„Jeder kann das Opfer sein! Wir haben vergessen, darüber nachzudenken, ob der Mörder net eigentlich jemand anderen erwischen wollt. Es wär’ durchaus möglich, dass der Joseph gar net das eigentliche Ziel g’wesen ist. Weißt nimmer, was du mir erzählt hast, Sepp? Dass der Höllenmüller so eine Angst g’habt hat und noch immer hat. Er ist in jener Nacht oben auf der Alm g’wesen. Denkst net, dass er das eigentliche Opfer g’wesen sein hätt können, dass er deshalb so

voller Furcht ist, weil er weiß, dass man es eigentlich auf ihn abgeseh'n hat?"
Verblüfft starrte ich in das so vertraute Gesicht Lisls. Wie blind war ich doch gewesen. Natürlich - der Höllenmüller musste etwas mitbekommen haben. Ich hatte ja von Anfang an den Eindruck gehabt, dass er mir etwas verschwiegen hatte. Der Müller hatte den Schlüssel in der Hand, die mir die Tür zum Mörder öffnen würde. In meiner Aufregung hatte ich nicht bemerkt, dass ich vom Stuhl aufgesprungen war. Erstaunt blickten mich die Leute an, die ebenfalls die Gastfreundschaft des Jakob Platzer genossen. Verwirrt nahm ich wieder Platz und erntete Lächeln und freundlich neugierige Blicke der anderen Gäste. Diese ignorierte ich.
„Das ist es, Lisl! Der Müller und seine G'schicht. Er hat schon lang über Karl und Joseph Bescheid g'wusst. Komm Lisl, wir müssen weiter. Wie hab ich das nur übersehen können! Ich hoff, wir erwischen den Müller noch lebend!", rief ich und sprang auf.
Jakob überlegte und hielt mich am Unterarm fest. Sein weißes Haar hatte in der Helligkeit der Sonne und unter dem Kontrast seiner braunen Haut etwas Unwirkliches. Es glänzte ähnlich hell wie die Schneefelder der Keese.
„Ja, fragt den Höllenmüller", meinte er dann auch. „Seine G'schicht, die er uns auf'tischt hatte, ist net ganz dem Reiche der Phantasie entsprungen. Der Höllenmüller hat uns aber den wichtigsten Teil des Abends verschwiegen: seine Flucht vorm Mörder und

vor allem, was er mit dem Wissen über Joseph und Karl g'macht hat. Jetzt versteh ich die ständig suchenden und ruhelosen Augen des Höllenmüllers. Er hat große Angst und bei uns Hilfe g'sucht. Immerhin hat sich jemand auf seine Fährte gesetzt, der auch vor Mord und Totschlag net zurückschreckt. Du hast Recht, Sepp, ihr müsst euch beeilen."

„Dann Marsch!", sagte Lisl im Aufstehen.

Ich nickte und nach einer hastigen Verabschiedung eilten wir Richtung Mühle. Wir hofften, nicht zu spät zu kommen! In all der Hektik vergaß ich wieder darauf, Jakob von der Buchstabenkombination zu erzählen.

Kapitel 16

Wieder beim Müller

Das Wetter an jenem frühen Nachmittag blieb wunderschön und der Tuxbach zu unserer Linken brauste mit wildem Getöse. Die Schneeschmelze der letzten Wochen hatte den Bach anschwellen lassen und der Wasserstand war deutlich höher als an normalen Tagen. Wir hatten auf unserem Weg zur Höllenmühle aber keine Zeit, auf die Schönheit der Natur zu achten. Wir mussten unbedingt erfahren, was an jenem Abend wirklich auf der Kleinhüttenalm vorgefallen war. Der Höllenmüller wusste es, weil er dort gewesen war. Dieses Wissen musste er mit uns teilen!

Nach einer knappen halben Stunde tauchten endlich die Gebäude der Mühle vor uns auf. Wir näherten uns den Hütten von der Tuxertaler Seite. Die Torbachtaler hingegen nahmen grundsätzlich den für sie kürzeren Weg über die Junsalm, die Hochalm und die dort bereits beschriebenen Pfade. Von der Mühle bis zur Junsalm säumte ein dichter Tannenwald den Weg. Entsetzt beobachteten Lisl und ich also, dass der Winkelbauer die Mühle eben verlassen haben musste und zu diesem Wald schritt. Er grüßte dort jemanden und verschwand hinter den Bäumen.

Ich befürchtete wegen der Anwesenheit des Winkelbauern das Schlimmste und lief die letzten Meter zur Mühle.

„Müller!", rief ich dabei laut und erhielt ein hundertfaches Echo meiner Stimme von den Bergen zurück, das mich zusammenzucken ließ.

Meine Stimme wirkte fremd und schaurig. Kein Mensch antwortete mir. Ich blickte mich zu Lisl um. Die Blässe in ihrem Gesicht sprach Bände. Offenbar waren wir zu spät gekommen! Leise und langsam stieß ich die Tür der Mühle auf. Mattes Licht, das Quietschen des Mühlrades, der Mehlstaub - ich tastete mich ins Innere. Die Läden der Fenster waren eigenartiger Weise alle geschlossen. Daher stammte das Dämmerlicht. Aufgrund des verdammten Mehlstaubs bekam ich einen Hustenanfall. Dann vernahm ich das Quietschen einer Türe im Obergeschoß. Ich hatte Herzklopfen bis in den Hals, schlich aber trotzdem weiter. Die Hände tasteten ab, wo die Augen nichts sahen. Ich stolperte über einen Sessel und wäre beinahe hingefallen. Dann hörte ich abermals ein Geräusch! Was war das? Die Treppe! Sie knarrte, da kam jemand. Ich drückte mich an die Wand und huschte leise weiter. Lebte der Müller

noch? Die Diele ging bereits in die Stufen über. Sollte ich hinaufsteigen?
Ich entschied mich dazu und setzte meinen rechten Fuß auf die erste Stufe, als ich den Mann über mir wahrnahm. Ich sah noch, wie er mit beiden Füßen gegen meine Brust trat. Ich tat einen lauten Schrei, verspürte Schmerz und gleichzeitig, wie sich Hände um meinen Hals legten! Ich rang nach Luft und verlor beinahe die Besinnung. Dabei versuchte ich mich zu wehren - chancenlos. Dann ein schrilles Kreischen, eine weitere Gestalt, wer…
Als ich aus der Ohnmacht erwachte - ein inzwischen recht bekanntes Gefühl - da sah ich Lisl und den Müller vor mir. Eine unendliche Erleichterung überkam mich bei diesem Anblick. Gleichzeitig aber empfand ich auch einen tiefgehenden Schmerz, der mir den Brustkorb zusammenzuziehen schien. Der Müller blickte recht verlegen und Lisl schien ununterbrochen und dabei aber sehr energisch auf ihn einzureden. Mir wurde allerdings sofort wieder schwarz vor den Augen und ich erwachte erst, als ich eine weiche Backe und langes Haar an meiner Wange spürte. Mein feines Gehör vernahm gleichzeitig ein leises Schluchzen und ich fühlte auch, wie sich eine salzige Flüssigkeit langsam in Richtung meines Mundes bewegte. Aber ich weinte nicht. Noch immer benommen öffnete ich daher vorsichtig die Augen und blickte direkt auf das liebe Gesicht der Lisl. Es war ganz verheult und entsetzt.

„Lisl!", flüsterte ich leise und mit einem Mal begannen ihre Augen zu strahlen und zu leuchten.
„Sepp!", rief sie und umarmte mich stürmisch.
Im Hintergrund räusperte sich jemand laut und vernehmlich. Daher ließ Lisl mich leider sogleich wieder aus und richtete sich auf.
„Hast mein Sepp also doch net umbracht, Müller!", meinte sie dann.
„Was glaubst denn, Lisl!", ließ sich Hans vernehmen.
Ich selbst lag noch immer am Boden und starrte an die Decke, da jede noch so kleine Bewegung große Schmerzen bereitete. Ich sah also nichts, verfolgte das Gespräch der beiden aber dennoch gespannt. Die zwei schienen mich völlig vergessen zu haben, was mich in gleichem Maße irritierte und ärgerte.
„Aber warum bist denn wie ein wildgewordener Teufel auf den armen Buben losg'angen? Hast einen Vogel?"
Der Müller seufzte tief und entgegnete gar nichts. Gern hätte ich in diesem Moment sein Gesicht gesehen, aber als ich den Kopf aufrichten wollte, kam der Schmerz so stark und heftig, dass ich es besser bleiben ließ.
„Ist der Böse in dich g'fahren?", fragte Lisl weiter.
„Ahh!", drang es aus der Brust des Höllenmüllers. „Du verstehst gar nix, Mädel!"
„Ich versteh mehr, als du denkst. Aber wieso antwortest denn gar net auf meine Frag? Magst nur mit'm Sepp reden, he?"

Mit diesen Worten schien sich Lisl zu mir zu drehen und sah, dass ich mich noch immer nicht bewegt hatte. Sofort erschien ihr Kopf unter der Holzdecke, auf die ich blickte.
„Geht's dir net gut, Sepp?", fragte sie mich scheinheilig.
„Aaaaahh!", konnte ich nur entgegnen und wollte mich aufrichten, fiel aber sofort wieder zurück in meine ursprüngliche Lage.
„Der hat sich's G'nack verrissen!", ließ sich der Müller vernehmen.
Grob wurde ich an den Schultern gepackt. Dabei stieß ich einen lauten Schmerzenschrei aus. Dann ein Riss an meiner Schulter und ein Schmerz von solcher Stärke, dass ich wieder die Besinnung verlor.
„......endgültig umbracht!", hörte ich Lisl schreien.
Ich öffnete die Augen und versuchte, mich zu bewegen. Es klappte! Die Schmerzen waren wie von Zauberhand weggeblasen. Daher richtete ich mich auf. Dann stand ich auf - und alles ohne Schmerzen. Lisl blickte mich an, als wäre ich Lazarus, der gerade aus dem Grabe schreitet. Dann fiel sie mir erleichtert um den Hals. Der Müller stand lächelnd daneben.
„Bist wieder ganz, Sepp! Den Riss hat mir der Winkelbauer zeigt. Er hat g'meint, er hätt einmal ein bisserl Arzt g'lernt!", erklärte Hans dann.
„Jetzt, wo mein Sepp wieder ein gesunder Mensch ist, lass ich euch Männer allein. Auf meine Fragen antwortest eh net, Müller, und ich muss zum Hof z'rück. Pfiat euch!"

Lisl verschwand durch die Eingangstüre. Ich verstand sie, da ich ihre Abneigung gegen den sonderbaren Mann vor mir kannte.
„Ein liebes Dirndl hast dir ausg'sucht!", lächelte der Müller und schwieg eine Weile.
„Hast was Neues rausg'funden?", fragte er mich dann.
„Naja, noch net so wirklich! Aber ich denk mir, dass ich jemanden kenn, der mir weiterhelfen kann!", antwortete ich. „Du!"
Damit drückte ich ihm fest mit meinem Zeigefinger auf die Brust und der Müller schnellte erschrocken zurück. Ich ging aus dem dunklen Flur hinaus ins Freie und nahm auf der Bank vor der Mühle Platz. Der Müller kam mir nach und blieb vor mir stehen. Er überlegte und seufzte dann tief.
„Weißt, Sepp, es tut mir wirklich leid, was grad passiert ist. Aber ich hab eine panische Angst und hab mir dacht, dass da jetzt jemand anders bei der Tür reinspaziert ist. Deshalb hab ich dich attackiert! T'schuldigung!"
„Schon gut, Müller", entgegnete ich. „Ich weiß, dass du Angst hast und sich der Angriff net gegen mich g'richtet hat. Aber du hast so viele Geheimnisse in deinem Leben vor allen Menschen g'habt, dass du net mehr vertrauen kannst - weder mir noch sonst wem."
Der Müller nickte.
„Hast recht, Sepp! Aber es ist nun einmal so drin in mir und ich möchte mit niemandem über mich plaudern."

„Es ist deine Entscheidung. Aber eins sag ich dir: Wenn du mir net sagst, was auf der Alm damals wirklich passiert ist, dann wird dich der ganz sicher erwischen, vor dem du so eine Angst hast. Du musst dich jemandem anvertrauen! Haben wir net gestern beim Jakob g'sagt, wir halten z'samm, um den Mörder zu finden?"

Vor mir stand ein alter und ängstlicher Mann, der nicht mehr ein noch aus wusste. Dann ließ sich der Müller schwer auf die Bank fallen.

„Wieder hast recht, Sepp! Der Winkelbauer war grad da und hat mich auch g'warnt. Er hat g'meint, dass niemand dem entkommt, der das alles macht. Zu viel muss für denjenigen schon am Spiel stehen", murmelte der Müller in sich hinein. „Ich hab heut b'sonders Angst, weil weißt, mein Bursch hat frei und die alte Berta ist so wie jeden Donnerstag ins Dorf hinunter!"

„Müller, erzähl mir net irgendwas! Erzähl von der Nacht damals!", forderte ich ungeduldig mein Gegenüber auf.

Und mit einem Male wusste ich, dass mir der Höllenmüller diesmal die Wahrheit sagen würde.

„Bist ein unruhiger Bursche, he? Aber gut! An jenem Nachmittag bin ich wirklich rauf auf die Alm. Ich war bei meinen Ziegen oben. Des G'witter ist dann schneller hereinbrochen über mich, als ich mir dacht hätt. Ich bin rasch zu Tal und da war mir, als ob eine G'stalt hinter mir herg'laufen wär. Ich hab Angst bekommen und bin so schnell weiterg'eilt, wie ich nur

irgendwie können hab. Ich hab dann Gott sei Dank das Licht in der Aste vom Tannenbauern g'sehen - und dort wollt ich hin.“
Der Müller räusperte sich.
„Als ich bei der Hütte an'kommen bin, da hab ich klopft und mich umdreht. Nur ein paar Meter weg von mir, da war jemand, da bin ich mir ganz sicher. Er hat mich auf dem Lauf durch die Büsch net erwischen können, aber g'wusst, wohin ich wollt. Ich hab halt ein Glück g'habt, dass ich vor ihm auf der Alm g'wesen bin. Der Joseph hat auch gleich aufg'macht und mich reinlassen, sodass der andere keinen Angriff riskieren hat können.“
Er fuhr nach einer kurzen Pause fort.
„Ich hab dem Joseph erzählt, dass ich verfolgt worden bin und mir jemand ans Leben wollt. Aber der Joseph hat g'lacht und g'meint, dass meine Phantasie mit mir durchgeht und ich ein Spinner wär und irgendwas mit einem schlechten G'wissen. Dann hab ich ihm g'sagt, er soll halt rausgehen, wenn er so mutig wär. Er hat noch einmal g'lacht und g'sagt, dass er sogar mit meinem Mantel und Hut nach draußen geht! Das hat er dann auch tan. So verkleidet hat er die Hütt'n verlassen.“
Hier unterbrach der Bauer wieder und eine Weile war nichts zwischen uns als das Rauschen des Baches, das Quietschen des Mühlrads und das Gezwitscher der Vögel. Alles war friedlich und schön.
„Lang hab ich dann nix g'hört, bis es auf einmal an die Tür klopft hat. Ich war aber skeptisch, weil ich

g'wusst hab, dass da draußen irgendjemand auf mich wartet. Also hab ich g'fragt, wer denn da sei und dann hat mir der Winkelkarl g'antwortet. Er hat g'schrien, dass der Joseph tot sei. Ich bin raus und da ist er g'legen in seinem Blut und kein Leben mehr war in ihm. Die Wunde am Kopf hat furchtbar ausg'schaut und ich wollt nur weg. Liegen hab ich ihn lassen."

Der Bauer schwieg nun lange. Als er sich etwas gefasst hatte, berichtete er weiter.

„Wir sind ins Tal. Es war ein furchtbarer Weg - und dazu noch die Dunkelheit und Angst. Ständig hab ich Schatten g'sehen und Leut, die mir an die Gurgel wollten. Das Wasser ist mir in den Kragen g'ronnen und wir sind g'rannt und g'rannt. Der Karl hat nix mit mir g'redet, sondern ist mir einfach nachg'stolpert, ganz still. Nur oben bei der Leich hat er g'flüstert: ‚Rache!'. Wir haben uns dann da herunten getrennt und ich bin heim und hab mich eing'sperrt. Seither schlaft der Bursch bei meiner Tür, weil ich so eine Angst hab. Ich bin zu dir und zum Jakob kommen, weil ich mir denkt hab, dass ihr die einzigen seids, die mir würden helfen können. Das glaub ich übrigens immer noch!"

Der Höllenmüller schwieg wieder und ich blickte zu Boden. Eine Ameise kroch gerade über meinen Lederschuh und schleppte ein für ihre Verhältnisse ungeheuer großes Nadelstück. Ich wusste meine nächste Frage schon.

„Du verheimlichst mir was, Hans! Ich muss alles wissen, was wichtig sein könnt. Du musst mir helfen, dem Mörder auf die Spur z'kommen."
Wieder dauerte es, ehe der Müller antwortete.
„Schau, Sepp, es gibt viele Leut' im Tal, die mich hassen und das wohl zu Recht. Aber ich hab die Mühle da und deshalb müssen mich alle dulden, weil ich braucht werd. Besonders einen Hass auf mich hat der Winkelbauer - aus verschieden Gründen."
Die Ameise hatte inzwischen meinen Fuß verlassen und schleppte sich über die groben Steine des Eingangsbereichs der Mühle. Ich seufzte.
„Hans, du hast ihm alles erzählt, oder? Alles über'n Joseph und den Karl! Du hast ihn mit deinem Wissen erpresst, vermute ich. Dein Trumpf war, dass du ihm droht hast, dem Joseph alles zu erzählen. Was du mir und dem Jakob erzählt hast, das war g'logen! Du hast den Karl und den Joseph gar nie belauscht, sondern weißt die ganze G'schicht vom 'Roten Bertl' - und das schon ziemlich lang!"
Ein verzweifeltes Lächeln umspielte nun den Mund des Müllers.
„Es ist doch schon egal! Ich bin ein mehr oder weniger toter Mann, also erzähl ich dir die ganze Sach! Aber zu dumm war der Winkelbauer, zu dumm!", flüsterte der Müller. „Er hätt net viel zahlen müssen, aber er war zu dumm!"
Da sprang ich auf und schrie den Kerl vor mir an.
„Jetzt erzähl doch einmal die Wahrheit, du verfluchter Hund, du!"

Bei diesen Worten hatte ich den Müller beim Kragen gepackt und gebeutelt. Im ersten Moment war der Hans dann auch wirklich erschrocken. Sofort aber fasste er sich wieder.
„Schon gut, Sepp, schon gut!", lächelte er böse. „Also, alles hat damit begonnen, dass der Bertl früher viel mit mir g'spielt hat. Eines Tages nun hatte er kein Geld mehr und - er hat halt sein Wissen eing'setzt. Er hat verloren und mir daraufhin die ganze G'schicht vom Winkelbauern, dem Karl und dem Joseph erzählt. Der Bertl ist net mutig und g'scheit genug g'wesen und hat mit dem Erfahrenen deshalb nix anfangen können. Ich hingegen hab was draus g'macht und jeden Monat gar net wenig bekommen. Immer hat der Bauer brav zahlt, aber jetzt ist es ihm zuviel worden. Er wollt mich loswerden und hat den Falschen erwischt - den Joseph! Gleichzeitig hat er aber trotzdem bekommen, was er wollte. Die zwei Halunken sind tot und keine Gefahr mehr für ihn! Deshalb ist er vorher herkommen, um mich zu verspotten. ‚Nichts bekommst du mehr von mir, du Satan!', hat er in seiner schönen Sprach g'stammelt. Und doch hab ich mir dacht, dass er z'rückkommt und mich da'schlagen möchte, weil er so wütend auf mich ist. Deshalb bin ich auf dich losgangen. Scho lustig, wie's Leben oft spielt, oder?"
An dieser Stelle bekam der Höllenmüller einen Lachkrampf und ich musste mich beherrschen, um ihm nicht meine Faust in den Magen zu rammen. Bald fing sich der Müller wieder und starrte mich

böse an. Er hatte mir und Jakob Lüge über Lüge aufgetischt und ich hatte ihm vertraut. Der Höllenmüller war ein wahrhaft gefährlicher Mann.
„Die G'schicht von der G'witternacht stimmt und ich hab wirklich riesige Angst. Erschlagen hätt' ich werden können, wenn ich net soviel Glück g'habt hätt. Der Bauer muss durch den Regen und das G'witter schlecht g'sehen haben, weil der Joseph ja viel größer war als ich und außerdem ganz gerade g'angen ist, während ich doch schon recht gebückt bin. Irgendwas aber stört mich selbst an der Sache. Auch wenn der Winkelbauer inzwischen seine Gegner beseitigt hat, bin ich ihm jetzt wegen der Morde auf der Fährte. Er wird mich net bekommen, weil ich zu vorsichtig bin! Aber ich krieg ihn. Ich bring den Winkelbauern an den Galgen."
Der Höllenmüller hatte diese letzten Sätze mehr zu sich selbst als zu mir gesagt und wirkte wie ein völlig Verrückter auf mich. Nichtsdestotrotz blieb dieser Mann gefährlich - für andere und sich selbst. Die Ameise hatte inzwischen die Steinplatten überquert und verschwand im Gras. Auch ich stand auf.
„Schäm dich, Höllenmüller! Du hast einen Menschen reingelegt und verraten, um dein armseliges Leben zu retten. Also schäm dich und bet, damit du net im Feuer der Hölle landest!"
Nach diesen Worten drehte ich mich um und ging.
„Ah, Sepp!", rief mir der Müller noch nach. „Der Joseph wollt selbst raus in die Gewitternacht! Ich hab ihn net zwungen. Und wenn du glaubst, dass der

Joseph viel besser war als ich - da täuscht dich aber gewaltig!“
Schallend wurde das laute Gelächter des Höllenmüllers von den Wänden der Berge zurückgeworfen. Und doch hörte ich aus dieser scheinbaren Lustigkeit Angst, blanke und große Angst.
Während ich zum Tannenhof schritt, fragte ich mich, wer wohl der Mensch gewesen war, den der Winkelbauer beim Verlassen der Schlucht gegrüßt hatte und warum er sich nicht blicken hatte lassen. Es gab nur den einen Weg von dort oben an der Mühle vorbei. Er war aber seit meiner Ankunft bei der Mühle nicht benutzt worden. Und doch hatte der Winkelbauer gegrüßt, da war ich mir sicher!

Kapitel 17

Ein ehrlicher Zeuge

Als ich den Ortseingang von Lanersbach erreicht hatte, schritt ich langsam auf meine Hütte zu. Ich wollte mir eine kurze Pause gönnen und außerdem eine Kleinigkeit zu mir nehmen. Der halbe Nachmittag war schließlich schon vorüber. Als ich näherkam, sah ich Lisl auf der Bank vor meinem Zuhause sitzen. Ich genoss den Anblick kurz und lächelte. Immerhin sah meine Lisl wirklich zum Verlieben aus - so mit ihrem wirren Haarschopf und den hellen Augen, die fröhlich in die Berge leuchteten! Leider bemerkte sie mein Kommen viel zu bald. Sie sprang auf und grinste mich an.

„Na - g'fall ich dir, Sepp?", fragte sie mich dann neckisch.

„Ja, Lisl, das allerdings. Bist wirklich das feschste Dirndl weit und breit."

„Ha, du alter Schmeichler. Hast ja lang mit dem Müller verhandelt! Weißt denn jetzt was Neues?"

„Ich weiß so Einiges! Also…“, begann ich nach einem Busserl und erzählte Lisl von meinem Gespräch mit dem Hans. Meine Verbündete hörte aufmerksam zu und nickte zwischendurch. Als ich fertig war, blieb es ein Weilchen still.
„Ich hab dir schon g'sagt, dass der Müller ein böser Mann ist und jetzt hast es halt selbst zu spüren bekommen. Glaubst ihm seine G'schicht?“, fragte mich Lisl dann.
„Ja, ich denk, dass er mir die Wahrheit g'sagt hat.“, entgegnete ich. „Und trotzdem verschweigt er mir ein Detail, das mir noch fehlt, um wirklich alles zu wissen.“
Ich schlug ärgerlich auf die Bank
„Und du - was glaubst, was die Erzählung vom Müller für uns heißt?“, wollte ich daraufhin von Lisl wissen.
„Naja, der Winkelbauer hat wohl einen guten Grund g'habt, den Müller zu hassen!“, meinte sie. „Wer auch immer das richtige Opfer g'wesen sein mag: der Winkelbauer hat immer ein Motiv. Und einen Mord trauen wir ihm ja zu. Außerdem bin ich net nur herkommen, weil ich neugierig bin, sondern auch, weil ich selbst was Wichtiges erfahren hab. Der Winkelbauer hat heut nämlich seine Hose zu mir bracht. Und die war ganz zerrissen!“
„Und?“, fragte ich mit dem sicherlich nicht intelligentesten Gesichtsausdruck.
„Und“, ergänzte Lisl, „er hat mir seine teure Arbeitshose aus irgendeinem ganz besonderen Leder

bracht. Deshalb lasst er die net seine Mägde nähen, sondern mich, weil ich die beste Näherin im Tal bin!" Grinsend fügte sie hinzu: „Hat er halt g'sagt."

„Naja, da wird er schon Recht haben!", warf ich nicht besonders interessiert ein.

„Er hat mir aber auch erzählt, wann ihm die Hose zerrissen ist. Und jetzt rat einmal!"

„Ich würd sagen, auf der Weide. Wenn die Hose nimmer die neueste ist, kann bei einem großen Schritt schon einmal der Boden reißen!"

„Hast recht, Sepp! Auf einer Weide ist es wirklich passiert. Das Spannende ist aber, wann! Es war nämlich in der G'witternacht! In der Mordnacht war ja alles ganz rutschig und nass! Kennst eh die Stell von der Kleinhüttenalm zum Winkelbauernhof runter."

Ich blickte Lisl gespannt an.

„Und?", wollte ich dann wissen.

„Naja!", entgegnete Lisl. „Dort ist der Bauer g'laufen! Er hat net den oberen Pfad g'nommen, den wir abg'sucht haben, sondern den kleinen, schmalen unterm Kamm entlang, der fast nie benützt wird. Da gibt's eine drei Meter lange Felsplatte. Der Bauer hat's eilig g'habt und es hat seinen Fuß weg'zogen. Dabei ist ihm die Hosen g'rissen. Ich hab sie auch untersucht und mit'bracht."

Damit reichte sie mir, der ich noch völlig verblüfft war, das Kleidungsstück. Ich verstand in diesem Augenblick, warum wir keine Fuß- und Rutschspuren vom Winkelhof auf die Alm gefunden hatten. Die hätten wir nur am kleinen, versteckten, halsbrecherischen Pfad entdecken können, an den ich nicht gedacht hatte, weil er schon bei schönem Wetter schwer zu begehen war. Bei Gewitter aber musste es schon einen sehr, sehr guten Grund geben, über diesen gefährlichen Weg zu laufen. Und genau so einen Grund musste der Winkelbauer gehabt haben!

Als mir Lisl die Hose zeigte und auf einen Fleck darauf deutete, spürte ich förmlich, wie die Farbe aus meinem Gesicht wich.

„Getrocknetes Blut! War es also wirklich der Winkelbauer?“, stotterte ich. „Lisl, jetzt erklär mir noch einmal alles. Der Winkelbauer ist zu dir kommen und hat dir diese G'schicht erzählt? Wie dumm ist der Kerl eigentlich?“

„Naja“, gestand die Lisl, „die Hose hat mir ja net der Bauer selbst bracht, sondern einer seiner Knecht, der Ignaz!“

„Und der hat dir des alles berichtet?“, fragte ich.

„Ja sicherlich, wer denn sonst? Glaubst vielleicht, ich hätt mir des Ganze ausdacht?“, fragte mich Lisl spitz zurück.

„Hör gut zu, Lisl. Der Ignaz, der muss was g'sehen haben, sonst könnt er net genau den Tag wissen, an dem die Hose g'rissen und wo es inetwa passiert ist. Und uns wollt er unauffällig mitteilen, dass er was weiß. Der Ignaz ist ja damals in der Mordnacht als einziger Knecht am Hof verblieben, oder?“

„Genau!“, rief Lisl. „Die Magd hat mir davon erzählt.“

„Der Ignaz weiß also etwas!“, murmelte ich dann. „Der Winkelbauer ist ja ohnehin schon der Verdächtigste und durch diese Sach haben wir eigentlich einen Beweis, dass er es g’wesen sein muss. Warum sollt er sonst über geheime Pfade in dunkelster Regennacht den Berg hinunterlaufen. Woher kommt sonst das ein’trocknete Blut?“

„Naja, der Bauer wird sich halt schon auch geschnitten haben beim Sturz!“, meinte Lisl.

Ich blickte sie kurz an. Dann erklärte ich: „Und trotzdem - ich muss unauffällig mit dem Ignaz reden!“

Ich sprang auf.

„Wart, Sepp!“, hielt mich Lisl zurück. „Ich komm mit. Ich mag eh net heim zu den ganzen Leuten am Hof. Die Stimmung ist so seltsam dort!“

Ich überlegte kurz und entschied dann, dass es wirklich besser war, zu zweit zu gehen. Niemand konnte wissen, was uns auf unserem Ausflug erwarten würde. Ich verschloss also meine Hütte und eilte mit Lisl gemeinsam um Lanersbach herum, weil wir doch nicht unbedingt zusammen gesehen werden wollten. Nachdem wir den Ort umgangen hatten, spazierten wir raschen Schritts ins Niklastal hinein. Trotz unseres gewagten Vorhabens plauderten wir entspannt über Gott und die Welt. So kam es, dass die knappe Stunde Wegzeit viel zu schnell verging.

Als schließlich der Winkelhof vor uns auftauchte, bemühten sich Lisl und ich um Vorsicht. Es war wohl doch am besten, wenn uns der jähzornige Alte erst gar nicht zu Gesicht bekam. Also schlichen wir uns langsam an den Hof heran. Dabei suchten wir hinter Büschen und Bäumen Deckung. Der Zufall wollte es, dass der Ignaz just in dem Moment, als wir uns dem Hof näherten, aus dem Weidezaun trat und Richtung Dorf schritt.

Hier ergab sich wohl eine Möglichkeit, mit dem Burschen ein Wort zu reden. Ich hatte Ignaz eigentlich immer gemocht. Er war ein dunkler, schweigsamer und großer Kerl, dazu bärenstark und behaart wie ein Affe. Zudem hatte er ein etwas kindliches und grundehrliches Gemüt, wie man es oft bei Menschen seines Körperbaus antraf.

Lisl und ich eilten also ein Stück zurück und warteten hinter einem Baum versteckt auf Ignaz. Es sollte auch nicht lange dauern, da kam er pfeifend um die Biegung des Waldweges geschritten. Ich wollte eben auf und ihm einen Gruß zurufen, als sich die Büsche auf der uns gegenüberliegenden Seite des Pfades teilten. Hervor trat - der Bertl!

„Servus Ignaz!“, hörten wir ihn sagen. „Ich hätt noch eine Bitte an dich! Du gehst ja jetzt ins Tal runter, weilst den Hof verlasst, oder?“

„Ja schon. Soll ich noch irgendwas für dich tun?“, antwortete Ignaz freundlich.

„Jaja, aber die Sach’ eilt. Könntest den Brief zum Pfarrer bringen und ihm sagen, er soll mir schnell z’rückschreiben?“

Mit diesen Worten streckte der Bertl Ignaz ein Kuvert entgegen.

„Das kann ich dir schon machen! Hab gar net g'wusst, dass du schreiben kannst. Hoffentlich ist es nix Böses, was du da reing'malt hast. Auf dem Winkelhof wundert mich nämlich gar nix mehr!", lachte Ignaz auf. An der Tonlage horte man jedoch, dass es kein lustiges Lachen war.

„Na, da brauchst keine Sorg haben, du Neugiernase!", gab der Bertl zurück. „Ich dank dir auf alle Fälle schön und auf Wiedersehen. Mach's gut!"

„Werd' mich schon anstrengen. Pfiat Gott, Bertl!"

Ich hob meinen Kopf und sah noch, wie sich die beiden die Hände drückten. Der eine schritt sodann in Richtung des Dorfs weiter, während sich der andere zum Winkelhof zurückbegab. Leise eilten Lisl und ich dem Ignaz nach. Er ging langsam und gemächlich und schien seine gewonnene Freiheit nun unbeschwert zu genießen. Es hieß allerdings schon einiges, diese sicher nicht schlechte Stelle als Knecht am Winkelhof für eine ungewisse Zukunft zu opfern. Was war da wohl bloß geschehen?

Lisl und ich überholten den Ignaz im Unterholz und sprangen auf den Weg hinaus. Dann wandten wir uns wieder Richtung Winkelhof, um mit Ignaz scheinbar zufällig zusammenzutreffen. Wir brauchten kaum zehn Schritte zu gehen, als er uns auch schon entgegenkam.

„Servus Ignaz", grüßten Lisl und ich freundlich.

„Grüß Gott auch!", antwortete Ignaz ein bisschen überrascht.

„Hast heut wohl gar frei bekommen vom Bauern, weilst am Nachmittag so lustig durch die Gegend strawanzt?", fragte Lisl den Ignaz.
„Nana, das net, Lisl! Aber weißt, mir g'fallts am Hof net mehr und da hab ich mir denkt, ich geh besser", gab Ignaz schüchtern zur Auskunft.
„So was", wunderte sich Lisl. „Die gute Stell dort gibst ganz einfach auf?"
Ignaz Brauen schoben sich ärgerlich zusammen.
„Bist eine ganz Neugierige, gell? Nein, ich geb's net einfach so auf, aber ich hab am Hof Dinge g'sehen, die kann ich mit meinem G'wissen net vereinbaren und deshalb hab ich mir g'sagt, dass es wohl besser ist, wenn ich den Hof verlass."
„Hast was g'sehen wegen dem Mord am Joseph, Ignaz?" mischte ich mich ins Gespräch.
„Geht euch gar nix an!"
„Magst net, dass der Mörder g'funden wird?", hakte ich hartnäckig nach.
Ignaz schaute mich mit seinen dunklen, ehrlichen Augen an, dann blickte er auf Lisl und seufzte.
„Also gut, setzen wir uns da ins Gras. Es wird nämlich ein bisserl dauern."
Gespannt nahmen Lisl und ich neben dem ehemaligen Knecht vom Winkelbauern Platz. Der begann seine Erzählung.
„Ich hab ja schon seit Längerem g'wusst, dass am Hof net alles ganz gut und richtig ablauft. Der Bertl und der Winkelbauer treibens schon recht bunt und gar manche Gämse ist den beiden wohl zum Opfer

g'fallen. Aber das geht mich nix an, weil es ist ein Viecherl und kein Mensch. Ich will damit nur sagen, dass die beiden keine Ehrlichen sind!", fügte Ignaz erklärend hinzu. „Sie haben viel Dreck am Stecken, das könnt's mir glauben!"

Düster blickte der Knecht zu Boden, ehe er leise murmelte: „In die Hölle werden's kommen, alle beide."

Er hob den Kopf.

„Und doch - ich hab bisher die meisten G'schichten eben nur g'hört und net für ganz ernst g'nommen. Deshalb bin ich immer am Hof blieben. Aber letzten Samstag hab ich den Bauern g'sehen, mit dem ganzen Blut und Dreck! Und das war z'viel für mich."

Ignaz schüttelte den Kopf.

„Ich bin an jenem Abend ja z'haus blieben, weil ich net mit zum Jakob gehen wollt. Ich bin net so ein Säufer und hab auch nie so einen Kontakt zu den anderen Knechten g'habt. Die haben mich respektiert, aber net mögen. An jenem Abend also ist der Bauer dann im ärgsten G'witter und Regen raus. G'wundert hab ich mich schon. Dacht hab ich mir aber, dass mich das alles nix angeht. Zwei bis drei Stunden oder sogar noch länger ist er ausblieben. Ich hab an jenem Abend das G'witter g'nossen und die Blitz ang'schaut und hab deshalb auch g'sehen, wie er wegg'angen und wie er wieder heim'kommen ist. Und da hat er wirklich bös ausg'schaut. Ich bin deshalb rüber in die Stube und wollt ihm helfen. Z'erst hat er mich ang'schrien, was ich da mach und tu. Er war voller

Blut und Dreck. Dann ist er auf einmal freundlich worden und hat mir erzählt, das Blut auf seinem G'wandl sei von einer Wunde am Knie kommen, wo er auch wirklich stark blutet hat. Dazu hat er mir die Stell' von dem mörderischen Pfad auf die Kleinhüttenalm hinauf beschrieben, an der er hing'fallen wär. Was er am Berg wollen hat, das hat er net g'sagt und ich hab auch net g'fragt!"
Ignaz hustete. Dann sah er uns an.
„Nur - sein ganzer Anzug war blutverschmiert, auch der Rücken. Und soviel Blut hat er auch wieder net verloren! Und vor allem: Warum sollt er am Rücken Blut vom Knie haben?"
„Erzähl nur weiter!", meinte Lisl freundlich.
„Viel gibt's eh nimmer zu berichten!", engegnete Ignaz. „Das G'wand hat er sich halt vom Leib grissen und mir hat er befohlen, sofort Wasser zum Waschen aufzustellen. Er hat alles g'reinigt. Er hat alles selbst g'macht, ganz ohne Magd."
Der Knecht lächelte bei der Erinnerung.
„Und so ung'schickt, wie der Bauer sich ang'stellt hat, war das sicher das erste Mal! Dann hat er noch bemerkt, dass die Lederhose z'rissen war. Er ist fuchsteufelswild worden und hat mir auftragen, sie ausbessern zu lassen. Ich hab sie bewusst dir bracht, Lisl. Ich weiß net, ob sich der Bauer so darüber freuen wird, wenn er davon hört!"
„Wahrscheinlich net!", lachte Lisl leise auf und ich fiel ein.
Ignaz vervollständigte seinen Bericht.

„In der Wunde am Knie ist ein Stofffetzen pickt, den hat er sich mit dem Messer rausg'schitten. Der Bauer kennt sich mit solchen Dingen recht gut aus. Er soll sogar einmal Arzt studiert haben, zumindest ein bisserl. Die Wunde hat dann noch stärker zu bluten begonnen. Der Bauer hat sich hing'legt. Ich hab ihm eine Schnapsflasche bringen müssen und dann hat er g'meint, er braucht nix mehr von mir, ich kann gehen."

An dieser Stelle unterbrach ich Ignaz.

„Woher hat denn der Bauer das Messer g'nommen?", warf ich ein.

„Naja, aus der Taschen seiner Hose oder vom Tisch. Ich bin mir net sicher!", entgegnete Ignaz.

„Denk scharf nach!", forderte ich Ignaz auf.

Ignaz bemühte sich, gab aber rasch auf.

„Ich weiß es nimmer ganz genau. Ich bin mir aber ziemlich sicher, dass er's aus der Tasche g'holt hat, aber mit G'wissheit kann ich's dir halt net sagen. Ist das so wichtig?"

„Naja, wahrscheinlich net. Is sonst noch irgendwas passiert?"

„Na! Der Bauer mit seiner Natur hat sich net viel aus der Wunde g'macht und hat schon am nächsten Tag ganz normal weiterg'arbeitet. Es war ja auch net so schlimm! Ich hab halt dann vom Mord g'hört und ab da wollt ich mit dem Winkelhof nix mehr z'tun haben. Ich hab noch die Tag bis heut überlegt und bin jetzt g'angen. Ich weiß noch net, wohin, aber ich möchte mein' Lebensunterhalt net bei einem Mörder

verdienen. Und ich bin mir sicher, dass er es war!“, beendete der Ignaz seine Geschichte.
Lisl nickte. Sie klopfte dem Ignaz anerkennend auf die Schulter.
„Bist ein tapferer und lieber Bub. Der Herr im Himmel soll’s dir lohnen“, meinte sie.
Ignaz errötete und lächelte glücklich.
„Jetzt aber muss ich weiter!“, meinte er dazu. „Möcht heut noch nach Finkenberg hinaus und muss vorher ja beim Pfarrer vorbei. Pfiat euch also!“
Ignaz stiefelte, nachdem wir ihm noch alles Gute für die Zukunft gewünscht hatten, weiter nach Lanersbach, während Lisl und ich ein kurzes Stück in den Wald hinaufstiegen, wo eine schöne Felsgruppe zum Sitzen einlud. Wir genossen die letzten Sonnenstrahlen des aufregenden Donnerstags und besprachen dabei emsig das Gehörte. Und je genauer wir die Fakten diskutierten, umso deutlicher machte sich in mir eine seltsam warnende Stimme bemerkbar. Je klarer nämlich die Schuld des Winkelbauern zum Vorschein kam, umso mehr begann ich daran zu zweifeln, ob wir uns nicht doch mit dem falschen Täter auseinandersetzten.
„Ich hab ein schlechts G’fühl bei der ganzen Sach. Immer noch glaub ich, dass ich was übersehen hab!“, meinte ich daher zu Lisl. „Diese Sache mit dem Messer beunruhigt mich am meisten. Wenn der Bauer das Messer wirklich aus der Hosentasche g’nommen hat, um sich selbst zu verarzten, dann kann er den Joseph eigentlich net damit tötet haben, oder?“

„Was aber, wenn er zwei Messer mitg'habt hätt'?“, lächelte Lisl. „Und außerdem hat der Ignaz das gar nimmer mit Sicherheit g'wusst. Vergiss das Messer, das hilft uns bestimmt net weiter!“
Ich blickte zweifelnd zu Lisl, die fortfuhr:
„Und trotzdem! Ich bin mir auch net sicher, ob's wirklich der Winkelbauer war. Irgend ein G'fühl sagt mir, dass wir etwas übersehen haben. Aber andererseits: was sollt denn der Bauer in der Nacht und im ärgsten G'witter auf der Alm wollen haben? Warum rennt er einen lebensg'fährlichen Pfad entlang und versucht, alle Spuren zu verstecken?“
Sie räusperte sich leise.
„Na, der Klaus hat irgendwas am Kerbholz und ich würd sagen, du holst morgen die Polizei. Sollen die sich den Kerl einmal vorknöpfen.“
Ich nickte.
„Ja, das wird eh das Beste sein. Ich werd vorher halt noch mit'm Franz reden, was er dazu meint. Aber jetzt, Lisl, jetzt genießen wir noch die Sonn', oder?“
Und so saßen wir zwei schweigend auf dem Felsen, eng beieinander und glücklich. Schließlich begannen wir uns gegenseitig kurze Geschichten aus unserer Kindheit zu erzählen und plauderten über dieses und jenes. Wir genossen das unglaubliche Gefühl, das uns so eng zusammenhielt. Es war spät, als ich schließlich meine Hütte erreichte und mich müde in mein Bett fallen ließ. Und ich spürte - die Entscheidung war nicht mehr fern.

Kapitel 18

Ein Pfarrer, ein Frühstück und ein Brief

Am Freitagmorgen galt mein erster Gedanke dem Brief, den der Ignaz für den 'Roten Bertl' zum Pfarrer bringen wollte. Daran hatte ich am Donnerstag nicht mehr gedacht. Ich machte mich daher rasch fertig und eilte zum Pfarrhaus. Der ehrwürdige Priester saß eben beim Frühstück, als ich eintrat. Ich kannte den älteren, sehr fröhlichen Herrn schon lange. Er war erfüllt von seiner Aufgabe und liebte alle Schäfchen der Herde, die Gott ihm anvertraut hatte. Sein dichtes, weißes Haar hatte er streng nach hinten gekämmt. Jeder im Ort mochte sein kräftiges und heiteres Gemüt, dass ihn als Christen und Nacheiferer Jesu auszeichnete. Alle aber fürchteten auch seine langen und unaufregenden Predigten. Der Kirchenmann liebte ausschweifende Reden und aufgeblasene Sätze. Niemand aber war ihm deshalb böse. Er war eben doch unser geliebter und allseits geschätzter Herr Pfarrer.

An jenem Morgen also störte ich den geistlichen Herrn bei einer sehr weltlichen Tätigkeit. Er schnitt gerade eine dicke Scheibe dunkles Brot vom riesigen Laib. Den Speck und den Käse hatte er sich bereits zurechtgelegt. Schmunzelnd stand ich im Eingang und beobachtete, wie Hochwürden ein gewaltiges Stück Brot abbiss, dem eine Schnitte Speck folgte. Als er auch noch den Käse nachschieben wollte, wurde mir himmelangst und ich grüßte.

„Gesegneten Morgen, Herr Pfarrer! Wohl bekomm's!"

Wie von einer Tarantel gestochen sprang der Angeredete auf und starrte mich an. Kurz vergaß er zu kauen und bot so ein recht amüsantes Bild. Sofort aber wurde ihm seine Würde wieder bewusst und er deutete mit einladender Geste auf den Stuhl ihm gegenüber.

Dann begann der Kauprozess, den er mit folgenden Worten abschloss: „Grüß dich Gott, Joseph. Ich freue mich sehr, dich wieder hier im wunderschönen Tuxertal begrüßen zu dürfen. Was führt dich denn zu mir mein Sohn? Ach, übrigens - bedien' dich nur an den Gaben des Herrn."

Abermals folgte die einladende Geste, die diesmal Brot, Speck und Käse mit einschloss. Ich nahm dankend an und so kam es, dass zunächst einmal nur unsere Kauwerkzeuge im Raum zu vernehmen waren. Nachdem wir uns gesättigt hatten, begann das eigentliche Gespräch.

„Wissen'S, Herr Pfarrer!", eröffnete ich, „ich bin in einer schrecklichen Verlegenheit."
Erstaunt zog mein Gegenüber die Brauen in die Höhe, schwieg aber noch.
„Gestern ist ja der Ignaz zu Ihnen gekommen und hat Ihnen einen Brief übergeben. Dieser Brief stammt vom 'Roten Bertl'."
Verblüfft nickte der Herr Pfarrer.
„Nunja", setzte ich fort, „dieses Dokument wär' sehr wichtig für mich. Wie Sie sicher schon mitbekommen haben, versuche ich, den Mörder von Joseph zu finden. Eine heiße Spur führt mich zum Winkelbauernhof und ich denk, der Brief könnt der Schlüssel für gewisse Geheimnisse sein!"
„Weißt, Sepp," antwortete der Pfarrer, „ich kenn dich jetzt ja schon lange und schätze dich sehr. Nur kann ich ein ‚Beichtgeheimnis' nicht ausplaudern. Ich zeige dir den Brief und die Schrift, aber den Inhalt kann ich dir nicht verraten. Der Bertl bereut darin seine Schuld und, na ja, ich zeig dir einmal den Umschlag. Hilft dir das was?"
Zögernd nickte ich. Der Herr Pfarrer verschwand im Nebenzimmer. Bald kam er mit dem Umschlag in der Hand zurück. Auf ihm stand geschrieben: ‚Für den Herrn Pfarrer von Hintertux'. Wie vom Donner gerührt stand ich im Raum. Diese Schrift kannte ich aus dem Kreuzjochkar. Mein Atem ging schnell und unruhig, als ich den Zettel mit der seltsamen Buchstabenkombination aus meiner Tasche zog, den ich im Kar nahe der Leiche vom Karl gefunden hatte.

Dann verglich ich die Schriften nochmals im Detail - sie waren ident!

„Herr Pfarrer, sind dem Brief irgendwelche Dokumente beigelegen?“, fragte ich dann.

„Ja, mein Sohn. Aber warum weißt du das und warum diese Aufregung. Möchtest du mir nicht erklären, was hier vor sich geht?“

Ich hörte diese Worte nur mehr im Hinauslaufen, denn auf einmal wusste ich, wer die Dokumente gestohlen hatte und wer jetzt offenbar in Todesgefahr schwebte - der ‘Rote Bertl’. Er musste etwas über den Mord an Karl wissen. Immerhin war ein Zettel mit seiner Handschrift an diesem Tatort aufgetaucht. Zudem die Papiere! Bertl, Bertl, warum warst du nur so unehrlich mir gegenüber? Ich hetzte vom Pfarrhaus Richtung Tannenbauernhof. Dort angekommen brüllte ich, so laut ich nur konnte, nach Franz. Der erschien auch sofort im Eingang.

Kapitel 19

Der letzte Mord

„Was schreist denn so herum, Sepp? Hat dich der wilde Stier bissen, oder was?“, schnauzte mich der Bauer nicht gerade freundlich an.

„Hör zu, Franz“, entgegnete ich in aller Eile und ohne auf die Worte des Gegenübers einzugehen. „Ich weiß jetzt, wer der Mörder g’wesen ist und auch, dass es noch ein weiteres Opfer geben soll. Nimm also zwei oder drei von deinen Knechten mit und komm, aber schnell!“

Der Bauer starrte mich an. Die Farbe war vollständig aus seinem Gesicht gewichen.

„Du, du hast den Mörder?“, stotterte der Mann. „Sepp, du bist der Größte! Lass dich umarmen.“

Damit flog mir der Bauer an den Hals. Ich drückte ihn kurz.

„Komm jetzt“, sagte ich dann aber mit Nachdruck, „und nimm ein paar von deinen Leut'n mit!“

Angelockt durch mein Gebrüll hatte sich das gesamte Gesinde des Tannenhofs vor dem Haus versammelt. Unter den Leuten standen auch die Lisl und die Resl. Der Bauer winkte drei Knechte herbei. Sie folgten ihrem Herrn sofort.

„Auf geht's!", rief ich. „Und ihr anderen, macht euch keine Sorgen."

Dann eilte ich den Knechten und Franz voran. Obwohl ich keine Andeutung über den Namen des Mörders gemacht hatte, wussten doch schon alle Bescheid, als ich mich Richtung Niklas- und Torbach wandte. Ich lief schnell, aber doch so, dass mir die anderen folgen konnten. Inzwischen konnte ich mir sehr genau ausmalen, was an jenem Nachmittag und Abend auf der Kleinhüttenalm vorgefallen war. Und dieses Wissen beschleunigte meine Schritte. Der Mann, der zweimal getötet hatte, würde es aus Eigennutz und ohne zu zögern auch ein drittes Mal tun, davon war ich überzeugt.

Die Jagd ging weiter. Bald schon schlängelte sich vor uns der zwar nicht steile, aber stetig ansteigende Weg zum Winkelbauern durch den Wald. Es waren anstrengende zwanzig Minuten. Sowohl der Bauer, seine Knechte und ich schnauften und rangen nach Atem, als der Winkelhof vor uns auftauchte. Ich war mir der Gefahr, in die wir uns begeben mussten, durchaus bewusst. Daher stoppte ich für eine kurze Rast. Nachdem wir wieder zu Luft gekommen waren, blickte ich noch einmal zum Bauernhaus.

„Ich glaub nicht“, begann ich mit der Erklärung meines Plans, „dass es viele Leut dort gibt, die den Bauern wirklich schätzen. Vielmehr haben’s Angst vor ihm. Deshalb würd’ ich vorschlagen, dass wir uns dem Winkelhof ganz normal nähern. Ich werd dann mit dem Klaus reden und ihr greift’s nur ein, wenn irgendwas schief gehen sollt'.“
Langsam, aber energisch schritten wir auf das Gut zu. Franz überließ mir die Führung der ganzen Aktion. Als wir beim Weidezaun angelangt waren, sah ich Mägde im Vorgarten arbeiten.
„Grüß Gott!“, rief ich eine an. „Kannst mir net sagen, wo ich den Bauern find?“
„Ganz sicher weiß ich es net, aber ich denk, er ist mit dem Bertl rein ins Tal“, gab mir die Magd zögerlich zur Auskunft.
„Sie sind nämlich g’rad erst mit den Angelruten loszogen. Vielleicht gibt’s ja heut abend eine Forell’ oder einen Bachsaibling für uns!“, fügte sie mit der Zunge schnalzend hinzu.
Die letzten Worte hörte ich gar nicht mehr richtig. Ich hetzte weiter. Meine schlimmsten Sorgen schienen sich zu bestätigen. Die besten Fischgründe lagen gar nicht weit entfernt ins Tal hinein. Also folgte ich dem jetzt wirklich nur mehr als Pfad zu bezeichnenden Weg. Hinter mir drängten der Tannenbauer und seine drei Knechte nach. Alsbald kamen wir zu einem kleinen Baumstamm, der uns über den Bach führte. Von da an hatten wir noch etwa zehn Minuten zu laufen, bis wir zum Platz

kommen mussten, an dem der Winkelbauer gewöhnlich zu fischen pflegte. Nach etwa acht Minuten hörten wir laute und erregte Stimmen vor uns. Wir kamen noch nicht zu spät. Ich eilte weiter und teilte die Büsche vor mir. Eine vom rauschenden Wasser des Torbachs durchzogene kleine, liebliche Wiese lag vor mir. Auf ihr standen die zwei Gesuchten. Vor ihnen saß ein dritter Mann am Boden und angelte. Beim Geräusch unserer Schritte fuhren der Bauer und der Bertl auseinander und wandten uns ihre schreckensbleichen Gesichter zu. In ihren Augen las ich Angst - furchtbare, ehrliche und schreckliche Angst. Es dauerte einen kurzen Augenblick, ehe ich verstand, warum. Am Kopf des Anglers entdeckte ich nämlich getrocknetes Blut. Der Höllenmüller angelte nicht mehr, er war - tot!
Jene Sekunden, in denen ich realisierte, dass ich mich wohl die ganze Zeit über auf dem Holzweg befunden hatte, waren für mich die schrecklichsten überhaupt in diesen Tagen. Ich erkannte auf den ersten Blick, dass sowohl der Winkelbauer als auch sein Knecht diesmal nicht Theater spielten, sondern ehrlich erschrocken und entsetzt waren. Sie hatten tatsächlich keine Ahnung davon gehabt, hier den toten Höllenmüller zu finden. In diesen Minuten kam mir auch wieder dieses Gefühl in den Sinn, dass Joseph eben doch das falsche Opfer gewesen sein musste. Das eigentliche Ziel war wirklich der Höllenmüller gewesen. Betreten kniete ich mich nieder und untersuchte den Leichnam. Der Müller musste schon

lange tot sein. Seine Haut war kalt und feucht. Der Mörder hatte dem Hans den Kopf eingeschlagen. Das Blut entstellte die verzerrten Züge von Hans noch zusätzlich. Schaudernd wandte ich mich ab. Ich bat Franz, sich um den Leichnam zu kümmern. Er nickte und machte sich mit seinen Knechten an die Arbeit. Schon bald verschwanden sie mit der Leiche Richtung Tal.

„Mit euch“, redete ich den Winkelbauern und den ‘Roten Bertl’ an, „muss ich sprechen. Möchtet ihr das gleich da machen oder im Haus?“

Es war wirklich erstaunlich, dass inzwischen alle Menschen im Tal duldeten und akzeptierten, wie ich hier auf eigene Faust Untersuchungen durchführte. Die Leute nahmen mir die Wandlung vom Händler zum Detektiv ab.

„Wenn wir noch fünf Minuten weitergehen, dann gibt es ein ähnliches Platzerl wie da, nur ohne Leiche - hoffe ich zumindest!“, lächelte der Winkelbauer bitter. Ich nickte und der Klaus, der Bertl und ich schritten bergaufwärts. Auf der angesprochenen Wiese angekommen dauerte es eine Weile, ehe ich mit dem Gespräch begann.

„Ihr zwei habt mir Lügen über Lügen erzählt, um euch selbst zu schützen. Damit ist es jetzt aber aus! Ich werd’ euch über alles aufklären und ihr werdet mir dabei helfen. Beginnen wir bei dir, Bauer!“, wandte ich mich zunächst an Klaus. „Du warst in der G’witternacht auf der Alm, soviel weiß ich jetzt. Was aber hast dort oben getan?“

Betreten blickte der Winkelbauer zunächst zu Boden.
„Geht dich nichts an, Sepp!“, murmelte er dann ärgerlich.
„Hör zu, Bauer! Wir drei wissen genug, um die Vorfälle jener Nacht zu klären. Aber ihr müsst mir helfen! Ich beginn’ einmal für dich zu erzählen: warum du auf die Alm bist, das weiß ich halt net! Aber dort hast die Leich g’funden. Du hast dir dacht’, dass aller Verdacht auf dich fallen wird müssen und deshalb die Sache mit dem Brand inszeniert. Stimmt’s, Bauer?“
Der Bauer blickte mir überrascht ins Gesicht.
„Bist ja gar nicht so dumm, Sepp!“, sagte er dann.
Er holte tief Atem.
„Also, in jener Nacht bin ich auf die Alm, weil ich mit Joseph allein reden wollte. Um das zu erklären, muss ich aber weiter ausholen.“
„Du kennst ja sicher die Geschichte von der Bärbel und mir. Auch wenn mir das jetzt keiner mehr glaubt, so sag ich dir doch, dass ich diese Frau geliebt habe! Und sie mich! Der Karl hat mich, nachdem er uns zusammen im Bett erwischt hat, fast erschlagen. Ich kann ihm das auch nicht verübeln. Der Hof hat aber seiner Frau gehört und sie äußerte am Sterbebett den Wunsch, dass ich alles bekommen soll. Den Teil, der dem Karl gehört hat, den habe ich ihm ausbezahlt, gleich nachdem er das Gefängnis verlassen durfte. Aber das weiß halt niemand hier im Tal.“
Er seufzte.

„Ich habe mich mit Karl geeinigt. Und auch wenn wir uns nicht geliebt haben, so war doch der ärgste Hass aus unseren Herzen verbannt. Auf jeden Fall schien alles geklärt. Nur der Sohn von der Bärbel hätte ein Anrecht gehabt auf den Hof. Er war aber nicht mein Sohn. Daher musste er verschwinden und verschwunden bleiben.“

Der Bauer schluckte und blickte in den tiefblauen Himmel. Er, der Bertl und ich wussten, dass er ein Verbrechen begangen hatte, um an den Hof zu kommen. Zumindest um den Buben hätte er sich kümmern, diesem hätte er das Erbteil, das ihm anvertraut worden war, übergeben müssen. Doch mich interessierte dieser Teil der Geschichte nicht so sehr. Der Bauer musste damit selbst fertig werden! Ich konnte keinem der Beteiligten mehr zum Recht verhelfen. Alle waren nämlich tot. Was ich aber unbedingt wissen wollte, war, warum und was ihn an jenem Samstagnachmittag des Mordes auf die Alm gebracht hatte.

„Gut! Das meiste davon ist mir nicht neu. Was aber hat das mit jener Gewitternacht zu tun?“, fragte ich daher.

„Auf jeden Fall“, fuhr der Bauer unbeirrt und ohne auf meine Frage einzugehen fort, „habe ich mir gedacht, dass der Hof fest in meinem Besitz ist. Vor einiger Zeit aber hat der Müller die ganze Geschichte von Joseph und Karl zu erzählen begonnen. Ihr könnt euch vorstellen, wie groß der Schrecken bei mir

war. Noch dazu fehlten die Papiere und so habe ich dem Müller ein kleines Schweigegeld bezahlt."
„Warum", unterbrach ich den Bauern Richtung Bertl, „hast denn dem Müller alles erzählt?"
„Ich hab im Spiel verloren!", gestand dieser. „Noch dazu hab ich dir auch net ganz die Wahrheit g'sagt. Ich war es nämlich, der die Papiere aus dem Versteck vom Bauern g'stohlen hat. Doch zwei Jahr lang hat er nix g'merkt, weil er net nachg'schaut hat. Dann aber ist der Müller vorbeig'kommen und hat dem Bauern wohl irgendwas vorgelogen - kurz, nachdem ich ihm die G'schicht erzählt hab. Der Bauer hat dann die Papiere g'sucht, aber net g'funden."
Bertl grinste hämisch. Der Bauer war schon nach dem ersten Satz aufgesprungen. Jetzt aber warf er sich auf Bertl und packte ihn.
„Du Schwein! Also steckst doch du hinter allem, wie ich es gleich vermutet habe. Na warte, Bursche!"
Und er hätte dem Bertl wohl ernsthaft wehgetan, hätte ich ihn nicht weggerissen.
„Sitz still, Bauer", fuhr ich ihn an. „Und du, Bertl, du erzähl weiter! Und zwar die Wahrheit!"
Bertl zog sich seine Kleider zurecht.
„Wie Klaus schon g'sagt hat", meinte er dann, „hat er mich gleich im Verdacht g'habt, dass ich die Papiere g'stohlen und sie dem Müller weitergeben hab. Ich hab ihm dann g'sagt, dass sicher der Joseph hinter allem steckt, weil der ja der Sohn vom Karl und der Bärbel ist und dass mir das alles der Müller erzählt hätt - ich aber davon keine Ahnung g'habt hab. Der

Bauer ist dann ganz narrisch worden und hat herumg'schrien und 'tobt."
„Wann war denn das in etwa?", warf ich ein.
„Vor ein paar Monaten, schätz ich."
„Gut. Den Bauern hast also beruhigt?"
„Ja, aber da hab ich noch net g'wusst, dass der Müller ihn erpresst. Das hab ich vor etwa drei Tagen rausg'funden."
„Ja, betrogen hat uns der Müller alle beide!", schrie da der Bauer zornig.
Trotz der ernsten Situation musste ich lächeln, als ich den Grimm in den Gesichtern der beiden sah, die der Müller überlistet hatte. Er hatte dem Winkelbauern ein schönes Geld herausgepresst, obwohl eigentlich der Bertl im Besitz der Urkunde gewesen war. Der Bertl hatte daraus allerdings zunächst kein Kapital schlagen können - seine angeborene Feigheit war ihm im Weg gestanden. Als er schließlich hinter den Betrug des Müllers gekommen war, erkannte er, dass es kein Geld mehr zu holen gab. Bertl wurde die Angelegenheit zu brenzlig. Also schickte er die Urkunde an den Pfarrer!
„Hört's mir jetzt zu!", beruhigte ich. „Keiner von euch hat dem anderen die Wahrheit erzählt, soviel weiß ich jetzt. Aber das spielt alles keine Rolle mehr. Du, Bauer, erzählst weiter. Du wolltest dem Müller kein Geld mehr geben und der hat dir daraufhin erzählt, dass er die Papiere dem Joseph geben hat, oder?"
Der Bauer nickte, ohne etwas zu erwidern.

Daher ergänzte ich: „Das hat aber net g'stimmt, weil der Bertl die Papiere g'habt hat. Aber das hast bis heut net g'wusst, schätz' ich! Du wolltest also in jener Nacht zum Joseph, um ihm die Papiere abzunehmen oder dich zumindest davon zu überzeugen, dass der Joseph nix von der Sache weiß! Stimmt das?"

„Ja, das stimmt!", gestand der Bauer. „Aber ich hätte ihm nie etwas Böses getan, das musst du mir glauben. Ich habe also das gesamte Gesinde weggeschickt und bin auf die Alm gegangen. Es war ein Gewitter, wie ich es noch nie erlebt habe. Auf der Alm angekommen bemerke ich dann, wie jemand den Joseph besucht. Das hat mir natürlich gar nicht gepasst. Also wartete ich hinter einem Felsen. Es war saukalt und nass, aber ich wartete. Auf einmal hat der Joseph die Hütte verlassen!"

„Halt, Bauer!", unterbrach ich. „Du hast also aus der Entfernung g'sehen, dass es der Joseph war und die G'stalt net für den Müller g'halten?"

„Willst du mich verspotten?", entgegnete der Bauer. „Die zwei kann man gar nicht verwechseln. Der eine ist groß und geht gerade, der andere geht gebückt und ist eher klein. Außerdem habe ich ganz deutlich das Gesicht in der Tür gesehen, als er sich umgewandt hat und zum Höllenmüller noch irgendetwas gesagt hat. Es war trotz des Unwetters ziemlich hell, weil die Blitze die ganze Alm in Sekundenabständen erleuchtet haben. Auf jeden Fall sehe ich den Joseph kurz nicht, beim nächsten Blitz aber steht über ihm ein Mann, den ich nicht erkannt habe. Der Joseph liegt da schon am Boden. Das Ganze ist nicht weit von der Hütte weg passiert. Kurz ist es wieder dunkel und beim nächsten Blitz sehe ich, wie der Mann sich noch einmal bückt. Das Gewitter hat dann nachgelassen, sodass es länger dunkel geblieben ist. Langsam nähere ich mich also der Stelle, wo der Joseph liegen muss. Ich befürchte schon das Schlimmste. Zum Glück bemerke ich aber, dass da noch jemand zur Alm kommt. Am Gang erkenne ich den Karl. Der klopft an die Tür der Hütte und der Höllenmüller macht auf. Es ist gerade ein ganz heller Blitz gewesen und der Blick vom Müller fällt auf den toten Joseph. Er schreit auf, packt den Karl am Arm und die zwei laufen weg."

An dieser Stelle hält der Winkelbauer inne. Innerlich verglich ich die Geschichte mit der vom Höllenmüller und der vom Karl. Die Ähnlichkeit der Erzählungen ließ mich ahnen, dass der Winkelbauer mir nun wohl wirklich die Wahrheit erzählt hatte.

„Kann denn der Karl der Mörder vom Joseph g'wesen sein?", warf ich daher ein.

„Nein, Sepp! Der Karl ist von einer ganz anderen Seite zur Aste gekommen! Außerdem: Karl liebte Joseph. Joseph war immerhin sein Sohn."

„Aber weiter im Text: Ich bin allein auf der Alm gewesen", erzählte der Winkelbauer. „Natürlich war ich mir darüber im Klaren, dass ich der erste Verdächtige sein würde. Einerseits hatte ich das Gesinde weggeschickt, andererseits waren da die Sachen mit dem Erbe und meine Anwesenheit auf der

Alm. Alles passte also auf mich. Ich habe zwar keine Angst vor der Gendarmerie, weil die sowieso nicht zu uns heraufkommt. Innerlich aber ahnte ich, dass Leute wie du sich um den Mord kümmern würden, Sepp. Also habe ich mich entschlossen, etwas zu tun, was ich heute nicht mehr machen würde und nur aus meiner Panik heraus erklärbar ist."
Der Winkelbauer seufzte tief.
„Ich hebe also die Leiche vom Joseph auf und ziehe sie hinter die Aste. Zuvor noch habe ich überprüft, ob er wirklich tot ist. Und das war er, da bin ich mir ganz sicher. Immerhin habe ich für drei Jahre Medizin studiert, ehe ich - aber das ist eine andere Geschichte! Nachdem ich Josephs Körper also hinter die Hütte gelegt habe, versuche ich, ein Feuer an diese zu legen. Lange Zeit hat nichts gebrannt und ich wollte bereits aufgeben und den Kerl einfach liegenlassen. Einmal habe ich es dann aber doch noch versucht und es hat funktioniert! Die Hütten haben zu brennen begonnen. Daraufhin habe ich den Kerl huckepack genommen und durch die Tür in die brennende Aste hineingestoßen. Ich wollte halt, dass es wie ein Blitzschlag aussieht. Dann bin ich heimgelaufen - und zwar über den unteren Weg, um keine Spuren zu hinterlassen. Rutschig war es und nass und eine Schweineangst fühlte ich. Hinter jedem Busch vermutete ich eine Gestalt, dann bin ich auch noch ausgerutscht und habe mir wehgetan - schrecklich! Der Ignaz hat mir zuhause geholfen, aber im

Nachhinein hat er mir kein Wort geglaubt. So wie niemand halt!“
Der Bauer schwieg und schien mit seiner Geschichte am Ende zu sein.
„Hast eigentlich gar net bemerkt, dass der Hund noch in der Hütte war?“, fragte ich.
Der Bauer hustete verlegen.
„Der Hund hat mir ins Wadl gebissen, als ich in die Hütte hineingegangen bin. Ich habe ihn also mit meinem Messer in den Hals gestochen und es dann dummerweise liegengelassen.“
Daher befand sich also das Messer am Tatort! Alles begann, ineinander zu greifen.
„Weißt, Bauer,“ entgegnete ich dann, „ich glaub net, dass du ein guter Mensch bist. Das mit deiner Frau und ihrem Sohn war schlecht und böse, aber das wird der Herrgott entscheiden, da hab ich nix zu sagen. Ich glaub dir aber die G’schicht, die du grad erzählt hast. Es war jemand oben, der dich reinlegen wollt. Irgendwer hat das Messer im Nachhinein in den Rücken vom Joseph g’steckt, um dir zu schaden und sich selbst zu entlasten. Die Frag ist nur: wer?“
Ich machte eine kurze Gedankenpause.
„Deine Dummheit war halt, dass du mich reinlegen wolltest, Bauer. Weißt noch, wie du mich zur Red g’stellt hast, damals beim Felsen oben, und wie wir anscheinend belauscht worden sind? Ich weiß jetzt, dass du selbst es g’wesen bist, der das inszeniert hat. Es war riskant, aber es hat funktioniert. Du bist damals weg von mir, dann hinein in den Busch, wo

du zu rascheln begonnen hast. Dann bist wieder wegg'laufen, zum Weg und auf dem z'rück, so schnellst können hast. Ich hab z'erst nachg'schaut, was da im Busch sein hätt können. Damit hast wohl g'rechnet und deshalb warst dann schon so weit, dass ich dich nimmer in Verdacht g'habt hab. Eines aber hat mich immer g'wundert: Wieso du so g'schnauft hast, als ich aus meiner Bewusstlosigkeit aufg'wacht bin. Jetzt weiß ich, warum: du bist selbst ja auch g'laufen und das hat dir den Atem g'nommen!"

Der Bauer blickte mich nun fast schon bewundernd an.

„Ich hätte nicht gedacht, dass du das durchschaust, aber es stimmt", gestand er dann. „Ich wollte möglichst den Verdacht von mir weg auf jemanden Dritten lenken - auch, weil es ja jemand anderer war, der alles getan hat!"

Klaus machte eine kurze Pause und fragte dann: „Willst mich jetzt der Polizei übergeben?"

„Na, das will ich net, weil ich dir glaub, dass du es net warst. Außerdem hast keinen Grund g'habt, den Karl umzubringen. Und der Müller war irgendwann einmal ja sogar so etwas wie ein Freund von dir! Auch wenn er dich erpresst hat, den hättest du net umbracht!"

Die tiefen Falten des vom Wetter gegerbten Gesichts des Winkelbauern schienen sich noch weiter in die Haut zu fressen. Fast glaubte ich, im Schimmern der Augen des Bauern eine Träne zu entdecken. Der Müller, obwohl ein durchgefuchster Schlaumeier, war wirklich und trotz allem der einzige Mensch, von dem der Bauer etwas gehalten zu haben schien. Allerdings machte er dann eine wegwerfende Handbewegung und sagte gar nichts mehr. Wir drei saßen also schweigend auf der Wiese. Der liebliche Bergbach umspülte uns mit der holden Melodie des Wassers und schließlich fing ich wieder zu reden an.

„Eine Frage noch, Klaus! Warum hast mir gegenüber g'sagt, dass dort auf der Alm kein Blitz einschlagen kann, obwohl das doch dein Ausweg hätt sein sollen - dass die Leut nämlich glauben, es wär halt doch so g'wesen?"

„Ja, Sepp, in jener Nacht wollte ich besonders gescheit sein. Aber schon bald habe ich erkannt, dass mir niemand glauben würde. Und je mehr ich darüber nachgedacht habe, umso sicherer war ich mir, dass ich damit nicht durchkommen und mir niemand Glauben schenken würde!"

Ich nickte. Dann wandte ich mich dem Bertl zu.

„Weißt, Bertl, dass du ein Glück hast, dass du an jenem Samstag beim Jakob hinten was trinken warst. Er hat mir g'sagt, dass du in jener Nacht net auf der Alm g'wesen sein hast können und ihm glaub ich das ganz bestimmt. Sonst hätt ich dich wohl schwer in Verdacht g'habt."

„Geh, Sepp, was hätt ich dem Joseph denn antun sollen. Er war mein Freund!", grinste Bertl unverschämt.

„Hör auf, Bertl. Er hat dich beim Wildern erwischt und hätt dich wohl auch verpfiffen, wenn du ihm dein Geheimnis nicht verraten hättest!", entgegnete ich.

„Das stimmt!“, gab der Bertl kleinlaut zu.
„Und außerdem“, ergänzte ich, „hast dir selbst dacht, dass du wohl net ganz unverdächtig bist. Was aber hast genau mit dem Tod vom Karl zu tun? Das versteh ich net ganz!“
„Ich war's net!“, rief da der Bertl verzweifelt.
Er war ein Feigling durch und durch.
„Weißt, was da oben passiert ist: ich hab den toten Karl g'funden und mir gleich dacht, dass da was net passt, das geb ich zu. Ich war dort oben, weil ich auf der Such nach einer Gams war. Der Bauer hat mich dorthin g'schickt!“
„Halt dein Maul“, brüllte der erbost. „Das stimmt ja alles nicht!“
Bertl und ich ignorierten den Zwischenruf des Bauern.
„Auf jeden Fall bin ich in Richtung Tettensjoch aufg'stiegen! Ich hab den Leichnam in der Nähe der Stell' entdeckt, wo ihr den Toten dann g'funden habt's. Der Karl ist so seltsam dort oben g'legen, so als ob ihn wer schön ins Gras bettet hätt'. Ich hab mir gleich dacht, dass ein weiterer Mord passiert ist. Dazu bin ich auf dem Weg durch das Dorf von allen g'sehen worden und ich wollt net der Schuldige sein, nur weil irgendein alter, vertrunkener Kerl den Tod g'funden hat. Also hab ich seine Leich ein bisserl hin und her zogen, damit es natürlicher ausg'schaut hat. Ich hab g'hofft, dass keiner auf den Gedanken kommt, dass ein Mord passiert ist. Dann nämlich wär ich aus dem Schneider g'wesen. Und grad, wie ich

vom Karl weggeh, ist die Lisl kommen. Ich hab mich versteckt und euch später noch beobachtet."

„Kennst den Zettel?", fragte ich den Bertl.

Der blickte forschend auf das Papier, das ich unter dem Kreuzjoch in der Nähe von Karls Leiche gefunden hatte. Schließlich hellte sich sein Blick auf.

„Ja, den kenn ich! Das da hab ich für den Müller aus einem Hutfutter abschreiben müssen, weil der net schreiben hat können!", gab er mir zur Auskunft.

Ich betrachtete die Wortfetzen aufmerksam. ‚mache','Red' ‚21' stand da.

„Es war irgendein Hutmacher aus Zell samt Namen und Adresse. Das alles ist im Hutfutter g'standen!", half mir Bertl.

„'mache' steht also wohl für Hutmacher!", meinte ich dann laut. „Die anderen Dinge könnten die Adresse oder ein Name sein. Warum hat sich der Müller das abschreiben lassen?"

„Weiß ich net!", gestand dann der Bertl.

Während ich mir noch den Kopf darüber zerbrach, was es mit diesem Hutmacher wohl auf sich hatte, unterbrach der Winkelbauer meine Gedanken.

„Was willst du denn jetzt machen?", fragte er fast ein bisschen spöttisch. „Gestern hat mir der Franz erzählt, dass er nicht mehr daran glaubt, dass du den Täter findest und ich muss dir ehrlich sagen, ich bin mir auch nicht sicher. Es könnte jeder gewesen sein im Tal!"

Ich überlegte kurz und merkte plötzlich, wie aufgeregt ich mit einem Mal war!

„Gestern", fragte ich so ruhig ich konnte, „hast den Franz troffen? Wo denn?"
„Na ja, ich war kurz zu Besuch beim Höllenmüller. Das, was du vorher gesagt hast, das stimmt: Trotz allem war er vielleicht mein einziger Freund."
Ich musste mich darüber wundern, wie seltsam oft die Beziehungen zwischen Menschen sind. Zwei Gauner und Erzhalunken fanden sich. Und obwohl sie voneinander nur den größten Vorteil erheischen wollten, war doch eine Art Freundschaft zwischen ihnen entstanden!
„Wir haben uns in den letzten Tagen viel gesehen und dabei auch über die Toten gesprochen. Hans hatte eine fürchterliche Angst, aber ich weiß nicht genau, wieso. Er hat immer von einem Hut gesprochen, der nicht gepasst hätte - das nur, weil ihr gerade über einen Hutmacher geredet habt. Aber Näheres hat er mir nicht verraten. Auf jeden Fall verlasse ich gestern die Mühle Richtung Kleinhüttenalm - von dort ist es über den Berg eben doch am schnellsten zu mir heim. Und da begegnet mir gleich nach dem Eingang zum Mühlenkessel der Franz. Ich habe ihn kurz gegrüßt und ein paar Worte mit ihm gewechselt. Das war alles!"
Erstaunt blickte mich Klaus an.
„Aber was hast du denn, Sepp?"
Diese Frage des Winkelbauern war mehr als gerechtfertigt. Ich war bei seinen Worten aufgesprungen und starrte ihn an. Auf einmal fiel es mir wie Schuppen von den Augen und eine unsagbare

Traurigkeit überkam mich. Vor meinen Augen zogen noch einmal die Ermittlungen der letzten Tage vorbei und diesmal wusste ich, dass ich mich nicht mehr irrte. Ich kannte den Mörder.

Kapitel 20

Die Aufklärung

Am Tannenhof waren zwei Knechte gerade damit beschäftigt, die Leiche des Höllenmüllers in ein altes Tuch zu wickeln, um ihn zum Pfarrhaus zu bringen. Franz stand dabei und beobachtete das Treiben, als ich mit dem Winkelbauern und ein paar Männern von dessen Hof das Tannengut erreichte. Ich ließ die Burschen zunächst vor dem Zaun warten und ging auf Franz zu. Er war blass und seine Augen lagen tief, aber er sah kräftig und ungewöhnlich ruhig aus.
„Franz, komm mit!“, forderte ich ihn auf. „Setz’ dich mit mir unter die Tanne. Ich hab mit dir zu reden.“
Erstaunt nickte Franz, folgte mir aber und ließ sich mir gegenüber auf dem Holz der Sitzbank nieder.
„Ich hab in den letzten Tagen viel herumg’fragt und Sachen z’sammen g’sucht, die mir helfen sollten, den Mörder vom Joseph, vom Karl und jetzt auch noch vom Höllenmüller zu fangen. Ich bin kein Polizist und hab mich vielleicht net immer g’schickt ang’stellt.

Aber das Glück hat wollen, dass ich jetzt weiß, wer die schlimmen Sachen g'macht hat."

Der Tannenbauer schwieg zu dieser Einleitung von mir. Auch ich machte eine kurze Pause und blickte die wunderschöne Bergwelt an. Ich fühlte, wie mir Tränen in die Augen traten, doch das durfte jetzt nicht passieren. Ich musste stark, ehrlich und tapfer sein.

„Am Anfang haben mich Kleinigkeiten am Mord vom Joseph irritiert. Zunächst war da dieser dreifache Tod: erschlagen, erstochen und verbrannt ist der Joseph worden. Ich hab mir keinen Reim aus der Sache machen können, aber der Winkelbauer hat mir weiterg'holfen, zumindest ein bisserl. Ich weiß jetzt, dass der Joseph net im Feuer g'storben ist und auch net am Messer. Er wurde erschlagen! Und zwar in der Reihenfolge: erschlagen, verbrannt, erstochen!"

Der Bauer schluckte.

„Mein erster Verdächtiger", fuhr ich fort, „war der Winkelbauer. Er hat allen Grund zum Mord g'habt, das hab ich aber erst im Nachhinein herausg'funden. Außerdem war sein Messer am Tatort und er hat seinem Gesinde an jenem Abend freigegeben. Alles deutete auf ihn hin, fast schon zuviel. Das Messer störte mich von Anfang an und bald hab ich auch g'wusst, dass es sich dabei um eine Falle g'handelt hat. Nun ist die Frage g'wesen: wer hat die Falle g'stellt? Der Winkelbauer mir oder jemand anderer dem Winkelbauern?"

Wieder machte ich eine kurze Pause. Klaus und seine Knechte waren inzwischen näher gekommen und lehnten am Weidezaun des Tannenguts. Der Bauer schien sie nicht zu beachten, sondern folgte aufmerksam meiner Erzählung.

„Es gab auch noch andere zwielichtige Figuren in der G'schicht. Der Höllenmüller, der die ganze Zeit über schreckliche Angst g'habt hat. Ich bin mir erst jetzt darüber im Klaren, dass es bei ihm zuerst gar net um etwas Wirkliches g'angen ist, sondern dass ihn sein G'wissen so schlimm plagt hat, dass er sich verfolgt vor'kommen ist. Nachdem aber der Joseph in seinem G'wand erschlagen worden ist, hat seine Angst ständig zug'nommen. Nur hat er sich vor dem falschen Mann g'fürchtet."

Ich räusperte mich.

„Der 'Rote Bertl' war auch lang auf meiner List'n, aber schließlich hab ich ihn streichen müssen, weil er den Mord letzten Samstag gar net begehen hat können. Er ist beim Jakob g'wesen und hat dort übernachtet."

Ich räusperte mich.

„Bleiben wir also beim Klaus. Bis heut Vormittag war ich mir sicher, dass er trotz der ganzen Ungereimtheiten der gesuchte Mörder ist. Dann aber kommen wir zum Bach, wo der tote Höllenmüller liegt, und in den Augen des Winkelbauers hab ich echte Angst und echtes Unverständnis gelesen. Er hat sich g'fürchtet - und zwar ziemlich. Ich hab mich g'fragt, warum das wohl so g'wesen ist. Der Klaus ist

kein furchtsamer Mensch und vor allem rücksichtslos und roh. Aber wie jedes Lebewesen hat auch er Angst davor, sein eigenes Leben zu verlieren. Was ich dir sagen möchte, Franz, ist Folgendes! So unwahrscheinlich das auch klingen mag - aber letzten Samstag waren insgesamt fünf Menschen auf der Alm: der Joseph, der Karl, der Höllenmüller, der Winkelbauer und der Mörder. Jetzt musst dir vorstellen, dass der Klaus weiß, dass alle außer ihm und dem Mörder bereits tot sind. Und deshalb hat er so eine große Angst. Und weil ich die Angst in seinen Augen g'sehen hab, musste ich ihm trauen."
Wieder unterbrach ich meinen Vortrag und seufzte tief.
„Wer", begann ich schließlich wieder, „wer also war der fünfte Mann auf der Alm? Wer also ist wirklich der Mörder? Am Ende waren es eine Dummheit vom Täter und zwei zufällige Bemerkungen des Winkelbauern grad vorhin, die mich auf die richtige Spur gebracht haben."
Ich schüttelte den Kopf und musterte Franz, der keine Regung zeigte.
„Die Dummheit vom Mörder war, dass er jemanden anderen, der sowieso schon am meisten Verdacht erweckt hat, noch weiter reinlegen wollen hat. Das Messer im Rücken vom Joseph hat mir lang Probleme bereitet, weil ich gedacht hab, es sei eine doppelte Falle. Ich hab mir dacht, dass der Winkelbauer es dem Joseph reing'rammt hat, damit jeder denken soll, er

war's net, weil kein Mörder so dumm wäre, das eigene Messer am Tatort zu lassen."
Lisl trat eben aus der Tür des Bauernhauses. Sie lächelte mich an, was mich irritierte, weil es mir so unpassend erschien. Trotzdem fuhr ich fort:
„In der Nacht des Mordes nämlich gab es noch gar kein Messer. Niemand hat davon erzählt, weder der Höllenmüller noch der Winkelbauer. Wenn dem Joseph das Messer schon im Rücken g'steckt wär', hätten es beide bemerken müssen. Daher hab ich g'wusst, dass das jemand im Nachhinein tan haben muss - und zwar der Mörder, weil er als einziger davon profitiert hat."
Der Tannenbauer mir gegenüber atmete tief durch und blickte in den strahlend blauen Himmel.
„Neben dieser Dummheit aber", ergänzte ich, „gab es noch eine Beobachtung von mir. An jenem Sonntagmorgen hab ich mich drüber g'wundert, wie fesch der Hut am Kopf vom Joseph g'sessen ist, obwohl sein G'sicht ganz zerschunden war. Zudem habe ich nicht verstanden, wieso trotz der klaffenden Kopfwunde kein Blut um die Leiche war und wieso der Brand dem Hut gar nix ang'habt hat."
Ich blieb wieder einen Augenblick stumm.
„Dann hat mir der Winkelbauer erzählt, was ihm der Höllenmüller berichtet hat. Der Müller deutete auch mir gegenüber etwas in diese Richtung an, aber ich hab das damals leider gar net beachtet. Der Müller verdächtigte nämlich, obwohl er sich eigentlich gut mit'm Winkelbauer verstanden hat, den Klaus. Und er

hat zu mir g'sagt: ‚Ich bring ihn an den Galgen!' Er hat also einen Beweis g'habt. Nur welchen? Der Müller hat mir erzählt, dass er das G'wand mit'm Joseph tauscht hat. Der geht raus aus der Hütte und wird - bekleidet mit dem Hut und der Jacke vom Müller - erschlagen. Trotzdem ist aber der Richtige ermordet worden, weil Verwechslung kann's keine g'wesen sein. Der Winkelbauer hat mir g'sagt, dass es bei den vielen Blitzen so hell war, dass er den Joseph sogar auf weite Entfernung gut erkannt hat. Der Mörder hat sehr schnell handeln müssen, auch wenn er über die Anwesenheit vom Winkelbauern und vom Karl nix g'wusst hat. Er hat Joseph also den tödlichen Schlag versetzt. Vermutlich ist ihm dabei der Hut runterg'fallen, der Joseph hat seinen sowieso verloren. Jetzt hat der Mörder in der Eile net darauf achten können, welchen Hut er aufnimmt. Und in dem Moment hat er den Falschen erwischt."

Der Bauer zuckte zusammen, blieb aber still.

„Der Höllenmüller hat ebenfalls net auf den Hut geachtet, aber wahrscheinlich Jacke und Kopfbedeckung wieder ausgetauscht, ehe er zu Tal g'laufen ist, damit er net selber in Verdacht kommt. Z'haus hat er dann bemerkt, dass er den falschen Hut mitg'nommen hat - den Hut des Mörders nämlich. Den Besitzer vom Hut, den hat er dann g'sucht - und das hat ihm den Tod bracht."

Wieder schwieg ich einen Augenblick, ehe ich weiterredete.

„Der Mörder muss eine furchtbare Angst g'habt haben. Er war sich net sicher, wer den Hut mitg'nommen hat. Deshalb beseitigt er langsam die Leut, von denen er vermutet hat, dass sie auf der Alm g'wesen sind. Die Frag ist jetzt: Hat er genau g'wusst, wer auf der Alm g'wesen ist oder eben doch net, weil er hektisch g'flüchtet ist nach seiner Tat?"
Ich zuckte mit den Schultern.
„Ich weiß es net. Vermutlich hat der Mörder zunächst keine Ahnung g'habt. Am nächsten Morgen aber hat er das Messer vom Winkelbauern g'funden. Trotzdem ist der Klaus am Leben blieben, weil er es ja war, auf den alles abgewälzt werden sollte. Wie der Mörder von den anderen zweien erfahren hat, das weiß ich net. Vielleicht hat er sie eben doch alle beobachtet. Was ich aber weiß: Zunächst ist der Karl d'ran g'kommen - das war noch einfach. Aber der Müller hat Probleme bereitet. Er ist sehr vorsichtig g'wesen, weil er ja dacht hat, dass ihn jemand sucht. Wahrscheinlich war dem Mörder dann aber das Glück hold und der Müller ist von selbst kommen. Er hat dem Mann vertraut, den er g'fragt hat, ob er jemanden kenne, dem dieser Hut g'hören könnt. Doch dieser Mann hat ihn verraten und erschlagen."
Ich schwieg und schluckte den großen Brocken, den ich auf einmal in meinem Hals spürte, hinunter.
„Aber warum, Franz, warum hast das alles tan?", flüsterte ich dann leise.
„Gar nix hab ich tan, gar nix!", brüllte der Bauer erregt. „Wie willst deine G'schicht denn beweisen?"

Sein Gesicht war rot vor Zorn und die Adern traten ihm aus der Stirn. Es war ein schrecklicher Anblick. Die Knechte und der Winkelbauer waren näher gekommen und umringten die Sitzgruppe unter der Laube.

„Es gibt immer Leut', die etwas g'sehen haben, Bauer!"; erklärte ich. „Auch in deinem Haus. Es gibt Leut, die wissen, dass du in der Mordnacht weg warst. Die Lisl hat gestern Abend dann den Höllenmüller bei dir g'sehen, das hat sie mir grad vorhin erzählt. Na, Bauer, es gibt zu viel, was gegen dich spricht."

Der Bauer hatte sich wieder in den Griff bekommen und war langsam auf die Bank zurückgesunken. Er blickte mich an und doch wieder durch mich hindurch. Ich war mir gar nicht sicher, ob er überhaupt zugehört hatte.

„Es war wie ein Alptraum", fing er plötzlich leise an. „Durch einen reinen Zufall hab ich g'hört, wie meine Frau zum Joseph g'sagt hat, dass es an der Zeit wär, dass ich endlich wegkomm'. Sie hätt' natürlich alles Geld und mein Hof bekommen. Der Joseph war immer schon so ein anhänglicher, treuer Spinner, der der Resl aus der Hand g'fressen hat. Er hätt' alles für sie tan. Selbst vor einem Mord an mir wär er net z'rückg'schreckt, wenn er die Resl dafür bekommen hätt. Auf das hat sie ihren Plan aufbaut."

Der Bauer war den Tränen nahe. Fürchterliches musste er in den letzten Wochen wohl durchgemacht haben und endlich konnte er dieses schreckliche Wissen mit anderen teilen.

„Ich hab daraufhin den Joseph immer öfter auf die Almen g'schickt, obwohl ich g'merkt hab, dass das meiner Frau net passt. Selbst bin ich vorsichtig g'wesen und auf jede Attacke auf mein Leben g'fasst. Dann aber hab ich alles nimmer ausg'halten. Ich hab den Spieß umdreht. Am Nachmittag vor der G'witternacht hab ich dem Joseph befohlen, noch zur Aste rauf zu schauen. Kurz vor Ausbruch des Gewitters ist er dann auch hoch. Wenig später bin ich ihm nach. Dort oben hab ich dann den Höllenmüller beobachtet und während ich den Joseph erschlag, kommt auch noch der Karl. In meiner Eile hab ich dann die Hüte verwechselt und das war mein Untergang."

Der Bauer seufzte.

„Am Sonntag, wie ich zur Kirche will, bemerk' ich, dass mein Hut net da ist, ich aber einen anderen mitg'nommen hab. Mein Schrecken war riesengroß. Trotzdem hab ich mir nix anmerken lassen, den falschen Hut aufg'setzt und bin ganz normal zur Kirche g'angen. Wie ich aus der Kirch'n g'holt worden bin, hab ich dann g'schaut, dass ich als erster auf der Alm ankomm'. Kannst dir meine Überraschung vorstellen, als ich seh, dass die Hütten auf der Alm abbrannt g'wesen sind und der Joseph inmitten der Feuerstell g'legen ist. Meinen Hut hab ich nimmer g'funden, in der Panik aber den Hut vom Müller dem Joseph aufg'setzt, damit ich ihn los bin. Das Messer vom Winkelbauern ist neben dem Leichnam g'legen. Er muss es irgendwie dort oben

verloren haben. Ich hab mir dacht, dass das mein Glück sei. Ich rammte also dem Leichnam zusätzlich noch das Messer in den Rücken. Meine Hoffnung war, dass alle den Klaus verdächtigen."
Ein bitteres Lächeln huschte über sein Gesicht.
„Und lang war's ja auch so!", murmelte er dann leise.
Voller Unverständnis blickte ich mein Gegenüber an.
„Was ist dann passiert, Bauer? Warum hast den Karl auch noch tötet und den Höllenmüllern dazu?", fragte ich schließlich.
„Am Montag hab ich mitbekommen, wie der Karl eine Magd von mir g'fragt hat, ob irgendwem am Hof ein Hut fehlen würd'. Er hätt einen g'funden und hat sich sogar den Namen des Hutmachers g'merkt g'habt. Natürlich bin ich hellhörig worden. Die Magd hat nix g'wusst. Aber alles in allem ist Karl wirklich gefährlich g'wesen. Ich hab ihn dann nach dem Begräbnis vom Joseph stockbetrunken antroffen und ihn trotz der späten Stund noch mit zum Tettensjoch g'nommen. Ich hab ihm g'sagt, dass ich seine Hilfe brauchen würd'. Dort, unterm Joch, dort hab ich ihn zur Red g'stellt und er hat g'meint, dass der, der keinen Hut hätt, wohl der Mörder sei. Dann hat er mir auch einen Zettel zeigt, auf dem der Name von meinem Hutmacher obeng'standen ist. Ich hab ihn g'fragt, wie er denn darauf kommt und er hat g'meint, dass der Mörder den Hut auf der Alm oben verloren hat - das hätt ihm der Müller g'sagt. Ich hab ihm dann den Zettel entrissen und dem Karl das G'nack

brochen. Ich hab nix anders tun können. Aber ich hab's net gern tan und er hat nix dabei g'spürt!"
Mich schauderte bei den Worten von Franz, dem ein Menschenleben offenbar gar nichts zu bedeuten schien und der sich die Hilfsbereitschaft eines anderen zunutze gemacht hatte, um denjenigen zu töten.
„Im Todeszeitpunkt vom Karl also hab ich mich ganz vertan!", nickte ich in mich hinein.
Und zum Bauern gewandt meinte ich: „Und du, Franz, du bist gar kein Mensch! Wie kannst denn so einen armen Hascher umbringen!"
Wir beide schwiegen eine Weile. Dann fragte ich sehr leise: „Und wie ist die G'schicht weitergangen?"
„Ich hab", ergänzte der Tannenbauer gelassen, „niemand mehr zu fürchten g'habt als meine Frau und den Müller. So hab ich mir zumindest denkt. Dem Winkelbauern wollt ich ja alles anhängen!"
„Du Schwein!", fuhr dieser auf und wollte sich auf den Bauern werfen. Seine Knechte hielten ihn zurück und Franz erzählte weiter:
„Meine Frau hat von Anfang an g'wusst, was g'laufen ist. Ich hab sie gleich am Sonntag noch zur Red g'stellt. Ich hab ihr g'sagt, dass ich jetzt weiß, dass sie mich nur wegen dem Geld g'heiratet hat, dass sie mich umbringen lassen wollt und ich sie auch strafen werd', indem ich sie net verstoß und ihr auch nix tu, sondern sie als meine Frau weiterleben lass. Sollte ich aber irgendwas merken, dann würde es auch ihr an den Kragen gehen. Das hab ich ihr g'sagt und sie war

dann einverstanden, die ganze Komödie mitzuspielen. Deshalb hat sie dir vom Wilddiebstahl und dem Bertl erzählt. Die Lisl hat's rauf aufs Joch g'schickt, damit's den Karl findet. Ein anständiges Begräbnis wollt ich ja für ihn!"
„Oh, was für ein guter Freund du doch bist!", warf Klaus höhnisch ein.
Der Bauer ignorierte ihn. Seit einiger Zeit schon redete er mehr mit sich selbst als mit uns anderen.
„Dann warst da noch du, Sepp! Dich hab' ich immer mögen. Also hab ich dich ang'fallen, dir sonst aber nix tan. Die eigentliche Gefahr nämlich hab ich im Höllenmüller vermutet. Er ist zu mir kommen und hat mich g'fragt, ob ich wüsst, ob der Hut, den er auf einer Wies'n g'funden hat, einem meiner Knecht' g'hört, oder vielleicht gar dem Winkelbauern. Das hätt' ihm am meisten passt. Er hat mir vertraut und ich hab ihm g'sagt, dass ich keine Ahnung hätt', aber ob er einmal mit mir fischen gehen will. Für gestern Abend haben wir was ausg'macht. Zuerst wollt ich ihn schon am Nachmittag erledigen in seiner Mühl, aber da wart ihr mir im Weg. Am Abend dann haben wir uns aber troffen und das war sein End. Er hat mir vertraut, der Narr!"
Erschüttert stand ich auf.
„Weißt, Bauer, ich hab mich dein Freund g'nannt. Aber ich hab mich in noch keinem Menschen so täuscht wie in dir. Es gibt Dinge, die kann ich zumindest verstehen. Wenn du den Joseph umbringst, so ist das eine Bosheit, die ihresgleichen sucht, aber

da hast zumindest noch einen Grund g'habt. Den Karl und den Müller umzubringen, das ist aber wirklich nur bös und schlecht. Dafür wird dich der Herrgott bestrafen, das versprech ich dir. Zuerst aber wirst vor ein Gericht g'bracht werden."
Ich wandte mich vom Tannenbauern ab. In diesem Moment stürzte seine Frau aus dem Haus.
„Was machts ihr denn alle da?", rief sie mit schriller Stimme.
„Durchschaut haben's mich und jetzt komm ich ins G'fängnis. Aber du wirst dein Leben auch nimmer genießen können. Du hast alles g'wusst und nix verraten und mich wolltest auch noch umbringen. Du bist schuld an allem. Du bist genauso schlecht wie ich, es ist, als wennst es selbst g'macht hättest!", gab ihr der Bauer gehässig zur Antwort.
„Aber Sepp!", schluchzte die schöne Frau. „Du kannst mich doch net einfach so im Stich lassen. Ich hab gar nix tan und mit meinem bösen Mann nix z'tun. Ich hab auch gar nix g'wusst, das …."
„Schweig!", unterbrach ich sie. „bevor du einen Meineid auch noch schwörst. Ich lass euch beide zur Gendarmerie bringen und die sollen mit euch machen, was sie sich denken. Winkelbauer, kümmerst du dich drum?"
Klaus nickte und gab seinen Knechten einen Wink. Die fesselten den Tannenbauern und seine Frau, während das gesamte Gesinde danebenstand - bleich, aber gefasst.

Die laut schreiende Frau und der ruhige Mann wurden abgeführt und nach Schmirn und dann wahrscheinlich weiter nach Innsbruck gebracht, wo das Gericht ein hartes, aber wohl gerechtes Urteil sprechen würde. Bevor der Winkelbauer seinen Leuten folgte, trat er auf mich zu.

„Sepp!“, begann er. „Ich weiß, dass ich dir viel zu verdanken habe. Und auch wenn du mich nicht schätzt - nimm trotzdem meine Hand zum Dank.“

Ich gab ihm meine Rechte und der Winkelbauer drückte sie fest. Dann eilte er seinen Knechten nach. Ich kümmerte mich nicht weiter um die Leute vom Tannenbauerngut, denn Lisl war zu mir getreten. Sie wirkte schockiert, aber doch auch erleichtert.

„Es ist vorbei! Komm!“, sagte ich zu ihr, legte meinen Arm um ihre Schulter und zu zweit schritten wir in Richtung meiner Hütte. Wir hatten viel zu bereden.

16120219R00167

Printed in Poland
by Amazon Fulfillment
Poland Sp. z o.o., Wrocław